浅草鬼嫁日記　三

あやかし夫婦は、もう一度恋をする。

友麻　碧

富士見L文庫

目次

さようなら
さようなら、愛《いと》おしい人
来世でまた、会いましょう

第一話　星を背負う陰陽師

「いや、ぜってー違うって。ただの安倍晴明《あべのせいめい》のそっくりさんだって」

「そんなはずないわよ馨《かおる》！　あいつの霊力は、私が一番知っているのよ。あれは……絶対に安倍晴明よ！」

　新しい生物の先生がやってきたその日の放課後。

　私、茨木真紀《いばらきまき》と、幼馴染《おさななじみ》の天酒馨《あまさけ》、継見由理彦《つぐみゆりひこ》は、速攻で部室に籠城《ろうじょう》し三人固まって震えながら、緊急の会議をしていた。

「千年前の人物だぞ！　そんな遥《はる》か昔の男が、生きてるってのか」

「……いや。安倍晴明は〝泰山府君祭《たいざんふくんさい》〟を心得ていたはずだ。生まれ変わり、って話なら説明がつく。だって、僕たちだってそうだから」

　僕たち、という言葉を、由理は一際重く響かせた。

　そう。私たちは平安時代の大妖怪《ようかい》だった前世を持つ。

　儚《はかな》げな美少年であり、品行方正な優等生である継見由理彦、通称由理は、かつて鵺《ぬえ》というあやかしで、藤原公任《ふじわらのきんとう》という公卿《くぎょう》に化け、人として政治に携わっていた。

「確かに、ありえない話じゃないな。最悪な夢みたいだが」

嫌な顔をしているのは、天酒馨。黒髪長身の正統派美男子だが、馨はかつて酒呑童子《しゅてんどうじ》という鬼として、大江山《おおえやま》のあやかしたちをまとめ、その頭領として名を馳《は》せていた。

「……生まれ……変わり」

そして私、茨木真紀は、そんな酒呑童子の妻である、茨木童子《どうじ》という赤毛の女の鬼だった。

平安を代表する元大妖怪が、揃いも揃って怯《おび》えているなんて情けない。

だけど奴は平安時代最強のゴーストバスター。

「問題は、叶《かのう》先生が安倍晴明だった頃の記憶を持っているかって事なんだけど……」

「記憶ならあるぞ」

突然ガラリと開けられた部室のドア。あからさまにビビリ上がる私たち。

足音すら聞こえず、気配すら感知できなかった。

そこに、白衣姿の生物の教師、叶冬夜《とうや》が立っている。

柔らかな金髪に、切れ長の目元。腹立たしいほど涼やかに整った面立ち。

視線はどこまでも冷たい。それは氷麗のごとく私たちに突き刺さるのだ。

変わらない。あの時代から。

「やあ諸君」

しかし視線の鋭さとは裏腹に、片手を上げてなんか馴《な》れ馴れしい第一声。

「千年ぶりか。久しぶりすぎて俺としては少々感激だ。大妖怪？　三匹のあやかし？　まあいい、今はどっちみち、ただの学生。俺の生徒だ」

「あ、あ、あ」

誰もがうまく言葉にできないので、私はもう覚悟を決めて立ち上がり、その男に指を突きつけた。

「ああああ安倍晴明！　あんた、安倍晴明の生まれ変わりね！」

「今更か。だが今は安倍晴明ではなく〝叶冬夜〟という新しい名がある。結構かっこいいだろう」

「…………」

「ついでに教師だ。叶先生と呼べよ、茨姫《いばらひめ》」

淡々としていて無表情。それでいて相変わらず、天然なのか嫌味なのかわからない男だ。

そもそも叶先生と呼べと言いながら、自分は私を茨姫と呼ぶのか。

捉《とら》えどころのない意味不明なところも、昔っから同じ。奴は余っていた椅子に座り込み、図々《ずうずう》しく「茶くらい出してくれ、学生の相手ばかりしていて先生は疲れた」と、ネクタイとか緩め出す。

なんだこのやる気のない安倍晴明の生まれ変わりは！

しかし確かに、安倍晴明という男はいつも気だるげだった気もする……

「晴明。あんた人の縄張りに土足で踏み込んで、なに悠々とお茶を要求してるの。ここで私たちにぶっ飛ばされてもおかしくないのよ？　あれちょっとどこだっけ私の釘《くぎ》バット……モッテコイ……」

「落ち着け真紀。傷害事件はマズいって」

バリバリゴロゴロ。体を覆う霊力が逆立っているせいで、某少年漫画のスーパーなんとか人みたいになってる私を、リアリティのある言葉で制す馨。

晴明、もとい叶先生は、そんな馨に対し、なんかもうどうでも良さそうな目を向ける。

「酒呑童子、か。お前は……なんというか小物くさくなったな」

「あ？　張っ倒すぞてめえ」

結局ころっと叶先生の挑発に乗せられちゃって、冷静さを欠き怨念轟々《おんねんごうごう》の馨。

まあ、酒呑童子と安倍晴明は、平安京《へいあんきょう》で何度もぶつかり合った仲だからね。

「あの……」

「なんですか、公任様」

「や、やだなあもうその名前で呼ばないでくださいよ。僕は人間に退治された、あやかしの鵺だったわけですから」

由理は複雑な微笑みのまま、叶先生に淹《い》れたてのお茶を出す。

どことなーく、由理の目の光が消えている。

ああっ、みんなこの男に何かしらトラウマがある！

「えっと、そもそも叶先生はなぜここに？」

「なぜって。それは、俺がここの部活〝民俗学研究部〟の顧問を任されたからだ」

「…………え」

三テンポくらい遅れて反応した私たち。

叶先生はそんな私たちが面白いのか、やはりさっきからニヤついている。

「どこに訴えても無駄だぞ。残念だが俺がここに来たのは〝陰陽局《おんみょうきょく》〟の指示だ」

「お、陰陽局⁉」

なぜ……と思うより早く、理解した。

「真紀の監視、か」

馨が今までとは違う緊張感のある声音で、そう判断する。

きっとそうだ。私を監視するために、あえてこの男をここに寄こしたのだ。

要するに……陰陽局には元々、この男が在籍していたということになる。

「もしかして、俺や由理のことも、もう陰陽局にバレているのか？　酒呑童子と鵺だって」

馨の問いかけに、叶先生は「それはない」とあっさり答える。

「薄々疑っている者はいるが、確信に至っている者はいないだろう。俺以外はな」

いや、あなたに見つかったのが一番の痛手なのですが、と言いたげな私たち。

「……そんなに警戒するな。前世の様に、お前たちをどこまでも追いかけて殺そうって訳じゃないんだ」

そして叶先生は、何が面白いのかフッと笑う。

「むしろ俺は、お前たちを幸せにするためにここに来た」

「は⁉」

何を言っているんだこの男。

前世では私たちの敵だったくせに、今度は私たちを幸せにするって？

私たち三人は予想もできなかった言葉に、ただただ唖然《あぜん》とする。

「嘘くさ……って思ってるだろ、お前たち」

ギクリ。

「まあそう思うのも仕方あるまいが。しかしお前たちはもう……人間だろう？」

すっと深い色の瞳《ひとみ》を細めた。思わせぶりな口調に、私たちはゴクリと唾《つば》を飲む。

「何が言いたいのよ」

「お前たちはあやかしにとって、言わば英雄であり伝説だ。今世、お前たちに接触を取り、何かしらを企《たくら》む大妖怪も多いだろう。いや……その手の異形だけではなく、人間もそうだ。

お前たちを知り、利用したがる。人であるならばなおさら。俺の役目は、お前たちをそういう脅威からなんとなく守ることだ」

「なんとなくって、何よ。なんとなくって」

曖昧《あいまい》な言葉を使って、本質を隠そうとするのも、この男の常套手段《じょうとうしゅだん》だった。

「しかし気をぬくな。人間であっても、宿るその魂は変わらない。お前たちが流転の末に何を成し、何者に成り果てるのか……陰と陽、どちらに転ぶかはまだ未知数だ。俺はそれを、見届けなければなるまい」

「………」

さっぱり、訳がわからない。

なぜこいつが、私たちを。

叶先生は由理の出したお茶を啜《すす》りながら、自分の背後にあったホワイトボードを振り返って見ている。

『なぜ我々あやかしは人間に退治されなければならなかったのか』

はい。これは私たちの永遠のテーマですね。

叶先生は思わず噴き出した。

「ふふっ。お前たち、毎日こんな恨みがましい議論をしているのか？　ぐちぐちぐちぐちと情けない。前世のことなんて、いつまでも引きずっているもんじゃないぞ」

「う……っ」

う、うがあああああ！　殺すうううううう！

たまらず側にあった美術部の石膏像《せっこう》を持ち上げる。

馨が後ろから石膏像を掴《つか》んで「真紀やめろ、人殺しはまずい！」と暴動を阻止。

私だって、私だって今世は真面目に、未来だけを見据えて、まっとうな人間として生きると決めた。

でも……忘れた訳じゃないわ。前世で戦い続けた、この男のことを。

「だからそうピリピリするな。言っただろう。俺がここに来たのは、お前たちを幸せにするためだと」

「あんたがここに来るまで、私たちは十分幸せだったわ」

「そうか？　ならなぜ……」

空気が変わる。

おもむろに立ち上がり、奴はいっそう、その切れ長の目を細めた。

「なぜお前たちは、嘘をついているんだ？」

この言葉に、私たち三人は、それぞれがそれぞれの反応をする。

今まで淡々としていた由理はピクリと肩を動かし、馨は驚きのまま眉《まゆ》を顰《ひそ》め……私は、ひたすら奴を、睨《にら》んでいる。

「幸せになりたいと言いながら、それぞれが前世にまつわる、とても危険で重大な真実を隠している。俺はその嘘を、暴きに来たのだ」

「やめてよ」

「茨姫、お前が一番、罪深いな」

その言葉を待たずして、強く、目の前のテーブルに拳《こぶし》を叩《たた》きつけた。

「それ以上、何も語るな、安倍晴明……っ」

言葉に力が、重く篭《こも》る。奴を睨む目は、前世の時から変わらない。

しかしそれはお互い様だった。静かに私をとらえる、この男の目。

お互いに命を狙いあった……あの最後の瞬間と、同じ。

馨が眉を顰めたまま、隣で静かに私を見ている。

「ふふ。お前の〝理想郷〟っていうのは、いったいどういうものなんだろうなあ、茨姫。偽りだらけの幸せの中で、人の娘として一生を終えることか。それでも前世の業は、お前たちを今世の舞台へと引きずりだそうとするぞ」

誰もが言葉を発するのを、戸惑った。

何かを言えば、何かが動く気がして。

「まあいい。俺が直接、お前たちの〝嘘〟を語らずとも、星の動く瞬間は必ず訪れる。宿縁とはそういうものだ」

「…………」

「あ、そうだ。話は変わるが、お前たちに特別授業をしてやろうと思っていた」

「は？　特別授業？」

叶先生はいきなり、ホワイトボードに書かれていたあれこれを全部消して、新たに本日の議題を書き込んだ。

「お前たちはあまり詳しくないだろう。それぞれの〝霊力値〟についてだ」

そして白衣の内側から何か古い紙を取り出し、机の上に広げた。

それは式盤を模した、手書きの紙と言ったところか。

「一人一人の〝霊力値〟を測ってやる。それを知っておいて損はない。これだけは、お前たちの時代から随分と進化した分野だからな」

「それは確かにその通りでしょうが、叶先生はそれを知り、どうするおつもりです？」

「……さすが公任様。なかなか慎重だ」

相変わらず、由理に対しては様付けの叶先生。

藤原公任と安倍晴明は、千年前は上司と部下と言っていい関係だったからか。

そういえば、まだ鬼に成り果てる前の茨姫は、藤原公任の口添えがあって安倍晴明の庇《ひ》護《ご》があったのを思い出す。

「信用できないかもしれないが、しかしそれを知らないのもお前たちにとってはリスクと言えるだろう。この数値からわかることは、現代の陰陽界隈《かいわい》ではとても多い」

私たち三人は、お互いに顔を見合わせる。

各々《おのおの》何か思うところがありそうだが、「俺はやる」「……僕も」と、馨や由理が納得したみたいなので、私も追う形で頷《うなず》いた。

前に霊力値を測った時、私が式盤をぶっ壊したせいで測定できなかったからね。

「ならば各々、紙を持て。そして中央の空白に自分の血を垂らすといい。俺に知られたくなければ、その紙を四つ折りにして机に置け」

言われた通りにする。

指を噛《か》んで血を滲《にじ》ませ、それを紙の真ん中の円に押し当てる。血印ができたものを、四つ折りにして机に置いた。

叶先生はすっと刀印を結び、

「謹みて五陽霊神に願い奉る。宿曜《すくよう》、宿妖《すくよう》、その御霊《みたま》よ。天器の血を晒《さら》し、ここに暴きたまえ――急急如律令」

小声で呪文《じゅもん》を唱えた後、その指先を紙に差し向ける。

すると各々の紙に、金色に光る五芒星《ごぼうせい》が浮かび上がり、唐突にジュワッと、紙の端が焦げ付いた。

この五芒星は、安倍晴明にあやかり晴明桔梗《ききょう》印とも呼ばれる。

「もういいぞ。紙を開けてみろ」

叶先生は律儀に後ろを向いた。私たちはそれぞれの紙を開き、各々数値を確認する。

茨木真紀　　三三〇〇〇〇〇ry
天酒馨　　一九九〇〇〇〇ry
継見由理彦　　一〇二〇〇〇〇ry

「ええっ⁉」

私の紙を覗《のぞ》き込んだ馨が、なんとも言えない驚愕《きょうがく》の声を漏らした。

「な、なんでだ。なんでお前の数値、そんなバカ高いんだよ」

「し……知らないわよ」

「僕なんて馨君の半分なんですけど……」

初めて自分の霊力値とやらを知った私たちは、各々驚きの反応を見せる。

その理由は分かる。

だって私たちは三人とも、同じくらいの力を持った大妖怪《ようかい》って思ってたのよ。

「見なくても大体わかる。茨姫が三〇〇万オーバーで、酒呑童子が二〇〇万前後で、公任様が、まあ一〇〇万くらい、というところか」

「⁉」

なんだあいつ、エスパーか？

いいえ、ただの最強の陰陽師《おんみょうじ》です。

「お前、なんだかんだ言って俺たちの紙を覗き見できる術でも使ったんだろう」

「言いがかりはよせ酒呑童子。俺のような、あやかしや霊力値のシステムを知り尽くした者には、そういう計算ができるというだけだ」

「計算？」

「そもそも霊力なんていうのは〝燃料〟に過ぎず、各々の力量は技術や能力などで、随分と変わってくるのだ。あやかしの中でも〝鬼の類《たぐい》〟は霊力値が高い傾向にあり、鵺《ぬえ》のような〝霊鳥の類〟は、霊力値こそ鬼に劣るが、一方で燃費がよく消費率が低い、とかな」

「……ほお」

気がつけば熱心に奴の話を聞いている私たち。

「まあいい、これを見ろ」

叶先生はホワイトボードに何かの図を描き始める。

三角ピラミッドだ。さらに白衣から教鞭《きょうべん》を取り出し、それで図を叩きながら、ここぞと教師らしく説明を始める。

「知っているだろうが、陰陽局は歴史上観測できたあやかしたちをランク付けして分類している。お前たちはＳ級以上の大妖怪。特に茨姫と酒呑童子は、歴代でも五体しか確認されていない、ＳＳ級大妖怪のうちの二体だ」

「……その分類に、霊力値が関係あるのですか？」

敏《さと》い由理が問う。叶先生は「ああ」と頷いた。

「まずＳＳ級大妖怪は、その霊力が一〇〇万を超えた存在で、これがどれほど異端であるかというと……」

ピラミッドの頂点に、霊力値一〇〇万オーバーのＳＳ級大妖怪。

その次に、一〇万オーバーのＳ級大妖怪。

そして一万オーバーをＡ級妖怪……以下Ｂ、Ｃ、Ｄ……と、書き記す。

「見てわかるだろうが、Ｓ級とＳＳ級は開きが大きく、ここに越えられない壁がある。それだけ、ＳＳ級に至る大妖怪が異端ということだ。いいかここテストに出るぞー」

何のテストか謎だが、バシバシとホワイトボードを教鞭で叩く叶先生。

「ちょっと待て。ならなぜ由理……〝鵺〟はＳＳ級大妖怪に分類されていない」

確かに。馨の疑問はもっともだ。

由理の霊力値は、一〇〇万をかろうじて超えているのに。

「なぜって。それは鵺であった藤原公任様が、一人として人間を傷つけることがなかったからだ。それと当時の陰陽寮が、その大妖怪の肉体の一部でも保管していなければ、結局のところ、大まかな霊力値ですらわからないからな」

　意味深なことを言う。

　尋ねたいことが山ほどあったが、ここで叶先生が「おっと」と腕時計を見て、わたわたと慌て出す。そして白衣を翻し部室の出入り口に向かった。

「もう少し前世の話でも語り合いたいところだが、俺はこれから会議がある。教師というのも仕事が多くて面倒だな。まあ、これからもよろしく諸君」

「……よろしくって」

　去り際に振り返り、叶先生は私たちを見据える。

「最後にもう一度言っておくが、俺はお前たちの〝三つの嘘〟を暴き、幸せにするためにここへ来た。それこそが俺の宿命だ。遠慮はしないから、肝に銘じておくように」

　自分の立ち位置を改めて強調し、扉をバタンと閉めてカツカツと革靴を鳴らして去る。

　遠ざかっていく足音が消えてしまうまで、私たちはしばらく呆然《ぼうぜん》としていた。

　幸せにすると言いながら、まるで宣戦布告のようだった。

　あまりに一方的で、何もかも、訳がわからない。

　嵐の後の静寂の中、さっきから難しい顔をしている馨が「なあ」と、切り出す。

「あいつの言う、俺たちの〝嘘〟って、何だろうな」

「………………」

「俺にはまるで、見当もつかないんだ。お前たちは、何か知っているのか？」

それに答えられず、ただ、さっきから黙って俯《うつむ》いているのは、私だ。

馨はそういう私の表情を見逃さない。決して。

「なあ真紀、俺の顔を見ろよ」

見ることが、できない。

「お前……」

その時だ。パンと手を叩いて、混沌《こんとん》としたこの場の空気を変えたのは由理だ。

「嘘、かあ」

顎《あご》に手を添え、ため息交じりの苦笑を漏らす。

「そりゃあそうだ。僕たちにはそれぞれ、知らない話がたくさんある。だって、前世で死んだ時期も、抱いた信念も違うんだから」

「しかし由理。俺たちはそれを、この民俗学研究部で語りあって時系列にまとめ、確認しあったじゃないか。それでもまだ、お互いに知らないことがあるっていうのかよ」

「馨君。そりゃあ僕らは、他人だもの」

由理のその一言は辛辣《しんらつ》に響いたが、それは紛れもない、真実だった。

「知られたくないこと、教えられないことはある。それを避けるために嘘をついたというのなら、そういう覚えは僕にはあるよ。多分真紀ちゃんにも。そして、きっと馨君にもね」

「俺には、お前たちについた嘘なんて……」

ぎゅっと拳《こぶし》を握りしめる馨。何もかも、納得のいっていない顔だ。

馨はこれでかなり実直な男だ。自分は嘘をついていないと思っているし、自分の信じている者たちが、自分に対し嘘をついていることを、認めたくないのだろう。

それは私だってそうだ。私は私の〝嘘〟を知っているが、彼らの嘘は、知らない。分からない。

「今はまあ、それでいいじゃない。嘘があったって僕らの関係や日常は変わらない。いつかその嘘が暴かれるのなら、それで何かが変わるのなら、その時はその時だ。叶先生は言っていた。星の動く瞬間はあるってね」

そして由理は、話をまとめて「じゃあ修学旅行の委員会が始まるから、僕はこれで」と、部室を出て行った。

いつものことなのに、何かが少し寂しく感じられる。

それは、誰もが心に、小さな動揺を抱いているからだ。

「なあ真紀、お前も俺に嘘をついているのか」

「……ええ」

低く、淡々と答えた。

「そうか」

馨も、味気ない返事をした。

それを尋ねたところで、きっと私は答えないだろうと、理解したような返事だった。

それでも、静かに確実にショックを受けている馨の声音に、私の胸はズキリと痛む。

なぜ。今の今まで、みんなで仲良く、幸せに過ごしてきたのに。

どうしてお前は突然私たちの前に現れて、幸せのための偽りを暴こうとする。

千年前の仇《かたき》の一人。陰陽師、安倍晴明——


その日の帰り道の空気は重かった。

ずっと馨の隣を歩いているのに、会話がほとんどない。会話のない瞬間なんて日常でもよくあるのに、今日はそれが、なぜかとても気になるのだった。

「ねえ馨。今日は、何食べたい？」

「……別になんでも。お前の食いたいもんでいいよ」

「か、馨の好きなものを作るわよ！」

私が必死になって言うので、馨は馨で、ちょっとそっけない答え方をしてしまったという気まずい顔になって、首の後ろを掻《か》いている。

「……なら、あれだ。ハムカツ」

「ハムカツ？　魚肉ハムで作るやつ？」

「そうそう。お前が考案した貧乏飯の一つだな。前に安売りで買ったろ、魚肉ハム。あれで作ったハムカツにソースかけて、大量の千切りキャベツと食いたい。なんかそういう気分だな」

私の考案した貧乏飯……

馨が今求めているのは、本当に、日頃から食べている素朴なものなのだと思った。

「じゃあ、バイト行ってくる」

「……うん、しっかりね」

家の前で別れ、馨は足早に私から遠ざかっていく。

馨の葛藤《かっとう》と、疑念と、なにより寂しさが、その背中から伝わってくる。

私に嘘をつかれているというのが、彼は寂しいのだ。きっと馨は、なんだかんだと言って、お互いに隠し事すら一つもない関係だと思っていただろうから。

それがわかっていても、私は自分の〝嘘〟について正直に話せないのだから、酷《ひど》い妻だ。

「あ、姐《あね》さんお帰りなさい」

アパートの階段を上ると、茶色の毛玉、もとい狸が一匹、私の部屋の前で小さな笊《ざる》を抱えて待ち構えていた。

彼はお隣さんの田沼風太《たぬまふうた》。

豆狸《まめだぬき》のあやかしで、普段は人間の姿に化けて普通の大学生生活を満喫している。

「どうしたの風太。そんなところで」

「ちょうど姐さんちに、人形焼のおすそ分けをしに来たところなんだ。親父がさっき、町内会の茶菓子で貰《もら》ったものをたくさん持ってきたから。おもちちゃんが好きだったなーと思って。はい、元祖木村屋人形焼本舗《がんそきむらやにんぎょうやきほんぽ》さんの」

風太がこちらに笊を差し出す。ハト、雷様、提灯《ちょうちん》、五重の塔などの形をした、浅草ならではの人形焼がいくつか並べられている。

「まあ、沢山ありがとう。おもちが飛んで喜ぶわ。……ていうか風太、なんで今日は人の姿じゃなくて、狸の姿なの？」

「ちょっと二日酔いで……昨日、サークルの飲み会で飲みすぎたんだ。今日は大学の授業がなくて良かった。俺、二日酔いが酷いと化けの皮が剝《は》がれちゃうんだよね」

確かに風太は、いまだ酒臭い、げっそりした狸だった。

しかし二日酔いなのに、わざわざ人形焼を持ってきてくれたところが、なんというか人懐こく尽くすタイプの豆狸っぽい。かわいいので茶色の背中をなでなで。

「お酒には気をつけなさいよ風太。お酒って、あやかしの霊力に大きく影響するから。いつか人前でボロを出してしまわないよう、自制しながら飲みなさい。ボロが出た後では、何もかも遅いんだから」

「わかってるよ姐さん。でも女子高生の姐さんに、お酒の飲み方を説かれるなんて、なんだか変な気分だよ。罪深い感じがするよー」

「あら。私だってお酒くらい飲んだことあるわ。あ、勿論《もちろん》前世の話よ。旦那様《だんな》がお酒好きだったからねえ……」

かの大江山の酒呑童子は、その名に違《たが》わぬ、無類の酒好きで有名だった。

大江山に立派な酒蔵を建てて、自分でお酒を造っていたくらいだしね。

今の馨はお酒が飲めない高校生だから、代わりにいつもコーラを飲んでいる。


「おもちー、ただいまー」

さて。風太と別れ、アパートの自室の扉を開けると、ひとりでお留守番ができるようになったおもちが「ぺひょ〜」と出迎えてくれた。

おもちとは皇帝ペンギンの雛《ひな》に化けたツキツグミのあやかしだ。

赤ちゃん用の毛布を手放さず、引きずってやってくる姿は、キュートそのもの。

「ぺぺぺ、ぺひょっ、ぺひょ〜っ」

「ん？　どうしたのおもち」

おもちが何かを訴えていた。

何事だろうと居間に行ってみると、おもちの水遊び用の檜《ひのき》の桶《おけ》に、なんかいる。

目を凝らすと、ちょっと大きめな水まんじゅうみたいなのがプカプカ浮いているのだ。

「なにこのスライムみたいなやつ……もしかしてクラゲ？　いやなんか違う」

私が触れようとすると、それはぷるんと震えて、水から飛び出し宙に浮く。

丸い頭部が膨らんだり縮まったり、クラゲのようにぷくぷく浮かぶ、透明な水の玉。

「キュッキュッ。お初にお目にかかりまする、茨木童子サマ。我輩は京都貴船《きぶね》の水神・高《たか》龗神《おかみのかみ》サマに仕える水の精」

「えっ、貴船の高龗神!?」

驚いた。貴船の水神・高龗神とは、京都貴船山にある貴船《きふね》神社の御本尊のことだ。

貴船の水を守り続けてきた、とっても偉い水神様。

水の精はにゅーっと体から触手を伸ばし、私に紙を差し出す。

「高龗神サマより文《ふみ》を預かっております。キュッキュッ、どうぞ茨姫サマ」

私や馨、もとい茨木童子や酒呑童子にとって、高龗神の存在はとてつもなく大きい。前世で、私たちはとてもお世話になったからね。

ひとまず手紙とやらをありがたく受け取り、丁寧に包みを開いて中の紙を広げる。

薄い和紙には何も書かれていないように見えるが、それを桶の水に浸すと、文字がすっと現れる。

〝そうだ　貴船、行こう。〟

「……なにこの露骨な宣伝。高龗神、貴船の観光大使でもしてるの？　なんか神様に『生きてんだろ？　知ってるぞ、早く貴船に来いや』って脅迫されてる感じがする」

「キュッ、キュッ、高龗神サマは早くあなたにお会いになりたいのです。茨木童子の生まれ変わりの噂を聞き、むせび泣いて喜んでおられたのですから。それと……実のところ、高龗神サマは一つ問題を抱えておられまして」

「問題？」

「ええ。実は最近、高龗神サマの麗しい鬣《たてがみ》の一部が、何者かに引っこ抜かれてしまいまして。一部が欠損している状態なのです」

「ん……要は、十円ハゲができたってこと？」

「キュキュッ!?　高龗神サマに十円ハゲなどそんなーっ。……いえ、まあそうです。ハゲっちゃハゲ。そこが膿《う》んでしまっているので、茨姫サマのお力でどうにかしてほしいと」

「なるほど……それが原因で貴船の水が濁ってしまうとマズイし、確かに大問題ね」

私は紙とペンを取り出し、お返事を書いた。

高龗神、お久しぶり。
私は今、茨姫ではなく茨木真紀って名前なの。
なんか十円ハゲとかあるみたいだけど、
もうすぐ修学旅行で京都に行くから、その時に貴船にも立ち寄るわね。
あなたの頼みごとなら、何だって聞くわ。
あ、報酬は美味《おい》しい川床料理ってことで。用意して待っててね。

「キュッキュッ。さすがは茨姫サマ。噂通り、タダでは働かぬと」

「勿論《もちろん》よ。たとえ相手が神様だろうとねー」

書いた手紙を封筒に入れ、水の精に手渡す。水の精は触手を伸ばし封筒を受け取って、心なしか嬉《うれ》しそうに揺らいだ。

「そういやあんた、私がここにいるって、よくわかったわね」

「キュッキュッ。実のところ偶然です。浅草にいるという情報だけを頼りにここらを探していたのですが、途中で体が乾いてしまって水を求めて彷徨《さまよ》っていたら、このお部屋の窓から太っちょの雛鳥《ひなどり》が水浴びをしているのが見えたのでちょっとお邪魔しておりました」

「太っちょの雛鳥……」

太っちょの雛鳥と言われてしまったおもちは、ピュアな目を瞬かせ、私の隣でぺたんと座り込んで「ぺひょっ？」と首を傾げていた。

さて。たっぷり水を浴びて元気になった水の精は、「では、当日お待ちしております」と窓辺でドロリと溶解し、窓の隙間を通り抜けていった。

キュポンと外に出てしまうと、再び丸い形を取り戻し、ぷかぷかと宙を漂って気がつけば遠くに。意外と動きが素早いな。

「ぺひょ～ぺひょ～」

お客さんがいなくなったので、おもちが私の足をつついて、抱っこを要求してくる。

私がひょいとその灰色毛玉を抱き上げると、体をすりすりと寄せ、嘴《くちばし》をパクパクさせて髪を咥《くわ》えたりする。

甘えんぼなのよね。可愛いのよね。まあ確かにちょっと重量感あるけど……

「お腹空《す》いたでしょうおもち。ハトさんの人形焼もらったから、一緒に食べよっか」

「ぺひょっ、ぺひょっ！」

浅草の名物は数知れず、しかしその中でも人形焼はかなりメジャーな方かもしれない。

そのまま食べてももちろん美味しいが、これをトースターで少し焼くのが我が家流。

「おもちはハトさんが好きなのよね～。でも鳥同士共食い？　なんて気にしない気にしない。魚のあやかしがたい焼き食べてるのも見たことあるし」

トースターで焼いたハトの人形焼を、ふーふーしてからおもちに与えると、おもちはそれを尻尾《しっぽ》から齧《かじ》る。

「おもちったら、馨と一緒で尻尾から食べる派なのねえ。私、絶対頭からだわ。たい焼きもそうだけど、ひと思い派なの。おもちと馨はその点、じわじわいたぶる派なのねえ」

なんて、あやかしらしいえぐい話もしたところで、私もハトの人形焼を頭からガブッと齧る。トースターで焼いたおかげで、表面がカリッと香ばしい。生地の味はとても素朴なのだけど、上品な甘さが絶妙で、餡子《あんこ》とのバランスも最高だ。

これぞ浅草の人形焼。一つが重くなく、何個でもぺろっと食べられちゃう。

「馨に三個残しときましょう。あいつもこれ、好きだからね」

「ぺっひょ～？」

「ん？　なに？　三つも馨に残しとくなんて珍しいね、ですって？」

おもちはコクンと頷《うなず》く。つぶらな瞳《ひとみ》は、どこか心配そうに揺れていた。

「元気ないね、ですって？　そうねえ……私のせいなんだけど、馨を傷つけちゃった。でもどうすればいいのか、分からないのよ」

おもちが私のおでこをその羽先で撫《な》でる。

優しい子。そんなおもちが愛おしく、ぎゅーっと胸に抱きしめた。

「そうだ。おもち、そろそろ大好きなアニメの時間じゃない？　ござる丸ござる丸」

「ぺひょっぺひょっ！」

おもちは夕方にある教育番組のアニメに夢中なので、それを観るためにテレビをつけた。

夕方のワイドショーがパッと映ったのだけど、テロップにデカデカと書かれていたのは、ある大御所芸能人夫婦の離婚を機に話題となった〝熟年離婚〟の文字……

『何年も連れ添ったおしどり夫婦がなぜ』

『一つの嘘や浮気を知ってしまい、それを忘れられず、年を追うごとに違和感を積み上げて、ある日突然爆発してしまうらしいです』

『最近は、女性からではなく男性から離婚を切り出す人も多いとか～』

「…………」

なにこれ。なんでこのタイミングでこれ？

「嘘、か」

でも、そりゃあそうだ。嘘には、誰だって傷つく。その内容以前に、夫婦であればいっそう、嘘をつかれていたという事実に酷《ひど》く揺らぐのだ。

私はただの人間の子。そのようにして生まれ変わり、前世の夫だった馨と巡り会い……再びこのひとと恋をして結ばれたい、幸せになりたいという、当たり前のような理想を掲げて、前世にまつわる、大きな嘘をついた。

だけど、馨に言うつもりは、今後もない。絶対にない。だって、それは……

それは——

《裏》　馨、三つの嘘の考察。

俺の名前は天酒馨。

千年前、酒呑童子と呼ばれていた鬼の生まれ変わり。しかし今はただの高校生。

先ほどの真紀の様子は、明らかにおかしかった。

安倍晴明の生まれ変わりである叶に「嘘をついている」と指摘された直後の顔は青白く、その嘘を暴かれることを恐れているみたいで、それ以上の追求を拒むような、ピリピリとした霊力を漏らしていた。

それだけで、あの男の言っていたことは正しいのだとわかる。

由理もそれを否定しなかった。あいつも何か、俺たちに嘘をついているのだ。

「三つの嘘、か……」

俺にも、何か大きな〝嘘〟があるということか。

だが、俺だけがまるで、自分の嘘を知らない。

バイト中もずっと悶々《もんもん》としている。俺の嘘って、どれだよ、って。

嘘なんてそりゃあ、誰だって抱えているさ。俺だって真紀に秘密で遠出したり、気になる映画を観に行ったり、大きい買い物をすることもあるし。

時には必要な嘘だってある。だけど、そういうのじゃないんだろうな。

それに……

真紀と叶にだけ分かる話が、あるみたいだった。

気にならないといえば嘘だ。その内容が、殺伐としたものでしかないと予想はできるが、それでもあいつらは、もともと……

もともと、安倍晴明は茨姫を守っていた存在だった。

酒呑童子が何度茨姫の元に通おうとも、晴明の強固な結界が常に茨姫を守っていたし、茨姫は俺の誘いに乗って結界から出ることもなかった。俺は、やっぱり鬼だったから。

「だからこそ……茨姫は、信頼していた者たちに裏切られ、絶望していたんだ」

晴明が守っていたのは、人間の茨姫だ。

鬼と成り果てた彼女を、あいつは、あいつらは座敷牢《ざしきろう》に閉じ込め、殺そうとしていた。

弱り切って、本当に死にかけていたんだ。体も心もボロボロで、生きる気力を取り戻すのに、どれほど時間が必要だったか。

知っているのか、安倍晴明。

俺は今でも覚えているぞ。お前たちが壊そうとしたものの、弱く儚《はかな》い、女の鬼の姿を。

だけどそこから立ち上がり、強くあろうとした、茨木童子という鬼を。

「おい天酒！　牛タン焦げてるぞ！」

「あ、すみません大和《やまと》さん」

ちょうど浅草寺《せんそうじ》境内の屋台でバイトをしていた。分厚い牛タン串《くし》焼《や》きの屋台だ。

俺が焼くとジューシーかつ香ばしく、程よい塩気がクセになるって、なかなか評判なのだが、一本だけ片側が焦げ付いてしまった。

「珍しいな、天酒がボケーッとしてるなんて。さっきからなんかブツブツ言ってるし」

「すみません。ちょっと家庭で色々あって」

「家庭って……ま、まさか、茨木と喧嘩《けんか》でもしたか？」

スーツを脱いで作務衣《さむえ》姿の大和さんが、わずかに青ざめていた。

大和さんは〝浅草地下街あやかし労働組合〟の長だが、今日は浅草寺の隅っこにある屋台で香具師《やし》をしている。まあ浅草のあやかしたちも屋台を出しているからな。

俺は大和さんに頼まれ、時々この界隈《かいわい》の屋台でアルバイトをしているのだった。

「茨木と喧嘩なんて、浅草が滅びかねん。いいか天酒、お前は自分が悪くないと思っていても、まずは一度謝った方がいいぞ。うちの親父も、生前は気の強いお袋によく謝ってた」

「別に真紀と喧嘩した訳じゃないんですけど。ただ、ちょっと、なんでかなあ。気まずくなっているだけで。俺に対して、秘密があるみたいで」

「秘密？　お前たちの間に？」

大和さんは解せないという面持ちだ。やがて、

「女の秘密なんてのはパンドラの匣《はこ》だぞ。開けない方が幸せってこともあるだろ」

とかなんとか、意味不明なことをしみじみ言って、俺を慰めだす始末。

俺は小さくため息。そんな時だ。

「あのう、牛タンの串焼き、一本貰《もら》えますか？」

「あ、はい。まいどー……」

牛タンの串焼きを店先で注文した男に、俺はハッとした。

このスーツ眼鏡、陰陽局《おんみようきよく》の退魔師、青桐《あおぎり》だ。なぜこんなところに――

「うわあっ、青桐さん！」

一番ビビっていたのは隣にいた大和さん。

浅草地下街の大和さんと、陰陽局の青桐さんには面識があるのだろう。

「こんにちは浅草地下街のお二人さん。最近少し寒いですが、精が出ますね」

「いや～、炭火の前に立ってるだけなんで暖かいもんですよ」

なんて世間話をしている二人。まあいい、俺は黙々と牛タンを焼く。

「どうぞ、一本400円になります」

「ああ、はい。ありがとうございます」

青桐さんは牛タンの串焼きを買って、後ろでおとなしくしていた背の高い女性に「どうぞ」と手渡している。

褐色の肌に、うねりのある黒髪。

あれは、前に真紀が助け出した人狼の女、ルー・ガルー。

ルーは牛タンの串焼きを見ると、途端に水色の瞳を静かにキラめかせ、夢中になって頬張っていた。さすがは狼。薄っすらと見える尻尾がわっふわっふと揺れている。

そんなルーを、青桐さんは微笑ましく見ていた。

以前学園祭で事件を起こしたルーは陰陽局預かりとなったが、一見、ここは上手《うま》くやっているように見える。餌付《えづ》けしているだけかもしれないが。

「ところで天酒君。もうすぐ修学旅行で、京都へ行かれるみたいですね」

「え？　あ、はい……そうっすけど」

淡々と受け答えをする。青桐さんは、遠く木枯らしの吹く、西の方を見つめていた。

「ならばひとつ、忠告を。あちらでは京妖怪《ようかい》の〝神隠し〟が頻発していますので、あなた方のような力を持つ若者は、何か事件に巻き込まれてしまうかもしれません」

「神隠し？　前に、あやかしが行方不明になったり、体の一部が失われたりする事件が続いていると言ってましたが、それと関係が？」

「無関係ではないと、私は思っていますよ。もしその手の事件に遭遇した場合、深みにはまりすぎないよう気をつけてください。そこはもう、人やあやかしが手を取り合い共存している浅草ではなく……平安時代より続く魔都ですから」

青桐さんが押し上げる眼鏡の端が、怪しく光る。

「なぜ俺にそんな話を？」

「だって、あなたは茨木さんの騎士《ナイト》でしょう？」

「は？　騎士《ナイト》⁇」

なんじゃそりゃ。どっちかというと夫……あれ俺、今、自分でそんなこと考えてる？

「アオギリ、そろそろ時間だ。また遅刻したら、本部の連中にしこたま怒られるぞ」

「おおっと、それは由々しき事態ですねルーさん！　では、私どもはそろそろ。あ、京都のお土産は生八つ橋でいいですから」

「はああ？　あんたらに土産を買ってくる義理なんてないー」

「カオル」

去り際に、ルーが一度こちらを向いた。エキゾチックな水色の瞳が、俺を捉《とら》える。

「マキを、守って」

「…………」

なんだよ。そんなこと、言われなくても分かっているのに。

突然現れ、勝手なことを言って去っていく彼らを見送りながら、俺はまた物思いに耽《ふけ》る。

「そういや、あのオレンジ頭いなかったな……」

「津場木《つばき》茜君《あかね》、か？」

「知ってるんすか大和さん」

「まあ、津場木家は関東じゃ有名な退魔師の名門だからな」

陰陽局の連中が帰ったことであからさまに安堵《あんど》しながら、大和さんは続けた。

「特に茜君は、幼少よりその才能を期待されていた逸材だ。名門だったのに、徐々に力の失われている灰島家《うち》と違って、津場木家は安泰。確か茜君は霊力値一〇万オーバーだろ。俺なんて、一万もないんだぜ」

なんとなく、大和さんが自分は立派な跡取りではないと自虐している雰囲気があったので、俺はちらりと彼を見た。

こうやって屋台にいる時はテキ屋の元締《もとじめ》さながらだが、時々この人は、どこにでもいる若者のように、自信なげに見える瞬間があるんだよな……

「大和さんだって浅草で頑張ってるじゃないですか。こうやって浅草のあやかしのために、本来はあなたがやらなくてもいい仕事をやっていたり」

「……それ褒めてんのか？」

「ええ、まあ。浅草にはあなたみたいな人間の方が向いてると思いますけどね、俺」

浅草のあやかしを纏《まと》められる人間は、大和さんのように人情味に溢《あふ》れ、あやかしに愛される人間。

あやかしを退治したり、強制的に従わせたりする強い力を持つ人間じゃないと思う。

「どでかい力が必要な時は、俺たちもいるんですから。いざとなったら、俺だって、由理だって真紀だって、あなたを助けたいと思っています。そこが大和さんの凄《すご》いところなんだな」

「そ、そうか……？　俺、歳下に慰められてる？　まあいいか」

牛タンの串焼きが、無駄にたくさん、炭火の網に並べられる。

ジュージュー、ポタポタと、肉汁が滴り落ちて、美味《うま》そうな匂いをいっそう漂わせた。

「大和さん、そんなに並べたら売れ残ってしまいますよ」

「それならそれで、お前が持って帰ればいいんじゃねえの？　嫁さんに食わせてやれよ」

「嫁さんって……」

もうすぐバイトも終わる。そんな時に、大和さんはわざと牛タンの串焼きをたくさん焼いて、俺と、家で待つ真紀の土産として持たせてくれたのだった。

「喜ぶかな、あいつ」

牛タンは真紀の大好物の一つだ。今日は色々あったから、肉を食って元気になるといい。

俺ももう、いつも通りにしておこう。なにを気にしたところで、俺たちの関係は変わらないし、日常も変わらない。この先も、ずっと。

「……ん？」

あれ。俺たちの住むアパート〝のばら荘〟の前に、黒鴉《からす》マークの引っ越しのトラックが止まっている。どうやら一階の一室に、新たなあやかしの住人が越してきたらしい。

ふうん、こんな時期にねえ……なんて思いながら、脇の階段を上って真紀の部屋へ。

チャイムを鳴らすと、真紀はすぐに出てきた。

心配そうに俺の顔色をうかがっているが、いつものごとく「ただいま」と言うと、嬉《うれ》しそうな顔をして「おかえり！」と返してくれた。

「あのね、あんたが食べたいって言ってたハムカツ、たくさん準備してるわよ」

「ああ、すげえ楽しみだ。あ、これ土産」

「わあ！　牛タンの串焼きじゃない！　あ、ちゃっかりレモンも買ってきてる」

「牛タンにはレモン汁。これ常識だ。さあ、ベランダの七輪で炭火焼きしなおすか」

というわけで、真紀はハムカツを揚げに台所へ行き、俺は仕事後のお楽しみである缶コーラをお供に、ベランダの七輪で、軽く串焼きを炙《あぶ》り直す。

「ぺひょぺひょ」

「おお、もちの字、なんだお前の魚も焼けって？」

おもちがしじゃものパックを持ってきたので、それもついでに焼きながら。

おもちは俺の背にもたれかかって、お気に入りのミニカーで遊び始めた。こいつ、最近乗り物に興味があるみたいなんだよな。好きなものからして絶対オスだよな……なんて考えていたら、七輪で焼いていた牛タン焼きが香ばしい煙を立て始めたので、それをハタハタと団扇《うちわ》で扇《あお》ぐ。

たくさんの千切りキャベツを盛り付けた大皿に、ハムカツと牛タンの串焼きを並べれば、安物と貰《もら》い物なのに、まるで宴会のような豪華な酒のつまみのよう。

新米の炊きたてご飯も茶碗《ちゃわん》に山盛り。本日の味噌《みそ》汁《しる》の具はきゅうりと玉ねぎ。

俺たちは食卓を整え終わると、各々《おのおの》の座布団に座って「いただきます」と手を合わせ、いよいよおかずをつまむ。

俺はまず揚げたてのハムカツに、濃厚で甘めのソースをちょっとだけつけて、齧《かじ》る。

ああ、美味い……。魚肉ハムの昔ながらの素朴感と、ちょっとジャンキーな味を、サクサクの衣とソースが最高のおかずに仕上げている。合間に千切りキャベツを小皿にとって、ちょっとの紫蘇《しそ》ドレッシングで食べるのがお気に入り。

ソース味のカツと千切りキャベツって最強の組み合わせだよな。白飯も何杯でもいける。

向かい側で真紀が、真剣な顔をして、炙り直した牛タンにレモンを絞っていた。

「あー、この肉汁と胡椒《こしょう》とレモンの混ざった匂いだけで逆立ちできそうだけど、やっぱり食べて飲み込んで、五臓六腑《ごぞうろっぷ》の肥やしにしてしまわないとね」

豪快にかぶりつき、その特徴的な噛《か》みごたえと、旨《うま》みの強い肉の味わいを楽しんでいる。

真紀の肉を齧って頬張る、野性的な姿が絵になるなあ。

「お前が肉を丸齧りしていると、なんだか思い出すな。昔、茨姫は猪肉が好きでさ。大江山でとった猪を丸焼きにして、塩と果汁で食ったよなって」

「あと、キジやカエルも食べてたわよね」

「カエル……」

「平安時代って出汁《だし》の技術もなかったからねえ。焼いたり煮たりした食材に、ちょっとのお塩や、お酢で味をつけるしかなかったわ。でも山で食べる自然のものって、それだけでとても美味《おい》しかったから……」

昔の事を思い出しながら、真紀はまた牛タンを噛みちぎる。

俺はきゅうりと玉ねぎの味噌汁をすする。

「…………」

なんとなく、沈黙ができた。沈黙の中、サクサク、もぐもぐ、食べ続ける。

そして、お互いに顔をあげ、「真紀」「馨」と名を重ねて呼びあう。

何か話を切り出そうとした、そんな雰囲気の中。

ピンポーン。タイミング悪くインターホンが鳴る。

「ったく、なんだよこんな時に。あ、真紀、お前は食ってろ。俺が出る」

俺は白目をむいて、ふらふらと玄関へ。

「はい、なんですか。うちは新聞はいりませんよ」

適当に出てみると、菓子折りを差し出しながら深々と頭を下げる、若い男女が二人……

「今日からのばら荘の101号室でお世話になる、獣道虎男《けものみちとらお》と言うものじゃ」

「獣道熊子《くまこ》です。どうぞよろしくお願い申し上げまする」

頭を下げ続けているせいで顔を拝めないが、男の方はブリーチのかかった髪を虎柄のバンダナで上げていて、さらに虎の描かれた革ジャンを羽織っている。女の方はこの寒さの中デニムのショートパンツ姿だ。

夫婦？　カップル？　派手な見た目の割に、嫌に腰が低いし、古風な喋《しゃべ》り方だ。

ここに越してきたってことなら、やはりあやかしなんだろう。

「ご丁寧にどうも」

菓子折りを受け取ると、彼らは律儀に下げ続けていた頭を上げた。

「……あ」

俺たちはお互いに顔を見合わせ、その瞬間、揃いも揃って呆気《あっけ》に取られる。

三秒、いや、十秒くらい、お互いに瞬《まばた》きもできず、口をパクパクさせていたが、

「あああああああああっ!!」

「うおおおおおおおおっ!!」

まず驚嘆の雄叫びを上げたのは、目の前の男女だ。

彼らはひとしきり叫んでから、玄関先で勢いよく俺の前に片膝《かたひざ》を付くと、ガツンと拳《こぶし》で廊下のコンクリートを打ち付けた。

それが彼らの、俺を前にして跪《ひざまず》く、変わらぬ敬服の姿だった。

「再びお会いするこの日を待ちわびておりました。我が王!」

二人の本当の名は、〝熊童子《くまどうじ》〟と〝虎童子《とらどうじ》〟と言う。

かつて酒呑童子の四大幹部の二座を与えられた、遥《はる》か昔の、親愛なる家来である。

第二話　熊と虎

やけに玄関が騒がしいわね。

ちょうど私は、おもちに焼きししゃもを食べさせているところだったのだけれど……

「真紀《まき》！　おい真紀！」

さっきまで白目をむいてた馨《かおる》が、キラキラした笑顔で居間に戻ってきた。

同時にぎょっとする。馨が両手に、子熊と子虎を抱えていたからだ。

「凄いぞ！　あいつらだ、あいつらがやってきた！」

「あいつら、って」

馨がこんなに興奮しているなんて。

熊と虎、まさか……

「もしかしてその子熊と子虎……熊童子《くまどうじ》と虎童子《とらどうじ》⁉」

名を当てた途端、二匹は馨の腕から飛び出し、ボフンと煙を立てて人の姿となる。

私の目の前で片膝をつき、格好良く敬服のポーズをとっているのだ。

「お久しぶりでございます、奥方様！」

そして、涙に濡《ぬ》れたその顔を上げ、私を見つめる。

格好は今時の若者という感じだが、その覇気のある面構えを忘れたことなどない。

かつて酒呑童子《しゅてんどうじ》の両腕として、鉞《まさかり》とトゲ棍棒《こんぼう》を持って戦場を駆けた鬼獣《きじゅう》の戦士たち。茨《いばら》姫《ひめ》も随分とお世話になった、古き仲間だ。

あまりの懐かしさにわなわなとこみ上げるものがあり、わっと二人に抱きつく。

「熊ちゃん、虎ちゃん！　あなたたち、生きてたのね……っ!!」

「ええ、ええ奥方様。我々は千年前の戦いの後も、この時代まで生きていたのでございます」

「まさか王と奥方様の両方に会えるなんて思わなかったんじゃ。今日は最高の日じゃ～っ!!」

彼らは、転生した私や馨とは違う。

スイやミカと同じ、現代まで生きているあやかしだ。ちなみに姉弟《きょうだい》。

「改めまして、奥方様。私は熊童子、現在は獣道熊子《けものみちくまこ》と名乗っております」

熊ちゃんこと熊童子は体格の良い女性で、健康的な小麦色の肌と、ぽってりした唇、焦げ茶色の髪を高い位置でお団子にしているのが特徴的。

千年前から変わらない意思の強そうな表情はそのまま、今は現代人らしいゆるキャラのTシャツとデニムの短パン姿なのが面白い。

「ワシは虎童子。今は獣道虎男《とらお》と名乗っとる。ニッシッシ。奥方様はそのままじゃ〜」

虎ちゃんこと虎童子は、肩より伸びた薄色のハネっ毛が千年前から全く同じ。

額に当てた虎柄のバンダナや、革ジャン、首や指を飾るジャラジャラしたシルバーアクセも、派手好きでお調子者だった彼らしいかな。今でも大好きなお姉ちゃんと一緒なのは、私たちからすれば一番安心できたことか。

彼らは本当の姉弟ではないが、その契りを交わした仲なのだった。

私や馨のような夫婦とはまた違う絆《きずな》を持った、男女の番《つがい》。

「真紀、こいつらは茨木童子《いばらきどうじ》の生まれ変わりが浅草にいるという噂を聞いて、たまたまのばら荘に引っ越して来たらしい」

「ええ、そうです奥方様。あなたが生まれ変わっているということは、必然的に我らが王も生まれ変わっているのでは、そしてあなたのお側にいるのでは、と考えました」

「でもあっけなく見つかったんじゃ。ワシ、もちょっと時間がかかると思っとったー」

「ありがたいことじゃ虎ちゃん。これも運命。我らには〆切《しめきり》もあるし」

「そうじゃのーあね様。引っ越しが終わったら担当殿に連絡を入れんとな」

最後の方の会話は、私や馨にはよくわからない内容だったが……

それにしてもめでたい。

古い仲間に出会った時の感動はひとしお。馨もとても嬉しそう。

その後、彼らは追加の家電なんかが届いたとかで慌てて部屋を出て行った。

私と馨も、こんな夜だが彼らの引越しを手伝うことにしたのだった。


１０１号室は、確か広さでいうとふた部屋分ある、二人用のお部屋だ。少し前まで若い夫婦が住んでいたんだけど、子供が生まれて別のところへ引っ越しちゃったのよね。

「……それにしても、やけに本や漫画が多いわね」

壁際にズララッと並ぶ本棚に、私はさっきからずっと本を並べている。

立派なデスクも二つ、大きなパソコンや、平たい謎の器具が、それぞれ設置されている。

デスクの横には大きな額が立てかけてあったので、ちらっと覗《のぞ》いてみた。

「あれ、これ馨の好きな少年漫画のポスターじゃない？」

タイトルは『もののけ王の弟子』である。しかもアニメ化だって、へえ〜。

この漫画、最近流行《はや》ってるみたいだけど、熊ちゃんや虎ちゃんも好きなのかな。

確か妖怪《ようかい》たちに育てられた男の子が、その妖怪たちをお供に、世の悪人を裁く王道少年漫画。主人公の男の子を育てた師匠が、強キャラの酒呑童子って設定なのよね〜。

「あれじゃなー。王は今も奥方様の尻《しり》に敷かれていると見える」

「やかましいわ。仕方がねえだろ、鬼嫁なんだから」

玄関先から、そんな男子組の会話が。聞こえているわよ馨。

どんどん荷物が運び込まれ、新品の家具ばかりの、素敵な生活空間が整ってきた。

「奥方様、感謝いたします。おかげで助かりました」

「いいのよ熊ちゃん。助け合いは浅草あやかしのモットーよ」

「まあ、それは素敵です。浅草はまるで、かの国のようじゃ……」

かの国。彼女の言うその国は、千年前に滅んだ、私たちの国のことだ。

「あのう、奥方様？」

「ん？　なに？」

「こちらのモコモコした、愛らしい毛玉のようなお子に触れても？」

熊ちゃんがそわそわして、私の側でじっとおとなしくしている毛玉のようなお子こと、ペン雛《ひな》のおもちを覗き込む。

今日は太っちょの雛鳥と言われたり、毛玉のようなお子と呼ばれたり。

「おもちっていうのよ。多分オス」

「ま、なんて愛らしい。もちもちもふもふじゃの～」

熊ちゃんは目尻《めじり》を垂らして、おもちのほっぺたをつつく。

そういえば、昔から小さくて可愛い動物や子供が好きだった。謎のゆるキャラのTシャツを着ているし、今もこういうのが好きなんだろうな。

おもちは知らないひとを前にもじもじしていたが、やがて熊ちゃんに警戒心を解くと、ペタペタと歩み寄り、羽を広げて抱っこを要求していたのだった。

さて。部屋があらかた整った後のことだ。

私は魚肉ハムカツと牛タンの串焼《くしや》きを温め直し、ここへ持ってきた。熊ちゃんと虎ちゃんの夕飯は、大量にあるレトルトカレーらしいので、ちょっとしたトッピングとして。

「しかしこんだけ大量のレトルトカレー、いったいどうしたんだ？」

「ネット通販で、評価が高いのをお取り寄せしてるんじゃ。ワシらあんまり料理せんから」

馨の疑問に、虎ちゃんはレトルトカレーをガツガツ食べながら答える。

「料理しないの？　熊ちゃんはお料理できたイメージだけど」

「お恥ずかしながら、最近はほとんどしていないのです。仕事が立て込んでおりまして」

仕事か。いったい彼らは何をしているんだろう。

「でもレトルトばかりじゃ飽きない？　たまに食べると美味《おい》しいけど」

「レトルトカレーは家を出られない時の非常食じゃ。基本的には外食ばかりじゃからなー」

「へえ、そりゃ贅沢《ぜいたく》だな」

しかし外食ばかりとは家計にかなり打撃を与える気がするのだが、室内の家具の感じから、結構余裕のある生活をしている模様。

二人が挨拶《あいさつ》で持ってきてくれた高級そうな菓子折りも開け、美味しいクッキーやチョコレート菓子、我が家にあった柿の種やら雷おこしやらをおしゃべりのおともにする。

するとと、気分の良さそうな虎ちゃんがいきなり立ち上がり、

「さあさあ聴いてらっしゃい見てらっしゃい、大江山《おおえやま》酒呑童子絵巻物語」

と、まるで旅の口承芸人のごとく語り始める。

「時は平安中期！　大火災や大飢饉《ききん》、疫病の流行が繰り返され、はたまた貴族間では醜い権力争いによる呪術《じゅじゅつ》の応酬により、世は荒れに荒れ、平安京《へいあんきょう》は様々な怨念《おんねん》と呪いが満《み》ち溢《あふ》れる魔都と化しておった。異形の類《たぐい》が最も目の敵にされていたのが、まさにこの時代。人々はすべての元凶を、我々〝あやかし〟のせいにしたのじゃ」

そこにあった段ボール箱から大きな扇子を取り出し、バッと開いて〝猛虎〟と書かれた墨字を見せつける、粋な虎ちゃん。合いの手を入れつつ、熊ちゃんと交互に語る。

「すべての呪いを引きつけたように、この世にお生まれになったのが、そう我らが王、酒呑童子様でございました」

「人の子として生まれ、時がきて鬼となりて、酒呑童子様はその類稀《まれ》なお力で、一方的に悪と決めつけられていた、平安のあやかしたちを救ったのじゃ」

「そう。我らが熊虎童子、そして奥方様である茨姫様も同じ。酒呑童子様に救われたあやかしでございます」

どこからか琵琶《びわ》の音でも聞こえてきそうな、不思議な気分に陥る語りだ。

瞳《ひとみ》の奥で思い出されるのは、長い直垂《ひたたれ》をなびかせ彼方《かなた》を見据える、かの鬼の王。

「かくして我らが王、酒呑童子様は、この世の全ての異形を救わんと、大江山に巨大なあやかしの理想郷〝狭間《はざま》の国《くに》〟をお造りになり、酒呑童子様の四大幹部、茨木童子様の四眷《けん》属《ぞく》を要に、その勢力を増したのじゃ。……だがしかし！」

ここで虎ちゃんがぴしゃりと扇子を閉じて、その先端で豪快に空を切る。

「朝廷はこの勢力を見逃してはくれなんだ。奴らは当時最強の陰陽師《おんみょうじ》・安倍晴明《あべのせいめい》と、時の退魔武将・源頼光《みなもとのよりみつ》とその四天王に、大江山のあやかしたちの一斉討伐、および酒呑童子退治を命じたのじゃ！」

「ああ、恨めしや憎らしや。我らの国は強固な結界によって守られておりましたが、〝最悪の裏切り者〟の振る舞った毒酒〝神便鬼毒酒《しんべんきどくしゅ》〟のせいで結界が破られ、頼光の軍勢を引き入れてしまうのです」

それは、今となっては遠い時代の御伽草紙《おとぎ》。

幻想、大江山酒呑童子絵巻。

しかし私たちの心に深く刺さって残る、千年前の真実。

忘れられない。忘れようもない。

誰もが悔しい思いを味わい、燻《くすぶ》ったものを抱き続けている、戦いと裏切りの……

酒呑童子《しゅてんどうじ》

《四大幹部》

熊童子《くまどうじ》
虎童子《とらどうじ》
いくしま童子
ミクズ

茨木童子《いばらきどうじ》

《四眷属》

水連《すいれん》
木羅々《きらら》
凛音《りんね》
深影《みかげ》

養子、その他眷属

牛鬼の牛御前《うしごぜん》
豆狸の丹太郎《たんたろう》

源頼光《みなもとのよりみつ》

《四天王》

渡辺綱《わたなべのつな》
坂田金時《さかたのきんとき》
卜部季武《うらべのすえたけ》
碓井貞光《うすいさだみつ》

安倍晴明《あべのせいめい》
藤原公任《ふじわらのきんとう》
藤原道長《ふじわらのみちなが》

一条天皇

「随分と、語り慣れているんだな、熊、虎」

彼らの語り方がいかにも役者じみていたので、馨は内容よりもそこに触れた。

熊ちゃんと虎ちゃんが顔を見合わせ「ええ、それはもう」と頷《うなず》く。

「ワシらは千年前の戦いの中で、頼光四天王の一人である〝坂田金時〟との戦いに敗れ、岡山の阿部山《あべさん》に封じられておったんじゃが、ある日突然、その封印が解けてじゃなー」

「その時すでに、時代は明治に移り変わっておりました。我々は酒呑童子様の伝承が人間たちに都合の良いものに書き換えられていることに悲しみ、その後は酒呑童子様の無念を忘れぬために、旅芸人として真実の物語を語り続けていたのでございます」

「しかしそれだけでは、誰も語りを聞いてはくれん。そこでワシらは考えたのじゃ。時代に合わせて、人々に最も影響を与えることのできる、真実の伝道師たる存在でいよう、と」

「いったい何をしたの？」

私が尋ねると、熊ちゃんと虎ちゃんはいきなりもじもじし始める。

「どうしたんだ、お前たち？」

おもむろに虎ちゃんがポスターを貼った額を持ち上げ、こちらに向ける。

あ、さっき私が見ていた、例の少年漫画のポスターだ。

「ああ、それ知ってるぞ。だって俺、毎週雑誌買って読んでるし。なんだよお前たちもそれ好きなのか？　てかえええっ、アニメ化⁉」

「ちょっと馨、落ち着いて。あんた毎週読んでるのに知らなかったの？」

「こんな情報まだ解禁されてないだろ。なんだこれ、けものみち先生のサインも入ってるし。って……え？」

けものみち？

私と馨は一度顔を見合わせ、そして熊ちゃんと虎ちゃんを見た。

二人は大層自慢げに頷き、これ以上ないドヤ顔になる。

「ええ、そうです」

「我々が漫画家の〝けものみち〟です」

「…………」

えええええええええええっ‼

ワンテンポ遅れ、私と馨は思わずこたつから飛び出し立ち上がる。

「憧《あこが》れのけものみち先生が目の前に⁉　しかも元俺の部下⁉　ちょっと待て、俺まだ心の整理が……っ」

「ねえ馨、馨。よくわからないけど、サインとか貰《もら》っといた方がいいの⁉」

この二人、悪者扱いされることの多い酒呑童子を、読者に愛されるいい感じのキャラクターとして登場させることでイメージアップを図ったとのことだ。

まんまと本人が釣れてるんだけど、まあ馨のような少年の心を持つ読者は多いでしょうから、その影響力や計り知れないと言ったところか。

「主にあね様がストーリー担当で、ワシが作画担当じゃ。しかしあね様もアシスタントとして作画を手伝ってくれている。イケメンキャラはあね様に作画を任せた方が良かったりするし。まさに二人で一人の漫画家じゃ」

「ええ、けものみちの描く『もののけ王の弟子』は、酒呑童子様の無念とその信念を後世に残すため、我々が生み出したメディアコンテンツなのでございます！　現在12巻、累計400万部を誇る全国の少年たちの友情、努力、勝利、そして愛のバイブルなのです！」

キラキラした顔で、馨に成果を報告する二人。

驚きと興奮が高まりすぎて、馨はさっきから口をパクパクさせていたが、ハッとして二人に駆け寄り、頭を撫《な》でる。

「いや、なんつーか、凄《す》げーなお前たち！　元から器用で、教えればなんでもできる優秀な姉弟《きょうだい》だったが、今もそうやって、自分たちの力で信念を持って生きてるんだ。漫画家なんてそうそうなれるもんじゃねーよ。しかも超売れっ子だし」

「うっ、うっ、我が王……っ」

大人が二人、男子高校生に褒められ、頭を撫でられ、これ以上なく感無量な様はとてもシュールだが、彼らには彼らにしか分からない絆《きずな》と、主従の関係がある。

馨はまた、二人に言って聞かせた。

「だけどもう、俺はこのとおりすっかり生まれ変わっているし、人間だ。あやかしですらない。かつての酒呑童子の意思にこだわりすぎず、お前たちはお前たちのために、漫画を描いてくれよ。俺、毎週めちゃくちゃ楽しみに読んでるんだぞ」

「うっ、うっ、ありがたき幸せじゃ〜」

「そのお言葉、痛み入ります。……しかし、実はですね我が王。我々の野望は微妙に逸《そ》れてしまっておりまして」

「ん？　そうなのか？」

「本来、酒呑童子様を主人公に持って行くべきだったのですが、それがボツになりまして」

「それもそうね。酒呑童子の物語を描いているのに、主人公はなぜ人間の男の子なの？」

私もそこは疑問だった。

虎ちゃんが頭をぽりぽり掻《か》いて「えっとじゃなー」と続ける。

「奥方様、少年漫画には王道というものがあってじゃな。感情移入しやすい主人公像ってのが大事なんじゃ。あやかしが主人公だと読者が自分自身と重ねられないし、クール系美男子設定とかあんまり少年誌の主人公っぽくないって担当編集殿が。脇役に回せって」

虎ちゃんは漫画の表紙を並べて、酒呑童子っぽいイケメンの男を指差す。

ああ、確かに漫画的だが、かつての酒呑童子を彷彿《ほうふつ》とさせるデザインだ。それにしても絵が上手《うま》い。プロの漫画家さんだからそりゃそうだろうけど、いったいいつ、どうやってこのスキルを身につけたのか。

今度は熊ちゃんが「そこで……」と、表紙に描かれている、赤毛の少年を指差す。

主人公面した生意気そうなやつだ。

「我々はこの作品の主人公〝ラキ〟に、かつて酒呑童子様の奥方様であった、茨姫様の境遇と、その性格を当ててみました」

「え？」

「大食い、怪力、感情の起伏が激しく、かつ快活。純粋なところもあり情に厚い。それを捏《こ》ねて丸めて、もうちょっとマイルドにしたところ……なぜかモロモロしっくり！　おかげさまで大ヒット！　めでたしめでたし！」

パチパチパチ、揃って手を叩《たた》く熊ちゃんと虎ちゃん。

「言われてみるとあの主人公、男ってだけでかなり真紀……」

「そうなの馨？　じゃあそれ私の物語じゃない。真紀とラキなら、名前まで似てるし」

「あ、マジだ」

馨はお気に入りの漫画の制作の裏側に、かなりの衝撃を受けている。

虎ちゃんは人差し指を立てて、こんな話もした。

「あとあれじゃなー。敵として出した安倍晴明に、爆発的な人気が出ちゃったというか。人気投票も、前回一位だった酒呑童子を押しのけ、今回、圧倒的一位じゃったし」

「え？」

「だいたいゲスくて美形の強敵は、女子ファンがつきやすいのが少年漫画の鉄則ですので。もともと安倍晴明って、どのコンテンツでもすこぶる人気でございまして」

「酒呑童子よりずっと知名度あるしーじゃな〜」

虎ちゃんも熊ちゃんも、そこは包み隠さず、あっさりきっぱりと。

こちとら今日のこともあって、やっぱり美味《おい》しいところは全部安倍晴明に持って行かれるのかと悔しくなる。特に馨の悔しがる姿ときたら。

「うう……やはり酒呑童子は負ける運命なのか……っ！」

「何言ってるの馨！　しっかりして馨！」

バシバシと背を強く叩き、馨を必死に慰める私。

「馨、言ってたじゃない。この漫画の酒呑童子がとってもかっこいいって。馨がそう思ってるんだから、きっと読者のみんなもそう思ってるわよ」

馨は私を見上げて「そうか？　ほんとか？」と。私は強く頷いた。

「勿論《もちろん》よ。虎ちゃんと熊ちゃんが描く酒呑童子が、安倍晴明よりかっこよくないわけがないわ。だってこの二人は、酒呑童子の一番の、腹心の部下だったんだから」

「……奥方様」

この言葉で、またじわりと目に涙を浮かべる、虎ちゃんと熊ちゃん。

「ううっ。王と奥方様が共にいるだけで、ワシ、夢を見ているかのようじゃ」

「誠その通りじゃ。再びあなた方が並び立つ、こんな神々しいお姿にお目にかかれるとは」

虎ちゃんと熊ちゃんの感極まった言葉に、私と馨は苦笑い。

実はさっきまで、ちょっと気まずい雰囲気だったんだけどね……みたいな。

「ここに越して来たのは運命じゃ！」

「ええ。これからは我ら熊虎童子が、お二人の安心安定の夫婦生活をお守りいたす所存！」

「いや、まだ夫婦じゃねーから」

馨のおきまりのツッコミはいりました。

しかし、感極まってオイオイ泣いている二人を見ていると、本当に不思議に思う。

長い時間をかけて失われていくはずのものが、逆に長い時間をかけて熟し、ここに集結しつつあるのだ。

千年前とは違う形、違う姿で、二人は酒呑童子の意思を語り継いできた。

馨はきっと、そんなことまでしなくても良かったのにと言うだろうが、そこまで慕ってくれていた部下の忠誠を知り、心から感謝しているでしょうね。

馨の今のこの顔は、そんな感じだ。

「ん？」

ピンポーン。突然、玄関のチャイムが鳴る。

何事かと思ったら、薬局を閉めたスイとミカがやってきたみたいだ。そういえばさっきメールを入れてたのよね、虎ちゃんと熊ちゃんがいるわよって。

「うわ久々〜。虎君、変わんないねえ、相変わらず派手だねえ」

「え、水連？　うそー、お前さんは結構変わったんじゃなー。昔はもうちょっといけない男って雰囲気じゃったのに、随分と落ち着いたというか、所帯じみたというか」

「所帯じみたって俺まだ独身なんですけど……扶養はいるけど……」

「あ、でも胡散臭《うさんくさ》さは変わらんのじゃ〜」

ドアを開けに行った虎ちゃんとスイが、久々に会った男友達のノリで盛り上がってる。

ミカだけがスイの後ろから顔を出したりひっこめたりして、虎ちゃんを窺《うかが》っている。

人見知りが激しいから、元仲間でも久々だとこうなるのがミカ。

「よお、深影も久しぶりじゃな！　相変わらずちんまいなあ」

そんなミカに気がついたのか、虎ちゃんがミカの頭をワシワシ撫でる。

ミカはやっと笑って、でもまだ恥ずかしそうに「これ」と土産のお酒とかジュースとか、おつまみやらスナック菓子を差し出していた。

「しかしミカ、眼帯なんかして右目はどうしたんじゃ？　綺麗《きれい》な黄金の瞳《ひとみ》じゃったのに」

「あ……」

ミカが青ざめ何も言えなくなったので、すかさずスイがフォローする。

「ああっ、そこにはまだ触れないであげて虎君！　話すと一晩はかかりそうな、厄介な事情があってですね……」

「ちょっとそこー、さっさと部屋に入ってちょうだい。同窓会じゃないのよ」

玄関で長話を始めそうになっていたので、彼らを部屋に引き入れた。

盛り上がるのなら、皆で机を囲んで、昔のように語らいましょう。


華の金曜日とはいえ、もう夜の11時を回っている。

しかしこの時間まで、語らいが止むことはなかった。

「はあ～、賑《にぎ》やかだったわねえ。男たちみんな寝ちゃった。馨なんてお酒も飲んでないのに、コーラだけで酔っ払って、無防備な顔して寝てる。きっといい夢見てるんだわ」

「昔から、宴の様は変わりませんね」

「ふふっ、そうね」

熊ちゃんと台所で後片付けをしながら、女同士静かに笑う。

「今日は学校で色々あったから、こうやって楽しくできてよかったわ。馨があんなにはしゃいだところ、久し振りに見たもの。私たちだけだと、なんだかんだ静かだし」

「男同士でしか語り合えぬことや、わかち合えぬことはあるのでしょう。それは千年前から女には分からぬもの。皆、仲間たちで開く宴、飲み交わす酒が大好きでした。亡国でも、宴は毎晩のように開かれておりましたから」

「……そうね」

熊ちゃんは声音こそ落ち着いていたが、その表情をわずかに曇らせ、続けた。

「ただ、私も虎ちゃんも、いっとき〝酒〟を飲むのが怖いと、本当に怖いと感じている時期がありました。宴のせいで……酒のせいで……そう思わずにいられない日々があったのです」

宴。酒。

それは私たちにとって日々の生きがいでもあり、終焉《しゅうえん》のきっかけでもあった。

「ですがこうやって、また楽しく皆で宴を開くことができたのは、救いです。王がこの場でお酒を飲めぬ高校生だったことが哀れでなりませんが。あんなにお酒が大好きじゃったのに」

「でしょ〜、酒呑童子の名が泣くわよね。でも、大人になるのなんてあっという間よ。私たち人間だもの。それまで馨のお酒はコーラ。人間界のルールは守るわ」

「ええ、王はそういうお方ですね。誰もがこの千年の間に、少しずつ立場を変えながら、それでも大事な心根を変えてはおらぬ……不思議な縁じゃ」

最後はポロリと心の内を零《こぼ》し、熊ちゃんは目の端の涙を拭った。

「奥方様も本当にお変わりなく。いえ……なんとなくですが、あの頃よりもっと気高く逞《たくま》しくなられた気がして、私は感服しております。王の花嫁として迎えられた当初は、本当にか弱い、幼さの残る泣き虫姫君でしたのに」

「もうっ、いつの頃の話をしてるのよ熊ちゃん。あの頃のことなんて忘れてちょうだい。弱々しくて泣き虫な私なんて……ここじゃお呼びじゃないもの」

「……奥方様？」

「私、強くなりたいって思ってたんだもの。強くなければ、結局何も、守れなかったわ」

「…………」

宿敵・安倍晴明に出会ったこの日。

私たちはもう一つの星の巡り合わせに、歓喜した。

馨と私は安倍晴明に突きつけられた〝三つの嘘〟の件でぎくしゃくしていたが、この再会の衝撃で、その後しばらく、お互いの雰囲気はいつも通りに戻るのである。

それが、大事なことを後回しにしているのだと、お互いにわかっていても。

第三話　黄昏時のカッパーランド

「でね、あれは確か、放課後の4時44分だったよ。旧棟の三階の、今はもう使われてない旧音楽室があるじゃない？　あそこからいびつな歌声が聞こえてきたんだよ～」

「みっちゃんまた怪談話？　やめてよー」

教室にて班員と机を向き合わせ、ちょうど来週に迫る修学旅行の、班行動での巡り場所を選んでいた。

修学旅行先は、例に洩《も》れず京都である。

私の属する女子班のメンバー構成は、以前林間学校で色々あった新聞部のみっちゃん、赤ぶち眼鏡が特徴の美術部員丸山《まるやま》さん、学級委員長で中学からの付き合いの七瀬《ななせ》、この四人だ。馨《かおる》や由理《ゆり》とは別の班で、彼らとは初日の自由行動で一緒に巡る。

この女子班で巡るのは二日目になるわけだが、こういう女友達だけの班も、時には悪くない。

「どこ行く？」

「やっぱ王道に清水寺《きよみずでら》とか？」

「でも中学の時に行ったな〜、人も多いし」

「なら宇治《うじ》は？　宇治の平等院鳳凰堂《びょうどういんほうおうどう》。京都駅よりずっと南側にあるから、中学の時に行ったことない人多いかもしれないわ」

「ねえ宇治に行くんだったら、途中で伏見稲荷《ふしみいなり》大社にも行こうよ！　色んな漫画や小説の聖地にもなってるし、真っ赤な千本鳥居が凄《すご》く綺麗なんだって！　お狐様いないかな〜」

そんな風に、皆であれこれ行きたい場所を話し合うのだ。

京都の地図を見ていて、ふと地図の左上に、矢印で地図外にある大江山《おおえやま》を指し示していることに気がついた。

大江山。酒呑童子《しゅてんどうじ》伝説で有名な、私たちの故郷。

大江山は京都市内から見て北西に位置する、丹後半島《たんごはんとう》寄りの連峰だ。

京都とはいえ行くには遠すぎて、こういう観光マップにすら入りきれていない。

「大江山には……行けないでしょうね」

「ん、どうしたの真紀《まき》」

「う、ううん。で、結局どうする？」

最終的に、班の女子たちが宇治に行ったことがないというので、伏見稲荷大社に寄りつつ宇治の平等院の方向へと向かうことになった。

「ねえねえ、決まった？　さっきの話の続きしてもいいかな〜」

「また〜？」

みっちゃんがしきりに、この学校の怪談話をしたがる。あやかしは大得意でも怪談話や幽霊話は大の苦手、そんな矛盾を抱える私は身構える。

「あたし昨日、午後4時44分に歌声が聞こえてきたところを見計らって、旧音楽室に行ってみたんだけど〜。でも甲高い歌声は音楽室中から聞こえるのに、結局何にもいなかったんだよ〜っ！　これぞオカルト体験！」

ぐっと拳《こぶし》を握りしめて力説するみっちゃん。次の新聞で、この学校のオカルト特集を組むらしく、すっかり目を輝かせて自分が遭遇した未知の体験を語る。

この子、林間学校であれだけ怖い思いをしたはずなのに、懲りてないなー。

「とにかく！　最近学校のあちこちでオカルト現象が多発してるんだってば！　家庭科室では棚に仕舞った調理器具が、翌日には別の場所に置かれていたり、使われてない教室の黒板に、謎の暗号がびっしり書かれていたり。旧理科室の窓から人影が見えるってのも聞いた。絶対なんかいるんだよ〜！　あ、続きは学校新聞を読んでね？」

「結局そういうこと……」

新聞のためなら命すら投げ出しかねないみっちゃんは今日も通常運転。

「こら、そこ。スケジュールは立て終わったのか？」

「いてっ」

うるさくしていたせいで、後頭部を軽くバインダーで叩《たた》かれた。

振り返ると、そこには白衣の安倍晴明《あべのせいめい》……もとい、叶《かのう》先生が。

私は周囲に気がつかれない程度に奴を睨《にら》む。ギリギリと歯を剝《む》き出しにして。

「世間話も良《い》いが、スケジュールは今日中に提出しなければならないぞ。当日困らないよう、行き方や交通手段もしっかり調べておけ」

「はーい」

しかし奴は、いったいどこの誰だよと言わんばかりの甘く爽《さわ》やかな笑顔で私たちを叱るのだ。これには班員の女子たちもうっとりして言うことを聞いてしまう。

うう、なんか悔しい、悔しいよう。

「はあ〜。ここ最近の癒しは叶先生だけね〜。大人の色気たっぷりでほんと眼福〜。先生彼女いるのかなー、狙ってる子も、狙ってる独身女教師も多そうだけど〜」

なんて、目がトロンとしているみっちゃん。

全力でやめときなさい、と言いたい。

奴はあんたの考えているような甘い男じゃないのよ。超激辛なんだから。

「はああ〜っ！　叶先生の出現により、我がクラスに超美形男子が三人揃ったわ。天酒《あまさけ》君、継見《つぐみ》君、叶先生ね。デルタを形成するのが大事。問題は誰をどう取り合うかって話なんだけど、あ、叶先生は表向き優しいけど裏ではドSって設定だといいと思う！　白衣だからねっ！」

と、丸山さん。危なげな表情で意味不明なことを力説しながら、相関図らしきものを目の前のノートに書きなぐっている。まあ触れずにそっと放置。

「ねえ真紀、宇治ってお茶の産地なんだって。宇治抹茶とか、宇治煎茶《せんちゃ》とか言うもんね」

「あ。私、濃い抹茶ゼリーと抹茶アイスてんこ盛りの、大きなパフェ食べたいのよねえ」

一方、食べ物の話で盛り上がる女子力に欠けた七瀬と私。パンフレットに載っている抹茶スイーツに目を輝かせている。

そんなこんなで修学旅行のスケジュールを決め終え、行き方もしっかり調べてまとめ、あとはもう、食べたいものとかお土産とか、そういう話に興じた。


「おい真紀。俺、ちょっと剣道部に呼び出されてるから、お前先に部室行ってろよ」

放課後、荷物を整えていると前の席の馨《かおる》が振り返る。

「呼び出しって何？　あんた、何か目をつけられることをしたの？」

「そういうのじゃねーよ。練習試合に付き合えってさ。俺、中学の時剣道部だったから」

まあ、馨は中学時代に、剣道部の全国大会に出てるしね。

こうやって時々、練習試合に付き合わされては、剣道部に入らないかとしつこい勧誘を受けるのだ。結局入らないんだけど、馨は。

「後から部室に来られそう？」

「うーん、どうだかな。もし俺が遅くなりそうだったら、お前先に帰っててもいいぞ」

「……そう」

馨は気を使って言ったつもりのようだったし、私もそれを十分に理解していたが、それがやけに乾いて響いた。普通ならもう少し嫌味の言い合いが続くところなのに。あとからお互いに「あ」となって、変な空気が漂う。

最近、なんだか少しちぐはぐなのだ。

普段はいつも通りなのだが、時々こうなりがちなのは、やっぱり、どこかで意識してしまっているからだ。それぞれの〝嘘〟というものを。

変なところで気を使いあって、そこに触れないようにしている。

「……じゃあ、あとでな」

馨はそれ以上、特に何か言うこともなく、教室を出て行った。

「ふう、今日の放課後は一人だわ」

時刻は午後4時ちょうど。

由理も来週の修学旅行に関する委員会で、今日は部活に出られそうにないとのことだ。

とりあえず窓辺で育てている観葉植物に水をやり、静かな部室で一人勝手に紅茶を入れて、ほっと一息。スマホに送られてくる、スイからのメッセージを確認する。

「あ、おもちったら、スイおじさんにまたおもちゃ買ってもらったのねえ」

今日はスイのところでおもちを預かってもらってるんだけど、カラーボールに囲まれた、おもちの愛らしい写真が。思わずその画像をなでなでしてしまう。

「おっと。こうしちゃいられないわ。私にはやらないといけないことがあるんだから」

独り言をぼそぼそ呟《つぶや》きながら、私は戸棚から箱を取り出す。

その箱の中には、秋の間にリスのごとくたんと溜《た》め込んだどんぐりが沢山……

そんな時だ。足元で私の足をぺちぺちする生物あり。

「茨木童子《いばらきどうじ》しゃま～」

「あら、手鞠河童《てまりかっぱ》たちじゃない」

最近、校内でよく見かける手鞠河童たち。

花壇でも通り抜けてきたのか、頭のお皿に花びらをのっけた二匹がテーブルの足をよじ登ってきて、「どんぐり、なんに使うでしゅか～？」と、私の作業に興味津々。

「そりゃあ秘密兵器よ。備えあれば憂いなしっていうでしょう？　最近物騒なことが続くし、そろそろ釘《くぎ》バットだけでは対処できないこともあるからねえ」

手鞠河童たちはアホ面のまま、「あ～？」と首を傾げている。

このどんぐり、まずはテーブルに一つ一つ並べて、帽子を被《かぶ》っているのだけを選び出す。

そして、この部屋に大量にある陶器の小皿を一つ借り、そこに……

「あぎゃー、真っ赤っかな血でしゅ〜」

河童たちが震え上がる。私は指をちょんと切って、小皿に血を垂らしたのだった。

「ふふふふ……うっふふふふふふ……」

魔女のごとく不気味な笑い声を漏らしつつ、帽子を取り外したどんぐりの頭に、水彩用の筆で血を塗りたくり、再び帽子を被せて蓋《ふた》をする。なんて恐ろしい工作。

手鞠河童は繰り返される私の作業を見ていたせいか、やがてどんぐりを手元まで持ってきてくれたり、帽子を取り外してくれたりと、お手伝いをしてくれたのだった。

この〝血塗られどんぐり〟が何になるかって？

それは使ってみてのお楽しみ。

「茨木童子しゃまー、大変でしゅー」

作業を終えた時、また別の手鞠河童が二匹ほど現れ、大げさに飛び跳ねながら緊急事態を訴える。

「早くあっちきてくだしゃい」

「カッパーランド、茨木童子しゃまいないと完成しないでしゅー」

私は事情を察し、「あーはいはい」と立ち上がると、作ったばかりの血塗られどんぐりをいくつかポケットに入れ、部室の隅っこにある使われていないロッカーの扉を開ける。

「さあて、あちらに行きますか」

ロッカーに入って扉を閉め、両手を合わせて「繋《つな》げ。裏明城学園《うらめいじょうがくえん》」と唱える。

ふわりと体を襲う浮遊感の後、再び扉を開けると、そこはもう私たちの住む世界とは何かが少し違う、裏側の空間なのだった。

ここは狭間《はざま》・裏明城学園。

馨が学園をそのままそっくりコピーして、地下に生み出した異空間だ。

ただ私たちの知っている明城学園より、どことなく荒廃的。それでいて、所々ポップな装飾が施されているのが面白い。

なんせ、手鞠河童たちが好き勝手に改造しているからね。

部室の石膏像《せっこう》にヒゲや眼鏡なんかの落書きをしているし、机の上にはこの世界で咲く小さな花が、暗号じみた謎の配列で並べられている。

差し込む光は、この世の終わりのような、濃い夕焼け色。

「中庭は……手鞠河童の大好物の、きゅうり畑になっちゃってるわねえ」

「ここきゅうり良く育つでしゅ」

「いつも豊作でしゅ〜。浮気心でメロンとスイカ、あとかぼちゃ育ててるでしゅ〜」

「どうせ全部ウリ科でしゅ。もうすぐズッキーニも追加しましゅ」

手鞠河童たちが口々にこの畑の紹介をしてくれる。

最近の河童はズッキーニを知ってるのね……

「馨の作る狭間は気候も安定しているし、土に宿る霊力も地上とは比べものにならないでしょう。食物を育てるのには、うってつけなのよ」

「茨木童子しゃま〜、あとでお土産きゅうりあげるでしゅ〜」

「ありがとうね、いつも助かるわ」

きゅうり畑で働く手鞠河童たちに手を振り、廊下に出てグラウンドを見渡す。

面白いことに、広々とした土地に建設中の遊園地が。

出入り口のアーチには「えるかむ　とぅ　かっぱーらんど」と書かれていて、遊園地を囲む花壇には、こんな季節でも色とりどりの花が咲き乱れている。

こう見えて隅田川《すみだがわ》の手鞠河童たちには優れた土木と建築の技術があり、古くは合羽橋《かっぱばし》付近の掘割工事を担ったとかなんとか。

彼らは早々にこの場所に目をつけ、馨や浅草《あさくさ》地下街の大和《やまと》さんと交渉し、ここに理想のカッパーランドを造っているのだった。

無数の河童たちが、メリーゴーラウンドやらジェットコースターやら、コーヒーカップやらを、謎の技術で生み出している。キャッチーな河童のマークがあちこちにある、まさに堂々たるカッパーランド。全体的にちょっとレトロな和風テイストが光るデザインなのが、あやかしの遊園地っぽいわね。

まあ、浅草のあやかしたちが大好きな花やしきを、若干パクってる感もあるが……

「ねえ、カッパーランドに観覧車はないの？　私、観覧車が好きよ、乗るのも見るのも」

「観覧車、ただいま鋭意製作中、でしゅ」

「一番大きいの作るでしゅ〜」

どうやら、まだまだこの遊園地の遊具は増えていくらしい。

開園したあかつきには、馨と由理と、あとおもちゃや浅草の皆も連れて、ここに遊びに来たいものだわ。

「しかし……河童増殖したわねえ。隅田川と直結させたんだっけ？　何匹いるんだか」

「現在三千ぴき。ここはかっぱのネバーランド」

「平和に自堕落に、わがままにありのままに暮らすのでしゅ〜」

「遊園地でがっぽがっぽ稼ぐでしゅ。打倒、花やしきでしゅ〜」

手鞠河童の中でも、甲羅にステッカー付きの五匹が、大それた野望のような、そうでもないようなことをそれぞれ語る。

彼らはカッパーランド運営委員会の役員。右から、ネロ、ハイジ、アン、ロミオ、ペリーヌである。私が勝手に名付けたんだけど、特に覚える必要はなし。

以前ブラックなアルバイトを経験した手鞠河童たちは、浅草地下街が時々開く労働セミナーに参加し、商売や経営術を学んだらしい。

　これからは、自分たちの得意分野で生きていきたいのだそうだ。


「茨木童子しゃま〜、次こっちでしゅ」

「はいはい。全く、ひとをこき使って……」

　毎度ここへ来ると、私の腕力に期待したお手伝いを要求される。

　まあ、私も河童の楽園に興味があるので、カッパーランドの建設のお手伝いには乗り気なんだけど。今はレンガ道の舗装作業をせっせと頑張っていた。

「茨木童子しゃま〜、お助けくだしゃいでしゅ」

「次は何？　重い角材運べって⁉」

「違うでしゅ〜。旧館になんかいるでしゅ〜」

「侵入者でしゅ〜。早くぶっ倒してくだしゃい〜」

　やってきた手鞠河童たちはガタガタ震えている。

　侵入者とは厄介な。仕方がないので再びここの部室に戻り、隠している相棒の釘バットを手にし、いざパトロールへと向かう。

「ああ、なんか嫌な雰囲気だわ。あやかしっていうか、幽霊が出てきそうな……」

　誰もいない、静かすぎる校舎。

狭間なので人間は勿論《もちろん》いないはずだし、時々見掛けるのもちょろちょろと移動する小さな手鞠河童ばかり。教室を見回っていくと、家庭科室は河童たちの食堂になっていて、ちょうど夕食の準備中だった。

割烹着《かっぽうぎ》と三角巾《さんかくきん》を身につけた小さな手鞠河童たちが、せっせと炊事をしている。

「なに作ってるの？」

「きゅうりスープと、きゅうりパイでしゅ」

「材料はきゅうりときゅうりと、かぼちゃとすり下ろしきゅうりでしゅ〜」

「ふ、ふーん」

ちょっと味見でもしていこうかと思っていたが、今回はやめとこう。

河童って本当に、飽きることなくきゅうりが好きよねぇ。

「あれ。なんか……なんか、音楽室の方から奇声が聞こえるんですけど」

「奇声とは失敬でしゅ〜」

「カッパーランドのメインテーマ曲でしゅ」

音楽室を覗《のぞ》くと、無数の手鞠河童たちが並んで大合唱をしていた。

「ラーラーラー」

嘴《くちばし》を縦に開いて、体を揺らしながら大合唱する様は愛らしい。しかしその合唱は見事に不協和音なので、私は思わず耳を押さえる。

「みっちゃんが言っていた、音楽室から聞こえる奇妙な歌声って……もしかしてこれ？」

現実世界と狭間は表裏一体となっており、どこかでリンクしていることがある。

あちらで姿は見えなくとも、こちらではこうやって、手鞠河童たちが一生懸命大合唱をしていたり。きっと、手鞠河童たちの歌声が、時々あちらに届いていたのね。

「みっちゃん、最近学校でオカルト現象が多いって言ってたけど、それってこの狭間の影響かもしれないわね。情報量が多いわりに一瞬で構築したから、所々バグが起きててもおかしくないわ。今度馨を連れてきて、メンテナンスさせなきゃ……」

それはそうと、手鞠河童の言う侵入者に遭遇しないわね。

「ねえ河童たち。あんたたちの言う侵入者って、どんなやつ？」

「白いヒラヒラした、もくもくの煙を吐くやつでしゅ～」

「なにそれ、煙々羅《えんえんら》？　その情報だけだと全く想像できないんだけど」

手鞠河童たちは「こっちでしゅ～」と、私を旧棟の三階へと連れていく。

三階の教室は、そのほとんどが手鞠河童たちの集合住宅らしい。

一つ一つの学生机が彼らの部屋になっており、手作りの小さなソファやベッドが、好きなように置かれている。まるでミニチュアハウスのよう。

黒板には、碁盤状に区切られた枠が描かれており、その中に謎の文字と記号が羅列されている。誰がどこに住んでいるのか、記してあるということだ。集団行動をする習性のある手鞠河童には、彼らにしか分からないルールや文字、記号などがあるみたい。

ああ、でもそうか。彼らの落書きがあちらの世界の黒板に浮き出てしまっているんだったら、そりゃあみんなオカルト現象だって騒ぐわよね……

「あそこでしゅ〜。あそこに侵入者がいるでしゅ〜」

「……旧理科室？」

「きゅうり、かしつ、でしゅ」

「区切るとこそこじゃないから」

釘《くぎ》バットを片手に、もう片方の手で旧理科室の扉を恐る恐る開ける。

あやかしなら一発殴って現実世界でおはようコースだけど、もし幽霊なら猛ダッシュで自分が現実世界に戻る、と。よし、この流れで。

「……あ」

しかしそこにいたのは、予想外も予想外。

窓から入り込む緩い風で揺れる、タバコの煙と、白衣の裾《すそ》。そして、金の髪。

なんと窓辺に寄りかかりタバコをふかしていた、叶先生だった。

そうしてピンときた。彼らが言っていた白いヒラヒラした、もくもくの煙を吐くやつって、白衣を着てタバコを吸ってる叶先生のことか。

「なんであんた、ここにいるのよ」

私は奴から目をそらすことなく、釘バットを構えた。

しかし叶先生は特に顔色も変えず、タバコをスーパースーパーと吸い続けている。

「ふっ。とても人間の女子高生の目とは思えないな、茨姫《いばらひめ》。俺をここで仕留めて埋めてやろう、って顔をしている」

「それよ。その余裕たらたらな態度が、昔っからむかつくのよね。しかも学校の喫煙所以外でタバコをふかしてるなんて、とんだ不良教師だわ」

「喫煙所に行くと、教師同士の付き合いが面倒でね。タバコは一人で吸うに限る。その点、狭間はちょうどいい。なんせ、いるのは手鞠河童ばかりだからな」

「……変わんないわね、あんたも。人間と一緒にいるより、あやかしや式神といる方が、いつも自然だったわ」

そう。それが、安倍晴明という男だった。

叶先生は、釘バットを構えたままの私を流し目で見て、ふうとタバコの煙を吐く。

「お前も相変わらず、あやかしたちの世話を焼いているみたいだな。ここから見ていたぞ、地を這《は》ってレンガの舗装をしていたのを」

「う……っ」

なんか、恥ずかしい。奴を睨《にら》みつけたまま、思わず赤面してしまう。

「おかしな話だ。俺の結界に守られていた頃の茨姫は、あやかしや霊の類《たぐい》が大の苦手で、姿や声を聞くだけで震えていたか弱い娘だったのに」

「いつの話をしているの。あんたが思っているよりねえ、女ってすぐ強くなるのよ」

「はっ。知っているさ」

探り合う。慎重に言葉を選びながら言葉を交わす。

一対一で相対すると、よく分かる。やはりこいつは特殊だ。

人ともあやかしとも、何かが少し違う。千年前の偉大なる陰陽師《おんみょうじ》、安倍晴明……

「副流煙でしゅ〜」「換気するでしゅ〜」

シリアスな空気の中、手鞠河童たちが足元をちょろちょろしているので、緊迫感が続かないのだが。

叶先生は再び窓辺にもたれ、タバコを口から外してグラウンドを見る。

「トワイライトゾーン、だな」

「は？」

短くなったタバコを携帯灰皿に押し付けながら「授業だよ、茨木」と言う。

「トワイライトゾーンとは、日没の境界。黄昏時《たそがれどき》という意味だ。この時間帯は、この世の全ての霊力が最も高まりやすく、隣り合う現世《うつしよ》と狭間《はざま》の一部が重なる瞬間でもある。霊力がそれほど高くない者でも、時々こちら側のものを見たり、聞いたりするのさ」

そんなことは知っている。あやかしの力が最も高ぶるのも、この時間帯だもの。

「酒呑童子の創った大江山の国も、黄昏時になると、空はドロドロと血だまりのごとく色を得たな。そうして訪れる偽りの闇夜に、巨大な満月が浮かぶ」

私は口をつぐみっぱなしだったが、叶先生は淡々と、しかし饒舌《じょうぜつ》に続けた。

「きらびやかな鉄の御殿と、鬼火に照らされた城下町、その外には自給自足できるだけの田畑があり、あの空間は現世のような天災に見舞われることもなく、豊かで平和だった。お前たちはお前たちだけで営んでいた。そんな、あやかしの理想郷だった」

「……その通りだ」

私の口から出た言葉は冷たい熱を帯び、口調もいつかの自分のものへと変わっていた。

「私たちは静かに暮らしていた。それなのにお前たち人間は、私たちの国を滅ぼした。朝廷はあやかしの頭領である酒呑童子討伐を大義に掲げていたが、結局はあの〝狭間〟を欲っしただけじゃないか……っ！」

安倍晴明。お前は人として人間の味方に立ち、私を、私たちを殺す選択をしたのだ！

しかし私は大きく首を振って、喉《のど》の奥から苦味を混じえあふれ返りそうな、その言葉を飲み込む。

濃く、苦い、何か。それを飲み込む。

構えていた釘バットをがつんと床に下ろし、もう片方の手で自分の頬に触れながら、赤みの強い唇のその口角をクッと上げた。

「やーめた。あんたにつらつらと過去の恨み言を言ったところで、私の人生が超絶ハッピーになるわけじゃあないしね」

「ほお。えらく我慢強いじゃあないか。昔のお前なら、俺に対する憎しみを忘れられなかっただろうに。どれほど追いかけてでも、俺を殺そうとした」

「今だって、どうしたらあんたが目の前から消えてくれるかって考えてるわよ」

一度、息を吸い込んでから、胸の奥でざわつくものを落ち着かせる。

自分にとって大事なことを、忘れないように。

「今の私はね。馨と過ごす何気ない時間がとても大事なの。私はただ、あいつと一緒に、幸せになりたいだけなのよ。そのために一番大事なことは、復讐《ふくしゅう》なんかに、自分の血肉と、時間と人生を費やすことじゃないでしょう」

「…………」

「そんな馬鹿みたいなこと、この時代に、もうする必要もないでしょう」

いつか、そういうことがあったかのように、語る。

それは、馨の知らない、私の話。

醜い自分。血に染まり、汚れきった自分。そんなもの、馨には話せない——

「先生が私の幸せを邪魔しないというのなら、これ以上は何も言わないわ。だけど、この幸せを害するというのなら、今世でもお前は敵よ、安倍晴明」

「安心しろと言っている。お前たちが人間である以上、俺はお前たちの味方だ。しかし、お前たちが再び鬼にでもなるようなことがあれば、その時は俺が必ず殺してやる。何度生まれ変わることになっても」

私たちはしばらく静かに、睨み合っていた。

だけど、なるほどね。お互いに、譲れない部分が見えてきた。

私は釘バットを持ち上げ、叶先生に背を向ける。これ以上、私はこいつと話していられない。話せば話すほど、私は……

「そうそう。この狭間だけどな、よからぬものがいるぞ」

前に踏み出した私の足は、叶先生のこの言葉のせいでピタリと止まる。

「……もしかして、幽霊？」

強張《こわば》った顔で先生の方を振り返ると、奴は「別に霊ではないが」と答えながら、目にかかりがちな金の前髪をかきあげ、嫌味ったらしく笑った。

「ははあ、なるほどなあ。その青ざめた顔からして、霊はいまだ苦手と見える。女はすぐ強くなるんじゃなかったのか？」

「う、うるさいわね！　霊は別よ、霊は！」

「まあ確かに、茨姫の体は、膨大な霊力を宿す類稀《たぐいまれ》な〝血〟の器だった。何度も悪霊に体を乗っ取られかけたから、体と魂が拒否反応を起こしているのだろうな。悪霊に体を乗っ取られる度に、俺が悪霊を引き摺《ず》り出し、結界を張り直したものだ」

「な……っ、私のこと、ずっと守ってきたみたいに言わないでちょうだい！」

酒呑童子に攫《さら》われる前まで、安倍晴明が私のことを守ってくれていたのは事実だ。

父と母の手に負えなくなり、一時期自分の屋敷に置いてくれていたこともある。

本人はふらふらと外に出ていることが多く、顔を合わせることはほとんどなかったけど。

それでも、あやかしと人間の混血と噂される安倍晴明を、私は自分の立場と重ねていた。

彼だけは信じられると、頼りにしていた時もあるもの。

だけど、あやかしと成り果ててしまった私を殺そうとしたのも、その安倍晴明だった。

それは陰陽師・安倍晴明という立場であれば当然の行動。鬼というあやかしは、それだけあの時代の脅威であり、悪だったから。

だから、私がこいつを許せないほど憎んだのは、そこじゃない。

私が安倍晴明を憎んだ理由はただ一つ。

私の愛する者を、愛する場所を、奪った人間の一人だからだ――

「……っ」

ああ、ダメだ。高ぶるもの、咲いてしまいそうな黒いものを抑えながら、私はやはりこいつの目の前から去ろうとする。

「あぎゃーっ、なんか出たでしゅーっ！」

しかしそのタイミングで、複数の手毬河童がこの理科室に飛び込んできた。

ひっつき虫みたいに私の足にしがみ付いてガタガタ震えている。いったい何事!?

「ほらな。よからぬものがいると言っただろう」

やれやれと首を振り、先にスタスタと理科室を出て行く叶先生。

「あ、ちょっと晴明！」

「叶先生と呼べ」

「……ねえ、やたらと先生とか授業ってことにこだわってるけど、それ何？」

不本意ながら、私は叶先生について行く。

幽霊もこの男も苦手だが、放っておくわけにはいかないからね。


「う、うわあ……」

思わず声が出た。カッパーランドのあるグラウンドのあちこちから、無数の黒い腕が伸びていて、なんだか嫌な形をした花のごとく揺れている。

怨霊《おんりょう》だ。その合間を手鞠河童たちがちょろちょろ逃げ惑っている。

「なにこれホラー？　地獄《じごく》絵図だわ」

「ここら辺の土地は歴史的な事情から、かつて深い憎しみと苦しみを抱いて死んだ者たちの黒いものが染みついている。歴史的な事情ってのは、まあ戦争による空襲とか、そういうものだな。ちょうど黄昏時だ。ここは狭間で、地上の結界の及ばない曖昧《あいまい》な場所だ。眠らされていた怨霊が、何かをきっかけに湧《わ》き出てくることもあるさ……」

叶先生は新しいタバコを取り出し、そこでふよふよしていた鬼火で火をつけ、咥《くわ》える。

一服したところで、白衣の内側からよれた霊符を複数枚取り出し、宙に放った。

それはまるで流星のごとく一直線に宙を飛び交い、グラウンドを囲う形で留《とど》まった。

先生はタバコを咥《くわ》え、左手を白衣のポッケにつっこんだ適当なスタイルのまま、右の指で刀印を結び、口元に添える。

「払いたまえ、清めたまえ——急急如律令」

諸々《もろもろ》の長い呪文《じゅもん》を省き、ただそれだけ、ボソッと気だるげに唱えた。

霊符が支点となり、グラウンドに陣が描かれる。

叶先生の背後にも、煌々《こうこう》と輝く金の五芒星《ごぼうせい》が出現し、私はかつての安倍晴明を思い出し息を呑《の》んだ。

そうだ。他の陰陽師は皆、足元や手前にこの印が現れるが、晴明だけは背後だった。

しかもデカい！

巨大な星を背負う陰陽師。そう、呼ばれていたっけ。

強い風が吹き渡り、彼のタバコの煙が、妖《あや》しくうねって広がった。

私は横髪を押さえながら、久々に見る晴明の術に、妙な苛立《いらだ》ちを覚えている。

適当だ。タバコを吹かしながらのあたり、何もかもかなり適当にやってのけているのに、その術の精度は、決して半端なものではないんだもの。

パチン。

叶先生が合図のごとく指を鳴らすと、地面の陣に光が走り、わらわらと腕を伸ばす怨霊が瞬く間に金粉となる。そして、キラキラした柱を作って宙へと伸びゆく。

やがて全て、消えてしまう。

強制的とはいえ、ただ静かに成仏させてあげることが、最大の慈悲なのだった。

「おみごとね。褒めたくないけど、私の出る幕なんて無かったわ」

逃げ惑っていた手鞠河童たちも、自分たちのカッパーランドを守ってくれたのは叶先生だったと、彼にすりすりと媚《こ》びを売り、感謝を述べている。

「ありがとでしゅ〜、茨木童子しゃまより頼りになるでしゅ〜」

「きゅうり、かしつ、永遠にあなたのものでしゅ」

専用の喫煙室ができたわけだから、叶先生はどこかご満悦。

叶先生は白衣のポッケに手を突っ込んだ姿のまま、しばらくじゃれついてくる手鞠河童たちをじっと見下ろしていたが、やがてふと何かを感じ取ったように顔を上げ、

「ああ、そうだ。……なあ、茨姫よ」

前世の安倍晴明を彷彿《ほうふつ》とさせる、妖しい光を灯《とも》した、無情な眼差《まなざ》しになる。

「京都には、お前がずっと探し求めていたものがあるぞ」


唐突な言葉に、一瞬、時が止まった。

ざわりと逆撫《さかな》でされる、過去の記憶。

叶先生はその件を詳しく語るというわけでもなく、強張った私の顔を見て、ふっと呆《あき》れたように笑い、突然吹き始めた狭間《はざま》の風に乱される、その金の髪をかきあげる。

「お前は酒呑童子に、何も語っていないみたいだな」

「……晴明、あんた」

「ご自慢の夫婦愛が、それほど偽りに満ちたもので、本当にお前は幸せになれるんだろうか？　俺は甚だ疑問だな。しかしお前が、あいつに何も言えない理由が分からないわけじゃない。なんなら先生が、あの男に全てを、教えてやろうか」

「やめて……っ！　馨には、何も言わないで。言うな、絶対に」

瞬くこともなく、私は声音に、命令じみたものを滲《にじ》ませる。

喉の奥で沁《し》みて味のする苦いものを、もう一度飲み込む。

「そう警戒するな。言っただろう、俺はお前たちを幸せにする為にここへきたんだ」

カツ、カツ、と私に近寄り、真横に立つ。

「最期は共に、死んだ仲じゃないか。大魔縁《だいまえん》茨木童子よ」

そんな言葉を、平然と言ってのけるのか。

偽りの風が紺のセーラーカラーを翻し、赤に染まる髪を黄昏《たそがれ》時の空に巻き上げる。

「――――お前、また私に、殺されたいのか」

お互いを獲物と定め、横目に冷たい視線を交わし合って、何かをギリギリのところで引き止めて……。

私はやはり、奥歯を噛《か》み締めたまま、血の沸き立つのを感じている。

思わず出てしまった言葉に、悔しさすらある。

これ以上話をしていたら、私は多分、耐えられなくなる。

赤黒い花が咲いてしまう。

この衝動は、人間として絶対に抱えてはいけないもの。体の、心の、魂の奥に眠っていて、今の今まで目覚めさせる必要のなかった感情が、疼《うず》き始めている。

それは、私の、狂気だ。

「うわあ、あれを見ろ、茨木」

「は？　うわあ？」

叶先生がわざとらしい驚愕《きょうがく》の声を漏らし、私の後ろを指差す。

この空気の中、いったい何なんだと思って振り返り、私は啞然《あぜん》。

目をゴシゴシ。カッパーランドの向こう側に、ゆらゆら揺れる巨大な骸骨《がいこつ》が……

「あぎゃーっ、15メートル級のがしゃどくろしゃん、出現でしゅ〜」

「ひのなのかかん、でしゅ〜？」

手鞠河童たちは大混乱。あちこち走り回ってピーチクパーチク騒ぎ立てる。

「ほらみろ。お前がまたドロドロした殺気とか漏らすから、地中の深い場所に眠る怨霊が固まりを成して、最終形態のがしゃどくろ化してしまった……」

「なにそれ！　確かに〃がしゃどくろ〃って戦死者の怨霊や骸《むくろ》の集合体だけど、そんな日朝の特撮ドラマみたいな展開あり⁉　ていうかあんたさっき、派手に払いたまえ清めたまえしてたじゃない！」

叶先生はニヤついた顔のまま「じゃあ俺はこれで」と、そそくさと逃げる。

あいつ、わざと私に仕事を残すようなことをして、逃げる隙を作ったっていうの……っ！

せっかく作ったカッパーランドが壊されそうなので、手鞠河童たちは青ざめ、涙と鼻水を垂れ流し「駆逐してくだしゃい茨木童子しゃま〜」と喚《わめ》いている。

「仕方がないわ。後は私が払うしかないみたいね」

あまりこの手の相手は得意ではないが、一応がしゃどくろはあやかしにも分類される。

あやかしの出生は、同族の母から生まれたり、物や植物から生まれたり、かつての酒呑童子や茨木童子のように人からあやかしになったりと何パターンもあるが、このように怨霊や屍《しかばね》があやかし化するものもいる。その最たる例が、がしゃどくろだ。

ただし命のない、怨霊の集合体。がしゃどくろを救うには、でかい図体を成している怨霊を分散させ、先ほどの晴明みたいにその怨霊を成仏させるほかない。

私はポケットから、さっき用意したばかりの血塗られどんぐりを一粒取り出し、それをボールのごとく宙に投げる。そして釘《くぎ》バットを構え……

「せーのっ！」

カキーン！　遠く揺れる巨大な骸骨の一体に向かって、そのどんぐりを打った。

どんぐりはまるで弾丸のごとく、がしゃどくろのぱっくり開いた口の中に一直線。そして派手に爆発。

見た目は容赦ないけど、これでがしゃどくろ化した怨霊群は分散させられ、私の血の力によってジュワッと浄化。キラキラとした赤い光となって天に昇っていく。

叶先生と同じことをしているのに、私がやるといかにも悪者の所業っぽいのよね……

「ふぅ。がしゃどくろを一発で仕留められる自分が怖いわ」

「流石でしゅ～、茨木童子しゃま」

群がっている手鞠河童たちがパチパチパチと手を叩《たた》き、都合よく私を持ち上げる。さっきまで叶先生の方が頼りになるとか言っていたくせに調子のいい奴らめ。

騒がしい一幕は、こんなふうに終焉《しゅうえん》を迎えた。

やがて世界は闇色に沈む。

日没だ。今、この狭間の夕日が沈み、黄昏時が終わったのだ。

「あ、骨……」

さっき、がしゃどくろ化した怨霊たちの、その媒体となっていたであろう、誰かの頭蓋《ずがい》骨《こつ》やバラバラの骨が、グラウンドに転がっていた。

いつかの時代、戦争で苦しい思いをして、死んだのだろうか。

「あー。そういえば穴を掘ってて、封印のお札とか、人骨とか出てきた気もするでしゅ」

「怖かったので見えてないふりをしてたでしゅ〜」

「結局あんたたちのせいなのね。結局あんたたちのせいなのね」

供養されない骸《むくろ》ほど、報われないものはない。

私はその頭蓋骨や骨を一つ残らず拾い上げ、グラウンドを囲む林の一角に穴を掘って埋め、お墓を作った。お墓の前に、手鞠河童たちがそっと、きゅうりの花を添える。

「ゆっくりおやすみ」

魂が正常化し、ちゃんと成仏できれば、その次はあるわ。それは私が保証するから。

気がつけば銀の巨大な月が、この狭間の夜空に浮かんで輝いていた。

狭間から民俗学研究部の部室に戻ると、埃《ほこり》とカビ臭さだけがいつも気になる。

窓から見える空はすでに暗い。

「馨、まだ道場かな」

夕飯の買い出しもあるし、ちょっと道場を覗《のぞ》いて、まだやってるようなら先に帰ろう。

体育館裏にある剣道場に向かうと、出入り口がやけに混雑していた。

中で、近所の北高剣道部との練習試合が行われているみたいだった。

「きゃあああっ、天酒君頑張って〜〜っ！」

数人の女子たちが、試合前の挨拶《あいさつ》をしている馨に悲鳴じみた声援を送っている。

竹刀を打ち交わし、瞬く間に一本を取った馨。中学の時は剣道部だったというのもあるが、酒呑童子はもともと刀の似合う鬼だった。

やはりかつての姿を彷彿とさせる。面をつけていて顔が見えなくとも、竹刀を構えている佇《たたず》まいだけで、私はやっぱり、馨がすぐにわかるもの。

練習試合を終えて、面と頭に巻いた手ぬぐいを取り、馨が裏口から出て行ったので、私はちょっと声をかけてから家に帰ろうと思った。

裏手に回ると、電灯にぼんやりと照らし出された水場で馨は顔を洗っていたのだが、

「はい、お疲れ様だね」

そこには馨だけではなく、真っ白なタオルを慣れたように手渡す、ポニーテールの女子の姿も。

あれは同級生で剣道部の鳴上《なるかみ》さんだ。全国大会の常連でもある実力者。

私はあまり関わったことがないんだけど、馨とは同じ道場の出身で、よく廊下で話しているのを見かける。

一時期、馨の彼女は鳴上さんなのではと女子の間で噂になったこともあったっけ。

「ああ、ありがとう鳴上」

「やっぱり強いよね、天酒君は。ねえ、どうして剣道やめちゃったの？」

「別に、特に意味はないが。まあアルバイトがしたかったからだな」

馨は相変わらず、他の女子に対して素っ気ないというか、味気ないというか。

ただ鳴上さんに対しては、大多数の女子に比べれば慣れたように喋《しゃべ》るのだった。

「うーん、やっぱり諦《あきら》めきれないなあ。君がうちの剣道部に入ってくれたら、私もすごく張り合いが出るんだけど。男女共に、全国大会に行きたいじゃない」

「はは、なんだそれ。俺がいなくても、ここの剣道部はみんな力がある」

「相変わらず、冷めてるんだね君は。……でも知ってるよ私。君が剣道部を選ばなかった理由。茨木さんが立ち上げた部活に入りたかったから、でしょう？」

真顔で瞬《まばた》きをする馨に対し、鳴上さんは「はあ」とあからさまなため息をついて、水場の縁《ふち》にもたれ、腕を組む。

「君はさあ、あんなに強かった剣道だって簡単に捨てちゃうほど冷めていたけど、茨木さんと一緒にいる時だけは別人みたいだよね。小学生の時から、ずっとそう」

　馨は変な顔をしていたけれど、鳴上さんは、「それが悔しいんだよね」と続けた。

「ねえなんで天酒君は、そんなに茨木さんのことばかり、自分の中心に置いてしまうの？　茨木さんのご両親が亡くなったから、幼馴染《おさななじみ》の自分がそばにいなきゃって考えてる？」

「いや、そういうわけじゃ……」

「今ってさ、未来の可能性に溢《あふ》れた時期なわけじゃない。それを、彼女との時間にだけ注ぐのはどうなんだろう。なんでもっと、自分の可能性を高めようって思わないの？　天酒君はもっと高みを目指せるし、一人でも輝けると思うんだけど。凄《すご》くもったいないよ」

「おいおい、待てよ。いったい何が言いたいんだ？」

「ごめんね、気分を悪くさせちゃったら。でも少しは彼女と、違う時間を作ったらって話。茨木さんだって、あのままじゃ天酒君がいないと何もできない子になっちゃうよ。もうちょっと自分のことを考えなよ、天酒君」

　馨はしばらく返事に困っていたが、やがて何度も首を振る。

「それは……それは違うぞ、鳴上。傍目《はため》には、真紀が俺に依存して見えるのかもしれないが、ああ見えて結構、しっかりしたところがあるんだ、あいつは」

タオルで濡《ぬ》れた前髪をぬぐって、馨はボソボソと続ける。

「ただ、やっぱり俺が、なんだかんだと言って、あいつの側に行きたがるだけで」

馨は、自分でも何を言ってるんだかと言いたげな顔をしながら。

しかし言葉を連ねる中で、何か勘付いたかのように、ハッとした顔になる。

「そう。実は全部、逆、なんだよな……。俺はあいつが居ないとめっきりダメだが……あいつは、もしかしたらそれなりに、逞《たくま》しくやっていけるのかもしれないって」

「……天酒君？」

「あいつほんとは、俺がいない時でも、すごく強いからさ」

馨のその言葉に、一番衝撃を受けたのは、私だ。

私は壁際に立ち尽くしたまま、瞬きをすることもできない。

「なんか……深刻な話してる？」

「いや、気にするな鳴上。俺の独り言だ。ばーさんがいなくなった後のじーさんは早死にするが、じーさんのいなくなったばーさんはそれなりにやってる、みたいな類《たぐい》の話だから」

「何言ってるの天酒君。君たまに変なこと言うよね」

二人の話は逸《そ》れ、もう和やかに話していたので、私はその場から静かに立ち去った。

他の女子に本音めいたものを零《こぼ》す姿に嫉妬《しっと》したとか、そういう若々しい理由ではない。

鳴上さんの言うことも、尤《もっと》もだわ。

ただ、私は、一人では……

「わっ」

道場の脇を走っていたら、曲がり角で誰かとぶつかった。

「どうしたの、真紀ちゃん」

「……由理」

由理だ。彼が飛び込んできた私の腕を支える。

制服のコートを着て、質の良さそうなシンプルなマフラーを巻いて、すっかり帰りの支度を終えている。委員会が終わって、馨を迎えに来たのかな。

「真紀ちゃん、顔が真っ白だよ。それに体が冷たい。……もしかして霊でも見た？」

「そういうわけじゃないんだけど。いや、怨霊《おんりょう》は見たんだけど……」

しどろもどろで目を泳がせる私。敏《さと》い由理は、私の肩越しに向こう側を窺《うかが》う。

「馨君が、向こうにいるみたいだけど」

そして冷たくなっている私に、自分のマフラーをかけてくれた。

「修学旅行前だ。体調を崩すようなことがあったらいけないよ。まあ、こういうのって本当は馨君の役目だけど……」

寒そうにしている私に、自分のコートまで脱いで渡そうとする聖人君子なので、私は慌てて、「大丈夫よ！」と声をあげ、その混乱のまま再び走りだした。

このままでは由理が全裸になってしまう……っ！

由理は特別声をかけたり、追いかけたりしてこなかったけれど、多分彼は、私の行動を不審に感じているでしょうね。

でも、今はとにかく、走りたかった。走って走って、体を温めて。

私に迫る〝答え〟のようなものから逃げて、浅草《あさくさ》へと、夜を駆け抜けて。

そう。私の最期の街、浅草へ――


《裏》馨、何かと拗《こじ》らせている。


「そういえば天酒君、練習試合の前に少し道場を抜けてたけど、どこ行ってたの？」

「あ？　あー……いや、ちょっと、裏手に」

「裏手？　道場の？」

いえ、裏の空間です。狭間《はざま》と言います。

俺はそれを、剣道部の鳴上に正しく語ることも出来ずに、曖昧《あいまい》な返事をした。

裏明城学園になんだか変なものがいると、手鞠河童たちが俺、天酒馨を頼ってきたからだ。

しかしそこで見たのは、真紀と、安倍晴明の生まれ変わりである叶。

あいつらは、俺の知らない話をしていた……

「やあ、馨君」

「由理」

剣道部の練習試合の後、解放された俺が道場を出ると、ちょうど由理が待っていた。

「僕も委員会が終わったから、一緒に帰ろうかと思って。部室には誰もいなかったから、こっちに来たんだ」

「ああ……なら、もう真紀は帰ったか」

「そうだねえ。真紀ちゃんは先に帰っちゃったよ。さっきまでここに居たんだけど」

「え」

「青ざめた埴輪《はにわ》みたいな顔して、走って行っちゃった。多分あれ、この上野《うえの》から浅草まで全力疾走するつもりだよ」

由理の曖昧な言葉からでも、少しは分かる。真紀の様子はかなりおかしい。

もしや、さっきの俺と鳴上の会話を聞いていたんじゃ……

この俺が、この俺が真紀の接近に気がつかなかったなんて。

「はああ〜……」

「あからさまに落ち込んでるところ悪いけど、何があったの？　浮気現場見られた？」

「微笑をたたえて、さりげなくブッ込んでくるよな、お前」

そんなわけあるか。浮気以前に、俺たちは……なんて、言ってる場合か、俺。

「違う。俺はただ……真紀は強いって言ったんだ」

「真紀ちゃんに？」

「いや、女子剣道部の鳴上に。鳴上が、なんとなく真紀のことを誤解してそうだったから。だから、あいつは……強いんだって。俺がいなくても、一人でも十分やっていけるだけ、本当は逞しいんだって言ったんだ」

そう言うと、由理は途端に顔色を変えた。

「だって、そりゃあ……それ本気で言ってるんなら、もう一回死んだほうがいいよ馨君」

ゾクッとした。辛辣《しんらつ》な言葉をたまに吐く奴なのでこの際気にしないが、一瞬由理から、かつての鵺《ぬえ》らしい、妖《あや》しい霊力を感じたから。

「冗談、冗談」

「冗談には聞こえなかったがな……」

怯《おび》える俺に、由理は困った顔をしてぽりぽりと額をかいた。

「なんだろうね。少し変な気分だ。君たちの関係は、幼稚園で出会ってから今まで、怖いくらい安定してたからさ。こういう青春じみたすれ違いを拝めるなんて思わなかったよ。……やっぱりきっかけは、叶先生の言ってた〝嘘〟のこと？」

「ああ、そりゃあそうだ。気にしないようにしていても、気になってしまう」

学校を出て、俺たちも今日は電車に乗らずに、歩いて浅草に帰る。

歩きながら俺は、さっき狭間に踏み込んで、そこで真紀と叶の姿を見たことを由理に話した。真紀と叶の会話は、とても和やかなものとは言えなかったが、ただ、俺の知らない真紀が、そこにはいた。

違う。何もかも、違う。知らない。


『共に、死んだ仲じゃないか』

『お前、また私に、殺されたいのか』


茨木童子が安倍晴明と直接対峙《たいじ》して、奴を討った話なんて、俺は聞いたことがない。

茨木童子は、一条戻橋《いちじょうもどりばし》で渡辺綱《わたなべのつな》の〝髭切《ひげきり》〟、そう、今でこそ陰陽局《おんみょうきょく》の津場《つば》木茜《きあかね》がもつ刀で腕を切られ、その後、源《みなもとの》頼光《よりみつ》と渡辺綱によって羅生門《らしょうもん》で討ち取られたのだ。

それが史実であり、彼女が恨み言のように語っていた最期だったはずだ。

「どうして、それが気になってしまうんだろうね、馨君は。相手が、安倍晴明だから？」

「それは、当然あるだろうな」

俺が素直に答えたので、由理は苦笑する。

「僕はあの二人の、千年前でいう若い頃の関係をよく知っている。確かに、茨姫は少しだけ、安倍晴明の強さというものに憧《あこが》れていただろうね。まあ安倍晴明は、面倒そうに彼女の世話をしていたけど」

ああ、知っているとも。そんな姿は、あのしだれ桜の木の上から何度も見てきた。

酒呑童子がしだれ桜の上から茨姫を窺《うかが》う度に、狩衣《かりぎぬ》を纏《まと》う安倍晴明が現れ、面倒臭そうにこちらを牽制《けんせい》し茨姫に結界を張り直していたのだから。

結界術に長《た》けたこの俺が、奴の結界だけは破ることができず、ずっと茨姫に触れることが叶《かな》わなかった。あのしだれ桜の上から彼女を見ていることしかできず、気がつけば茨姫は、あの屋敷から晴明の屋敷に移されていた。

彼女の両親が晴明に頼み込んで、一時的に預かってもらったのだと聞いた。

茨姫がいると、俺みたいなのが屋敷に夜な夜な寄ってきたからだ。

「ああ。だから俺は、少し思ってしまったんだ。あの時、鬼に成り果てた茨姫を酒呑童子が攫《さら》って、しつこいくらいに求婚して、やっと彼女は心を開いてくれたけれど、それは結局、それしか茨姫には選択肢が無い状況だったじゃないかって。あいつは……そりゃあ、人間のままだったなら、酒呑童子より安倍晴明に……」

恋を、したのではないだろうか。

茨姫に好かれていなかったとは思わない。今も真紀の愛情は、嫌という程伝わってくる。

だがそれは、酒呑童子が、茨姫の命を救ったからではないのか。

それは恋というより、感謝のようなものだったんじゃないだろうか。

あいつは今もまだ、俺に恩返しを……

「う、うわあ」

ドン引きな顔をして、俺を見ている由理がそこにいる。

「なんだ、うわあって、おい由理」

「やっぱり、らしからぬ若々しい拗らせ方をしているなと思って」

「バカにしてんのか？　お前、俺をバカにしてるんだな」

否定もせず「あはは」と笑ってごまかす。さすが由理。

「まあ要するに、馨君にとって仇《かたき》でもあり、一番コンプレックスを抱いている安倍晴明という男が、自分の妻である茨姫、もとい真紀ちゃんの秘密を知っていることに、嫉妬を隠せないわけだ。自分は何も知らないのに、と」

「なぜ説明口調!?　否定できないが、俺はお前に追い打ちをかけられている……」

「あはは。でも、それは仕方のないことだよ。だって君は、最初に死んだから。あの後のことなんて、想像することしかできないだろうから」

俺たちの中で最初に死んだのは、確かに酒呑童子だ。

その後の茨姫のことも、鵺のことも、彼らが語る以外を知らない。この目で見ていない。

「やっぱり……全ては、酒呑童子の死後にあるんだろうか」

「真紀ちゃんの〝嘘〟のこと？　それは多分、そうだろうね。酒呑童子と死に別れた後の話になるんだと思う。まあ、僕も知らないから、想像でしかないけど」

「分からねえよ。……分からねえのに、聞くこともできない。情けないな、俺。だって聞いたところで俺は何も返せないんだ」

俺は真紀の嘘だけじゃなく、安倍晴明の言う俺自身の嘘だって、全く分かっちゃいないのだから。小さく零《こぼ》したため息すら、木枯らしにあっという間に流されて、消える。

そんな俺を見て、困り顔でクスクス笑う由理。

「僕は、君たちがそんな風に、お互いのことに疑問を抱いて葛藤《かっとう》するのは悪くないと思うよ。だってあまりに絶対的だったもの。安定の熟年夫婦すぎたっていうか」

しかしすぐに、真面目な顔をして続けた。

「でもね、喧嘩《けんか》しても、最後にはまた仲良くなってほしい。うまくいってほしい。楽しく過ごしてほしい。君たちにはまた、恋をしてほしい」

「……由理」

今日の由理はどこか儚《はかな》く、諭すような語り方だ。

かつてもこうやって、酒呑童子は鵺に多くのことを相談していたのを、思い出す。

鵺の声、その言葉には、特別な力があるのだった。それを術として成立させるならば、言霊《ことだま》というのだが。

「僕はね、この時代を生きていて思うことがある。人との関わりが機械的になりがちな時代だからこそ、人を信じ、愛することって、とても勇気のいることだ。人は時に、誰かと寄り添ったり、甘えたり頼りあったりすることを弱さということもあるけれど、僕はそう思わない。だって、誰かと寄り添って生きていくってことは、一人でいることより、辛《つら》いことも多いはずだから。その分、幸せに思う瞬間も多いだろうけれど」

「…………」

「千年前に君たちを引き合わせたのは、誰でもない、この僕だ。鵺が、酒呑童子に茨姫のことを教えた。それがあの〝運命〟に繋《つな》がっていたのなら、僕の罪はとても大きい」

由理は顔を上げた。ずっと先に伸びる、淡く妖しい紫のスカイツリーを見つめている。

そしてその横に、寄り添う形で静かに浮かぶ、月を。

「でも、やっぱり君たちは出会わなければならなかったと思うから。運命の番《つがい》の、もう一つの運命を、僕はまた見届けなくちゃ」

「それは、お前の〝嘘〟に、何か関わりがあるのか？」

「そうだね……そうかもしれないね」

だけど、曖昧にただそれだけ言って、少しの間、由理は目を瞑《つぶ》る。

長いまつげに淡く月の霊力がこぼれ落ち、それは美しく、由理の霊力に呼応して砕ける。

それにしてもこいつ……少しも俺に、その〝嘘〟を言う気配がないな。

これだけ堂々としてくれていると、かえって清々しいんだが。

「……何を買って帰ろうかな」

「もう貢物《みつぎもの》のこと考えてるの？」

「家に入れてくれりゃいいんだが」

「なんか、約束を忘れてた旦那《だんな》って感じだね、馨君」

約束。その響きに、胸の内がざわざわと落ち着かなくなる。

俺、何か、もしかして大事なことを忘れてるんじゃないのか……？

「ねえ馨君。何か買って帰るのなら、〝梅園《うめぞの》〟の豆かんはどう？」

「ああ、梅園の豆かん美味《うま》いよな。塩気のある赤えんどう豆と、素朴だけど味わい深くて食感のいい寒天がたくさん入っていて。真紀もあれが好きだ」

「僕もついでにきんつば買ってくよ。若葉と母さんが好きなんだ。だからお土産に」

さっきまで大真面目に語り合っていたのに、自然と浅草グルメの話に。

浅草寺《せんそうじ》界隈《かいわい》にて、160年余の歴史を誇る浅草でも超の付くほど有名な甘味処〝梅園〟に向かい、それぞれ土産用の豆かんときんつばを購入する。

そわそわしながら家に帰ると、真紀は普通にドアを開け、何事もなかったかのように俺を部屋に入れてくれた。むしろ笑顔がいつもより眩《まばゆ》いのではというくらいニコニコしているし、口数も多い。

夕飯の食卓には、俺の好物ばかりが並んでいた。

カレイの煮付けに、きゅうりとカニカマの中華風和《あ》え物《もの》、里芋の煮っころがしに、具沢山の野菜の味噌汁《みそしる》。特にカレイの煮付けなんて、食いたいって言っても普段は面倒臭がって作りたがらないのに。魚の煮付けはあんまり得意じゃないからって。

やけに豪華だなって、美味《うま》いよって言ったら、真紀がとても嬉《うれ》しそうにしていたから、ああ、あのあと猛ダッシュで帰って、買い物に行って、一生懸命作ったんだろうなって。

俺に喜んでもらいたかったんだろうなって思って、なんだか無性に、泣きたくなる。

なあ、真紀、すまない。

お前のこと、お前が言えないこと、何も知らないばかりの俺で。

俺はただ、それがひたすら寂しくて、悔しいだけなんだ。

第四話　貴船の水神

浅い、夢を見ていた。

これは、何の夢？　キラキラ、ツルツル……

あれ、半透明で四角い涼し気な寒天と、塩気のあるぷっくりえんどう豆が、ガラスの器の上でゴロッゴロ踊っている。そこに真っ赤なさくらんぼを一つのっけて、黒蜜《くろみつ》たっぷりかけて、爽《さわ》やかな見た目を楽しんで、いざ私のお口へ……

「真紀《まき》……真紀……」

「うう、豆かん……梅園《うめぞの》の豆かん、食べたい……」

「それは昨日食っただろ。おい起きろ、真紀。京都だぞ。貴船に行くんだろ」

例の如く馨《かおる》に揺り起こされ、私はアイマスクを取って新幹線の窓から外を見た。

あ、京都タワーが見える。京都駅の目の前にそびえ立つ、面白い形をした白と赤の塔。

ついに、ここへ戻ってきたのね……

この土地の姿は千年前と全く違うと言っていいが、降り立った時に感じた懐かしい古都の香りに、私も馨も、由理《ゆり》すら、どこか感慨深い顔になる。

駅の広い場所で先生が注意事項を改めて確認すると、生徒たちはそれぞれ、目的の場所に散るのだった。


京都駅より電車に揺られて延々と北上。

やってきました京都・貴船。そこは京都の奥座敷。

貴船山と、隣の鞍馬山《くらまやま》の間に位置する、水の豊かな渓谷の名所だ。

貴船川沿いに旅館が並び、夏場は川床も見られるのだが……

「さ、寒いわ」

「夏場はマイナスイオン垂れ流しで、ここほど涼しいところもないんだけどなー」

貴船についたとたん、聞こえてくるのは水流の音ばかり。それは夏場だと最高の涼を与えてくれるのだが、今は秋なので少々涼しすぎる。

「だけど貴船神社は紅葉の名所でもあるよ。ちょうど時期なんじゃないかな」

由理の言う通り、貴船川の上流に鎮座する貴船神社の、その表参道に覆いかぶさる紅葉は見事だ。紅の鳥居、灯篭《とうろう》と、そして紅《あか》、黄、緑のグラデーションが豊かな紅葉が、美しい景色を生み出している。

貴船川の水流に寄り添う形で、そこは水の神・高龗神《たかおかみのかみ》を主祭神として祀《まつ》る、長い歴史と多くの逸話を持つ神社だ。

地名は貴船《きぶね》。

しかしここは貴船《きふね》神社。音すら濁らぬ水なのだ。

まずは一般の観光客と同じように、参道の石段を上り、本宮にてお参りをする。

「そういえば、かつて酒呑童子《しゅてんどうじ》と茨木童子《いばらきどうじ》は、ここの高龗神様に永遠の愛を誓ったんだっけ？　デートスポットの一つだったんだよね？」

「なんでニヤけ顔なんだ、由理」

馨は触れられるとむず痒《がゆ》い過去の思い出に、変な顔をしている。

「そんな照れなくてもいいじゃない馨君。確かにここは縁結びのご利益のある、霊験あらたかな神社だったなあって。平安時代からそうだった。恋が最大の娯楽だったあの時代、多くの者がこの地に足を運び、貴船神社に参拝していたんだから」

ある杉の前で、私たちはそんな話をする。

ある杉とは、貴船神社・奥の宮にある、杉と楓《かえで》がくっついた状態で伸びる御神木だ。

これは〝連理《れんり》の杉《すぎ》〟という。異種が寄り添う姿は、夫婦仲の良いことにも喩《たと》えられる。

「まあ、同時にここ貴船神社は、あの〝丑《うし》の刻参り〟の、ゆかりの地でもあるけどな」

丑の刻参り。それは平安期もメジャーだった呪術《じゅじゅつ》の一つだ。

嫉妬《しっと》心にかられた女が、白装束をまとって額に灯《とも》ったろうそくを立て、釘《くぎ》で藁人形《わらにんぎょう》を御神木に打ち付ける。七晩続けて行うことで、憎らしい相手を呪い殺したとか何とか。

かの有名なコレは、この地で丑の刻参りをした〝とある鬼女《きじょ》〟に由来するとされているのだけれど……

「丑の刻参りの原型が、夫である〝酒呑童子〟の長い留守に怒り狂った〝茨木童子〟の仕業だったことは、誰も知るまい……」

「ええい、うるさいわね馨。つっこまれないよう大人しくしてたのに。あれは隠世《かくりょ》に行っちゃった夫の無事の帰りを祈る、健気な儀式のつもりだったのよ」

かつて茨木童子は、仕事で異界へと遠出していた酒呑童子が、長いこと知らせをよこさなかったため、毎夜貴船へとやってきて参拝し、無事の帰りをお祈りしていたのだった。

「高龗神が教えてくれたのよ。貴船明神が降り立った〝丑の年の丑の月の丑の日の丑の刻〟に参拝すると、願いが叶《かな》うって。でもその姿が人間たちに刺激が強かったのか鬼女の呪詛《じゅそ》ってことになって、さらに周りで眷属《けんぞく》たちがハラハラしていたものだから、丑の刻参りで妖怪《ようかい》を召喚できるとか……そんなオプションまでついちゃった」

「…………」

恐ろしい妻だな、と言いたげな馨と由理。

ふん。仕方がないわ、だって鬼嫁だもの。どんなに健気《けなげ》なことをお祈りしていても、はたから見ればまごうことなく、鬼の嫁であり、鬼で嫁だったんだもの――

『貴船へようこそ、愛《いと》し子《ご》たちよ』


ちょうどその時だ。脳内に声がして、私たちは三人揃って顔を上げた。

途端に、足元がぐらつく。そこはさっきまで貴船神社・奥の宮の境内だったのに、突然足元にぽっかりと黒い穴が開いて、私たち三人はその暗い穴に落ちてしまった。

「龍穴《りゅうけつ》だ……」

特に慌てふためくこともなく、我々は落ちながら体勢を整える。

貴船。気生嶺《きふね》。気生根……

その語源の通り、ここは大地の霊力の、生まれ集う源点。

下方から轟々《ごうごう》と迫る膨大なエネルギーを感じながら、私たちは龍穴を落ちてゆく。

やがて、何か柔らかいものに弾《はじ》かれた。

落ちた先に、ゼリー状の水のクッションがあったみたいだ。

プルプルコロコロと、それらに守られ導かれながら、私たちは地面に降り立つ。

苔《こけ》むした水晶の壁からこんこんと湧《わ》き出ているのは、貴船山の湧き水だ。

神聖な空気に満ちた、この広大な筒状の空洞こそ、日本三大龍穴に数えられる、貴船山の龍穴。貴船神社はこの龍穴の上に建つ神社なのだ。
高く光の差し込む場所を、見た事もない青と黒の蜻蛉《とんぼ》が、静かに飛び交っている。
水のせせらぎは心地よい。
降り注ぐ光は暖かいのに、涼しく潤いもある。
澄み切った霊力の集う場所。相変わらずここは、空気を吸い込むだけで満たされる。
『久しいのう……かわいい我が友よ』
中央の、緑の鮮やかな苔の浮島に渦を描いて鎮座していたのは、巨大な龍だ。
潤った濃紺の瞳《ひとみ》を細め、その龍神《りゅうじん》は私たちを愛おしそうに見つめていた。
「高龗神……」
苔むした水色のうろこと、白銀の鬣《たてがみ》。
引きずる長い体の所々には足があり、それらが水の玉を抱え込んでいる。
ああ、これぞ麗しの貴船の龍神様だ。
私たちはその神気を前に、思わず膝《ひざ》をついて頭を下げた。
『面をあげよ、大妖怪の魂の器よ。遠慮はいらぬ』
「なら遠慮なく。久しぶり、高龗神」
畏《かしこ》まっていたのも一瞬。すぐに立ち上がって、いつも通りになる私たち。
しかしこの高名で高位な龍神は、私たちのその姿を見て、大粒の涙を零《こぼ》して喜ぶのだ。

『うう……この遠慮のない無礼極まる姿こそ、我のかわいい鬼っ子よ』

「高龗神も千年前から、涙もろいとことか変わらないわね」

この龍神様が泣くと、滝のように御神水が流れて溢《あふ》れる。

巨大な龍神の涙はやがて苔の浮島の岸に乗り上げ、それがコロコロと弾力を持った粒となる。前に私を訪ねてきた水の精と似てる。それでいて……

「寒天みたい。これを見ていると、昨日食べた豆かんを思い出すわね……」

「お前、見たもの全部食べ物に見えるんだろ」

馨はつっこみを忘れないが、私はそんな水の玉をかき分け、時にぽよんぽよんと足場にして飛び跳ねながら、ストンと高龗神の目の前に降り立った。

そして目の前の巨大な龍の鼻先に、両手を当てる。

冷たく湿った皮膚に自分の頬を当てて、この神に私の霊力を伝えるのだ。

「ただいま、高龗神。私、人間に生まれ変わったの。今は茨木真紀って言うのよ」

『ああ……ああ。その真っ赤な魂。威勢の良い霊力。強い意志を秘めた瞳。まさに我のかわいい茨姫《いばらひめ》じゃ』

かつて貴船へと何度も足を運び、龍穴に簡単に飛び込んでは、この神に様々な相談事をした酒呑童子と茨木童子の夫婦。

要するに高龗神は、私たち夫婦をずっと見守ってくれていた、母のような存在だった。

『酒呑童子も、共に生まれ変わっておるのか。そちらは鵺《ぬえ》か。よく来たな』

「ご無沙汰《ぶさた》しております」

「お元気そうで何よりです」

馨も由理もまだ少々仰々しいが、そんな二人にも高龗神は愛おしそうな眼差しを向ける。

「そういえば高龗神。十円ハゲができたって聞いたけど、どこ？」

『えっと、その、背中のたてがみの、八分目というか』

さっきまでの威厳はどこへやら。高龗神は恥じらいの表情で、しどろもどろになって説明する。水の精たちが案内してくれたので、私たちはこの龍の背をよじ登った。

それにしても苔のびっしり生えた体だ。おかげで足を何度も滑らせる。

白銀のたてがみをかき分けると、確かに一部、円形に抜き取られた場所があった。

「ああ、もしかしてここ？　確かに膿《う》んじゃってるわねえ」

「十円ハゲどころじゃないぞ。軽く落とし穴だぞ」

馨のいう通り、それは十円ハゲというにはあまりに巨大な穴になっていた。

「足元気をつけて。この穴の中……〝混沌《こんとん》〟だよ。高龗神は〝闇龗神《くらおかみのかみ》〟と表裏一体の龍神。山頂より流れ出る聖なる御神水と、それを受け止める谷底の暗闇を、兼ね備えている」

由理はかがんで、注意深く穴を覗《のぞ》き込む。

そこは、貴船の澄んだ水とは真逆の、黒く濁ったため池のようになっていた。

「誰かに、ここのたてがみを引っこ抜かれちゃったんだっけ？」

『ああ、そうじゃ。何者かがこの龍穴に無断で入り込み、我のたてがみを引っこ抜いていった。あれはおそらく鞍馬山の天狗《てんぐ》……』

「鞍馬山の天狗？」

『黒い翼を持つ山伏《やまぶし》が見えたのじゃ』

それは確かに、鞍馬天狗だ。

しかしなぜ、鞍馬山の天狗が高龗神のたてがみを？

お隣さん同士で、それなりに仲良くやってきたあやかしたちと神というイメージだったけれど、今は何か違うのだろうか。

『あまりに傷が大きく、我の内側なる混沌が、溢れて外に出てしまいそうじゃ。それは貴船川の清らかな水を、あっという間に濁らせる。それにとてつもなく身体が痒《かゆ》い。頼む、茨姫。そなたたちの力で、なんとかしてくれぬか？』

「勿論《もちろん》よ。あなたのために、スイから特別な薬を貰《もら》ってきたわ」

荷物を探って、秘薬の小壺《こつぼ》二つと、スイの手書きのメモを取り出す。

あまりに貴重で店頭にすら置いていない、神々の問題を解決する超秘薬。お値段は時価になります。

「えっと何々。まずは傷口を綺麗《きれい》にして、清めて、と」

「ねえ真紀ちゃん。なんか傷口から飛び出してきたよ」

「え？」

由理がさりげなく指差す方を見ると、確かに十円ハゲの沼から、ピョコンと飛び出しているものがあった。

なにこれ。恐る恐る触れ、思い切り引っこ抜いてみる。

「うわあっ！」

驚いた。それは、私の背丈より長い、巨大な金棒だった。

「これ、昔茨姫が使ってた金棒じゃない!?」

「ああ、懐かしいなそれ！　大江山《おおえやま》の鍛冶《かじ》工房で作った金棒の一つだ」

「それを真紀ちゃんが持ってると、昔の茨姫みたいだね」

馨と由理も、こんなところで見つけた千年前の産物に興奮気味。

そうそう。大江山って、実はとても優れた鉱山だったのよね。

私たち大江山のあやかしは、酒呑童子を筆頭に製鉄の技術を磨き、刀や金棒を大量に生産して財力を蓄えていた。

この金棒も茨姫が一時愛用していた得物で、あるお願い事をする際、高龗神に奉納したものだった。そのお願い事ってのが、さっきの丑の刻参りの件なのだけれど。

「おい、また何か飛び出しているぞ」

「仕方がないわねえ。全部引っこ抜きますか」

私は袖《そで》をまくり、馨に腰を支えられながら、それに手を伸ばした。

なぜか出たり入ったりするので、腕をぐっと沼に突っ込んでそれを掴《つか》み、思い切り引き抜く。勢い余って、馨と一緒に後ろに転げた。

「ぎゃああっ、なにこれ、髪の毛⁉」

おっかなびっくり！　それはデロデロの混沌まみれの、黒髪の束。

「あ……」

しかし私の下敷きになった馨には、見覚えがありそう。

「それ、もしかしたら、酒呑童子の髪かも」

「ええっ⁉」

「ここで特別な御神水をわけていただいた時、代わりに髪を切って奉納したことがある。何だか懐かしいな」

由理は「へえ！」と興味深そうにその髪の束を観察する。

「凄《すご》いね。前世の体の一部が、当時のそのままの状態で保存されてたってことだよ」

「うへえ。それなんかやだな。粘ってるし」

「そこの水で洗い流せば綺麗になるよ。僕やっとくよ」

高龗神の傷口からは、かつてここで奉納されたものが、芋ずる式にどんどん飛び出してきた。私たちはそれらを次から次に引き抜く。

「それにしても、身体中が苔だらけねえ、高龗神。キラキラ光る綺麗な鱗《うろこ》だったのに」

『傷口から漏れ出る混沌のせいで、洗っても洗ってもすぐに汚れてしまう。清らかな水は、簡単に汚れてしまうからのう』

憂いの言葉が、龍穴の壁を伝う水の音の中に溶ける。

体の痒みの原因は、もしかしたらこの傷のせいだけではないのかもしれないな。

「よし、じゃあまずは私が、高龗神の体をゴシゴシ洗ってあげるわ。スイのメモにも、清潔を保つようにって書いてるし」

「えっ」

ぎょっとした顔をしたのは、馨と由理だった。

マジで？　京都にきて龍の体をウォッシング？　みたいな。

「キュッキュッ」

水の精たちがコロコロと転がってきて、どこから持ってきたのか私にデッキブラシとバケツを渡す。私は履いていた靴下と運動靴をさくさくっと脱ぎ、セーラー服の袖を捲《まく》り上げ、長い髪もポニーテールにしてしまった。

「よーし、私が鱗を擦《こす》るから、馨は水を運んで汚れを流して。由理は出てきた奉納の品のお清めを、引き続きお願い」

たてがみを引っこ抜かれて、傷口から漏れ出る混沌のせいで体が穢《けが》れているのは確かなんだけど、それ以前に、高龗神の神力は、千年前より少し弱まっている。

これはもう、時代のせいかもしれないわね。

「何だろう、プール掃除を思い出すな」

馨が結界術を応用して作った細長いホースで、龍穴《りゅうけつ》のため池の水を運んでいる。

「馨、後ろからホース持ってついてくるのはいいけど、人の生足ガン見するのやめてよね」

「……見てねえよ」

語尾が若干、もごついておりますが。

さあて。体にびっしり生えた苔《こけ》も、力の強い私がゴシゴシ磨けばよく取れる。

私が磨いたところを、馨がすかさず濯《すす》ぐ。

由理もまた浄化の術を使いながら、でてきた貢物を一つ一つ丁寧に洗い、清めていた。

まさか京都に来て、元大妖怪《ようかい》が龍神様の全面的なケアに力を尽くしているなんて！

一方、高龗神は体を磨かれ、気持ちよさそうにぐでんとしてしまっている。

軽くマッサージにもなっているんでしょうね。

「よし、鱗もピカピカ！」

しっかり体を磨いてしまったら、高龗神の鱗も半透明に煌《きら》めき、細かな水色の光を取り戻した。鈍い緑色の体だったのに、今はもう、澄んだ川の水の流れと同じ色。

そして最後に、傷口の周りを清潔な布で拭《ふ》いて……

「えーと、赤の秘薬は〝火蜥蜴《とかげ》の尻尾《しっぽ》を用いた軟膏《なんこう》〟。傷口の周りに塗るべし。青の秘薬は〝瑠璃《るり》宝玉の丸薬〟。傷口に一つ落とすべし」

スイのメモに書かれていた通り、まずは赤の秘薬と書かれた小壺の軟膏を、せっせと傷口に塗る。こそばゆいのか高龗神が動くので、振り落とされないように踏ん張りながら。

最後に、混沌の穴に青の秘薬を一粒入れる。龍の髭《ひげ》の玉みたいな、瑠璃色の丸薬だ。

しばらく何も起きず、大丈夫かと心配になったが、混沌は徐々にブクブクと泡を発する。

「なんか、排水溝に入れる消臭の薬みたいね」

「嫌なこと言うな」

ある瞬間から、みるみる傷口が塞《ふさ》がっていった。しかし傷は塞がっても、新しい鬣《たてがみ》は生えてこない。これぱかりは取り戻さなければ、永遠に十円ハゲかもしれないわね……

馨の作った、立方体の簡易結界を足場にしながら、苔の浮島に降り立つ。

高龗神は再び目を覚まし、大きな口を開けてあくびをする。その吐息で、私たち三人の髪は靡《なび》いた。

『うーん、気持ちがよかった……気分も爽快《そうかい》じゃ。肩こり腰痛、全部治った気がする』

「傷口は無事に塞がったけど、たまには外に出て運動したほうがいいわよ。筋肉の凝りが凄かったわ」

高龗神は体を磨かれ傷口を塞がれ、つるんと顔色も良くご満悦の笑顔。

『さあさあ礼の宴じゃ。とっておきの川床料理を用意しておいたぞ。宴会を開いて、今のお前たちの話を聞かせておくれ』

水の精たちは、「キュッ、キュッ」という鳴き声に合わせ、流れ作業を見事こなし、この龍穴の水の流れの上に川床を作る。組み立てた高床の上に畳を敷き、赤い傘と、赤い雪洞《ぼんぼり》を立て、黒い漆塗りの机に川床料理が並べられる。

「わあ、美味《おい》しそう！　鮎《あゆ》料理……湯葉に生麩《ふ》。京野菜の煮物。あ！　猪鍋《ししなべ》!!」

さて。お昼時はすっかり過ぎていたし、何だかんだと霊力を消費した。私たちはまだお昼を食べてなかったし、今とてもお腹が空《す》いている。

「新鮮な鮎のお造りだ。貴船の透き通った冷水で泳ぐからかな。身が川の水そのものだ。透明で引き締まっていて、とてもおいしいね」

透き通った鮎のお刺身に舌鼓を打つ由理。

「おい見ろ。汲《く》み上げ湯葉だぞ。やっと京都らしい飯にありついた……あー美味《うま》い」

竹の手《て》桶《おけ》に入った温かな豆乳の中から、お箸《はし》で掬《すく》い上げて食べる湯葉に興奮気味の馨。

とろりとした半生の湯葉を、別の器のおつゆにちょんちょんとつけて、つるんといただく。これがたまらない贅沢《ぜいたく》。

「猪鍋だ猪鍋だ猪鍋だ」

私はというと、久々に食べるそのお肉に、すっかり心を奪われている。

いったい誰が、どこで仕留めてきたのか。新鮮なうちに捌《さば》いて薄切りにした猪肉を、白菜やネギと一緒に味噌《みそ》ベースの出汁《だし》で煮込む鍋料理。

ああ、これよこれ。この野性みの残る荒々しい肉の味。

「久方ぶりに食べたわー猪肉」

「そういや茨姫は猪肉が好物だったな」

「ええ、そうよ。この辺の山には猪がたくさんいたからね。猪を狩り、その肉を食べて、私は強い鬼になっていったの。猪大好き」

馨と由理は顔を見合わせ、肩をすくめているけれど。

それにしても贅沢だ。どの料理も主役級に美味しい、この地の名物ばかり。

後からほかほかの炊きたてご飯と、茶色いふりかけのようなものが運ばれる。

「あ。これが噂の〝ちりめん山椒《さんしょう》〟ね。前にテレビで貴船特集を見て、気になってたのよ。ご飯にのっけて食べると美味しいんだって〜」

ちりめん山椒とは、ちりめんじゃこと山椒を炊き上げた、ピリリと刺激的で甘辛いふりかけだ。この辺のお土産として、定番の逸品とのことだ。

熱々のご飯の上にたっぷりかけて、大きな一口で食べる。

うーん、美味しい〜。山椒の風味が大人っぽいお味。

これスイのお土産にいいかも。スイは辛いのが好きだから、きっと喜んでくれると思う。

「それでね、高龗神。知っていると思うけど、私、今高校に通いながら、浅草のあやかしたちと面白おかしく過ごしてるのよ」

高龗神は、私が楽しげに話したり、馨がつっこんだり、由理が時々笑いながら毒吐く様を、母のような温かな眼差しで見つめ、聞いていたのだった。


豪華な川床料理は、貧乏学生にはこの上ない贅沢だった。

貴船の味覚をたっぷりと堪能《たんのう》し、多少消費した霊力もすっかりチャージ。

「あ……」

龍穴の上の方から、ひらひらと鮮やかな紅葉が舞い、私の膝《ひざ》に落ちて止まる。

天井などない、いったいどこから降ってきているのかもわからない。

この空間は、神様のいる神域だ。

あやかしたちの狭間《はざま》の原型というか、もっと古い力の働く結界と言える。

視線を上げても、飛び交う蜻蛉《とんぼ》と、差し込む光と揺れる水面《みなも》が見えるだけ。

ここは水の中ではないのに、まるで水中から水面を見上げているかのよう……

「そろそろ行くか。鞍馬山にも寄りたいしな」

「ええ、そうね」

「ごちそうさまでした、高龗神、水の精の皆さん」

私たちは立ち上がり、そろそろお暇《いとま》しようと川床から出て靴を履く。

『もういってしまうのか、可愛い子どもたち』

「また来るわ。人生まだまだ長いからね。それに現代は、東京と京都なんて新幹線であっという間よ。寝ていたら着いたもの」

高龗神はやはり寂しげだったが、水の精に命じ、私の前にあるものを持ってこさせた。

『かつてお前たちが我に貢いだものを、今日の礼として返そう。持っていけ。きっといつか、役に立つ時がくるだろう』

え。この、鬼の金棒と、酒呑童子の髪の毛ですか？

「どうやって持って帰ろうかしら。鬼の金棒は持って歩いているだけで補導確実よね」

「仕方がねえなあ。とりあえずビニール袋に簡易の結界を作るから、その中に入れとけ」

「え、なにそれ。いろいろ雑」

馨はカバンからいらないビニール袋を取り出し、それを前に置いて両手を合わせ、独特の印を結ぶ。多分、倉庫にできる広い結界をビニール袋の中に作っているんだと思う。

他に持ち運ぶ方法もないので、鬼の金棒と、酒呑童子の髪の毛を、そのビニール袋の中にせっせと仕舞った。

何かとグダグダだが、最後は高龗神の前までまたぴょんぴょんと飛んで行き、その鼻先に抱きついた。

「バイバイ。私たちをずっと待っていてくれて、ありがとう高龗神」

千年という時は、この神様にとってそれほど長くない。

しかし私たちが生まれ変わるのを待ちわび、いち早く招いてくれた、優しい母だ。

『ああ、行っておいで愛《いと》しい子どもたち。身体を癒し、綺麗《きれい》にしてくれて、ありがとう』

ゴボゴボ……

泡の転がる音が、耳の奥で遠くなっていく。


「…………」

気がつくと、私たちは貴船神社・奥の宮の境内に立っていた。

ちょうど午後の昼下がり。

頭上の紅葉は秋の日差しに照らされ、ひとひらの葉が音もなく足元に落ちる。

あの龍穴から出ると、世界の色が、いつも鮮やかさを増す。

第五話　鞍馬天狗の行方

「はあ……はあ……やっぱり、貴船《きぶね》から鞍馬《くらま》まで、山道を歩いて行くもんじゃないわね」

「貴船からだと傾斜が急だからな。しかし相変わらず、この山はえらいもん抱えてんな」

鞍馬山。

貴船と隣接するその山は、何となく天狗《てんぐ》のいる山ってイメージかしら。

もしくは、牛若丸《うしわかまる》が修行した場所？

しかし私たちから言わせれば、そこは京都で最強を誇るパワースポット。

龍穴を有する貴船も凄《すご》いが、鞍馬山はもっとヤバい。そう、ヤバいのだ。

その凄《すさ》まじい霊力のせいで磁場が歪《ゆが》み、山中の木々は不思議な形に変形し、うねっていたり捻《ねじ》れていたり……

貴船と鞍馬は山道で繫《つな》がっているから、看板に沿って山を登っていけば、ハイキングしながらお互いを行き来できるのだけど……

「あ……」

途中、ゴロゴロと、遠雷が聞こえてくる。

「まずいよ、雨が降りそうだ。天気予報じゃ、今日は一日中快晴だったのにね」

普段は落ち着いた由理《ゆり》の口調にも、少し焦りが見える。

「待って待って待って、私たち、山を登ってるんですけど。こんな山中で豪雨に見舞われたら、普通に危ないわよ」

「仕方がねえな。ここは人間らしさを捨てよう」

馨《かおる》の言うように、普通に体力と足で登るのをやめ、霊力を利用しぴょんぴょんと飛ぶように駆け登る。まるで天狗か、修験者かという身のこなしだが、

「そういや、あやかしらしい身のこなしを習ったのは、ここの大天狗様からだったわね」

「あのおっさん、元気にしてるかな……」

千年前、ただのお姫様だった私が鬼として戦えるようになるには、それなりの修行が必要だったのだけど、あやかしらしい霊力の使い方や、身のこなしを教えてくれたのは、この大天狗様だった。

「それにしても、天狗に遭遇しないわね」

鞍馬天狗は京妖怪《ようかい》の中でも大きな派閥になっていると、組長に聞いていたけれど……

「おい、魔王殿《まおうでん》だ」

しばらく登り、突然変わる空気に、ハッと顔を上げる。

ひんやりと肌に染み込む澄んだ空気と、張り詰めた、山の霊力。

鞍馬寺の奥の院〝魔王殿〟に辿《たど》り着いたのだ。

もう随分と山奥で、魔王殿は背の高い杉に囲まれ、ひっそりとそこにある。

それほど大きなお堂ではない。しかし魔王殿が建てられているこの場所は、鞍馬山で最も強力な霊力集中原点だ。

もう魔王殿って名前だけで禍々《まがまが》しいわよね。

お堂の中は暗く、長椅子がいくつか並んでいるだけで、誰もいない。

「おかしいな。あの大天狗のおっさん、千年前はいつもこの辺りに居たんだけど……」

馨は大天狗様が不在なのを、少し残念がっている。

ポツポツと雨が降り出し、私たちはしばらく魔王殿で雨宿りをすることにした。

ゴロゴロゴロ……ピシャア……ッ
豪快な雷鳴が轟《とどろ》く。場所が場所だけに、雰囲気あるわね。

スマホも山奥過ぎて圏外だし、これ夜まで豪雨だったらどうしましょう。

「鞍馬寺の魔王殿ってさ、650万年前に、金星から護法魔王尊《ごほうまおうそん》が降り立った場所と言われているけれど、実際どうなんだろうね。大天狗様って、宇宙人なのかな」

こんな雷雨の中、由理がこの地にまつわる逸話をおもむろに語る。

学ランについた雨粒を払いながら、馨がそれに反応する。

「あのおっさん天狗が宇宙人ねえ。まあ確かに、今では、平安時代になぜあんなに物知りだったんだろうって思うこともあるが……でも冴《さ》えないおっさんだったぞ」

「宇宙人にだって冴えないおっさんはいるわよ。しかし現れないわねえ、サナト様。私たちが来たってこと、気づかないほど耄碌《もうろく》しているのかしら。久々に会いたかったのに」

あれこれ言われているのは、大天狗サナト様。

ここ鞍馬山の主であり、修験者として日々修行を重ねる大妖怪であり、酒呑童子《しゅてんどうじ》に剣術と兵法、結界術を教えた、いわば馨のお師匠様だ。

茨姫《いばらひめ》もかつて、大きな霊力の扱い方を相談し、あのひとには多くのことを学んだ。

酒呑童子と茨木童子《いばらきどうじ》にとって、高龗神《たかおかみのかみ》が母であるのなら、サナト様は父のような存在だ。

それと、高龗神が言っていたことも気になる。

高龗神のタテガミを盗んだのは、天狗だったと言っていたから。

「あ、雨、上がった？」

さっきまでもの凄い雨だったけれど、通り雨だったのかすぐに収まった。

「どうする馨君。サナト様全然現れないし、先に進むかい」

「そうだなあ。このまま暗くなっても困るし、仕方がないな」

馨と由理が唸《うな》っている傍ら、私は魔王殿から出て、外の様子を確かめる。

霧のような小雨は降っているが、気にならない程度だ。

深呼吸をして、山の清々しい空気を、思い切り吸い込んだ。

懐かしい。雨上がりは特に強く香り立つ。

千年前と変わらない、霊力に満ち満ちた自然の匂い……

「⁉」

そんな時だ。突然、どこからか鋭い視線を感じ、私は周囲を警戒する。

天狗……？

いや、違う。ここからまっすぐ先。遠く大杉の側に立っていたのは、銀髪の青年である。

「……リン？」

脳内に直接響くような、鈴の音が聞こえた。

銀髪の青年は私の視線に気がつくと、口元に笑みを作り、ふっと遠ざかっていく。

「リン！」

私は駆け出した。

さっきまでそこに立っていたのは、私のよく知る〝凛音《りんね》〟だと確信したからだ。

「真紀《まき》⁉　おい、一人で行くな！」

馨が私の異変に気づき、とっさに呼び止めようとしたが、私は彼の声すら振り切って、
消えた人影を追いかける。

リン。凛音……

千年前、スイやミカと同じく茨木童子の四眷属《けんぞく》だったあやかしの名だ。

彼は、百鬼夜行の八咫烏《やたがらす》騒動や、学園祭に現れた悪妖《あくよう》の一件に関わっていた。

それは全て、どこかで私と繋がる事件ばかりだった……

「リン！　いるのなら出ていらっしゃい！」

気がつけば魔王殿から遠く離れ、鞍馬山の有名な〝木の根道〟まで来ていた。

グネグネと、大地に木の根がはびこる不思議な場所。

この山中で、私はまた声を張り上げる。

リンの名を何度も呼ぶ声が、反響してじんわりと消えた。

「ふふっ、相変わらず偉そうに命令するお方だ」

しばらくして頭上から笑い声がした。

顔を上げる。大きな木の枝の上に、紐《ひも》タイが特徴的な、品のある黒地のスーツを纏《まと》う、銀髪の青年が一人。

革靴を履いた足を組み、青白い顔を頬杖《ほおづえ》で支え、私を見下ろしている。

銀の前髪から透けて見える瞳《ひとみ》は、左右違う色をしていた。

金と、紫……黄金の瞳は、私の眷属である八咫烏のミカから奪ったものだ。

「久しぶり、茨姫。とても会いたかった」

「……リン、お前」

ストン、と私の前に降り立つ。その拍子に、軽やかな鈴の音が響く。

斜めに分けた銀の前髪の、その分け目から伸びる銀の角には、やはり銀製の鈴が付けられていた。かつて、茨姫が彼のために拵《こしら》えて、贈ったものだった。

リンは目を細め、私を見据える。

「ああ、なんて、姿だ」

そしてシワを寄せた眉間《みけん》に指を添え、悲嘆にくれながら首を振った。

「あんなに高潔で美しかった茨姫が、こうも貧相な人の娘に成り下がるとは」

「出会い頭にとっても失礼なこと言ってんだけど、理解してる？　一発ぶん殴るわよ」

相変わらずスカしたところがあるが、これこそ紛れもなくリンだ。皮肉めいた言葉も彼らしいといえば彼らしいが、わざと煽《あお》っているとかではなく本音なのよね。

だからいっそう腹立つ。

私は彼の様子を窺《うかが》いつつ、尋ねた。

「リン、お前に確かめなくちゃいけないことがあるわ。なぜミカの瞳を奪ったの。学園祭でのルー・ガルーの件も、全て、リンが仕組んだことなの？」

「いかにも。……オレには、やらなくてはならないことがあるのでね」

視線は意味深で、雨粒がそのまっすぐな銀の髪の毛先から垂れ落ち、青白い顔を濡《ぬ》らしている。

「やらないといけないことって何？　リンは……今のお前は、いったい何を目指して動いているの？　ミカの瞳を奪い、ルーを私にけしかけてまで」

前々から、何か目的があって、彼は行動しているように思えた。

リンは私の敵なの、味方なの？

それとも私など関係のないところで、リンにはリンの目的があるというの？

いいえ、違うでしょう。お前の行動は、全て私に、繋がっている。

「ねえ。私の、私たちの元へは、帰ってきてくれないの、リン。浅草《あさくさ》には、スイやミカもいて、みんなで仲良く暮らしているのよ。あの時代の、かの国のように」

ピクリと、彼の顔色が変わる。

あの時代、かの国……

それをいまだ、忘れられないというような、言葉にし難い表情だった。

「はっ。その言葉を、あなたがよく言う」

そして鋭い牙《きば》を見せ、彼は口元に笑みを浮かべた。

「オレたちを置いていったのは、あなただ。オレは、あなた無しでは生きられない体だった。それなのに……っ！」

リンは私の腕をきつく掴《つか》み、私の体を引き寄せる。

そして首筋に顔を埋めると、牙《きば》をむき出しにして噛《か》みつこうとした。

そう……私の血が欲しいのね、リン。

「随分と、弱ってるのね、リン」

「……!?」

背中に手を回し、ポンポンと撫《な》でる。そうすると、彼は一瞬、体を強張《こわば》らせた。

彼は吸血鬼だ。

千年前は、大勢の人間の血を恣《ほしいまま》に吸い殺していた、血を霊力の糧に生きていた鬼だったが、ある時大江山《おおえやま》の茨姫の噂を聞きつけ、茨姫の特別な血を狙った。

しかし大江山の茨姫はすでに屈強の鬼であり、襲いかかったところで返り討ちにあいボコボコにされ、結局、色々あって私の眷属になった。それからは私の血だけを吸って生きていた。

私の血に飢えているのは、見てわかる。欲しいのなら、いくらでもあげるわ。

戸惑いながら、リンの牙が今、私の首筋にゆっくりと食い込んだ――

「!?」

ちょうどその瞬間だった。目前を金の流星が横切る。

いや、狐だ。真横にあった木の幹の裏から飛び出し、リンの胴を突き飛ばしたのは、金の毛並みを持つ狐だった。

驚いた。見覚えのある金狐が、リンの牙を私から遠ざけたのだ。

「あんた……時々浅草で見かけた、あの」

春先によく姿を見かけた狐と同じだ。印象的な金の毛並み、柔らかな霊力が同じだもの。なぜ？　ここは京都なのに。

「はっ。一尾の野狐だと？　茨姫の新しい眷属か？」

吹っ飛ばされたリンは杉の大樹の根元で体勢を整え、口元に垂れていた血を指で掬《すく》って、ペロリとなめた。

私の血だ。強く吸い取られる事はなかったが、少しだけ首に傷ができている。じわじわと、後から少し痛みで疼《うず》く。

「……たまらないな。あなたの血の味は格別だ。渇きを潤す極上の雫《しずく》だ。ひと舐《な》めするだけでこの高まり、全て飲み干してしまったら、果たしてオレはどうなるのやら」

そのまま腰に差していた刀を抜くと、

「しかし狐は大嫌いなんだ。金狐なんて別にどうでもいいが、目の前をちらつかれると切り捨てたくなる。特に毛先の黒い白狐……悪巧みが得意そうな女狐が嫌いだ！」

「リン……お前……」

「ねえ、茨姫もそうだろう……っ！」

力強く高く飛び上がり、狂気の眼差《まなざ》しで金の狐に斬りかかった。

私はとっさに木の枝を拾って飛び出すと、リンの刀を一方で受け止め、金の狐に向かって「逃げて！」と叫ぶ。

金の狐は一度私の方を振り返ると、そのまま風のように山を駆け上がった。

「茨姫ぇ！　そんな棒切れ使ってないで、刃と刃を交えよう！　オレの刀を貸してやる」

リンは腰に差していたもう一本の刀を抜こうとしていた。

「勝負しよう！　昔のように血まみれになって。霊力を削り合い、命をかけて！」

目を見開き、無邪気でどうしようもない、喜びに満ちた少年の顔をしていた。

リンは好戦的で、隙あれば私に勝負を仕掛けてくる、そんな剣士だった。

また、私と戦いたいの……リン。

「真紀！」

その時、私の名を呼ぶ声が山林にこだました。

馨だ。馨が私を捜しているのだ。

リンがそちらに気を取られた隙に、私は自分のポケットからどんぐり爆弾を取り出し、それをリンの足元に投げつけ素早く後退する。

「何!?」

どんぐりは赤い光を放ちながら、小規模な爆発を生んだ。飛散する木片と爆煙から自分を守る態勢をとりつつ、私はただ、凛音が立っていたその一点を睨《にら》む。

リンは甘くない。

遠慮していたらこちらが簡単に命を落とす。それを私は、千年前から知っている。

私にとってかわいい眷属の一人だったが、いつも本気で、私の命を狙っていたから。

「やれやれ。茨姫のこれ、嫌いだ。やはり刀での斬り合いが至高だろうに。しかも憎らしいのがもう一人来やがった」

いまだ昇り立つ煙の中、しばらくして無傷で現れるリン。

黒いジャケットを叩《たた》きながら、長い溜息《ためいき》を付いている。

また一方で、爆発を目印にこの場に辿《たど》り着いた馨が、私に駆け寄る。

私の首筋の怪我にいち早く気がついた馨は、目前の男がいったい何者なのか、やはりすぐに理解した。

「お前、凛音か……っ⁉」

凛音は馨を前に、先ほどの熱っぽさをすうっと損なう。

「酒呑童子……」

光彩のない冷淡な視線を馨に向け、奥歯をギリとかみしめたような表情になる。

しかしすぐに、「はっ」と乾いた笑い声を吐き出し、刀を鞘《さや》に収めた。

「やめだ。……楽しみは後にとっておく趣味でね」

「おい、凛音！」

馨の呼び声は無視し、リンは私たちに背を向けこの場から去ろうとするが、「ああそうだ」と何か思い出したように、一度だけ振り返る。

「一つ、面白いことを教えてやろうか、茨姫」

「面白いこと？」

「なぜ鞍馬山に、天狗《てんぐ》がいないと思う？　さっきからずっと不思議に思っていたろう。あの大天狗サナトまで現れない。しかし現れないいんじゃない、本当にいないのさ」

「リン……お前、何を知っているの？」

「神隠しに遭ったのだよ。この魔都は今、禍々《まがまが》しいものの毒に支配されつつある。とある卑怯《ひきょう》者が、愚かなことを企《たくら》んでいるのだ」

禍々しいものの、毒？

卑怯者？　愚かなことを企んでいる？

何か知ってそうな口ぶりだが、それを詳しく私たちに教えるつもりもないらしい。

「茨姫、次に会った時は真剣な勝負をしてくれ。戦いこそあやかしの本能。本懐だ」

「……それで、お前は満たされるの？　もしお前が勝ったら、その時は何が欲しい？」

腰に手を当て、尋ねてみる。

昔から、勝負事に何かを賭《か》けるのが好きな男だった。

「オレが勝ったら、あなたには俺の眷属《けんぞく》になってもらう。そうしたらあなたは俺の血袋だ」

そんな言葉を、ニコッと笑って言ってのける。

「血袋ねえ……じゃあ、私が勝ったら？」

「ないな。人間なんかに成り下がり、何も知らないその男と、揃いも揃って平和ボケしたあなたなんかに、オレが負けることなどあり得ない」

「リン」

「許せない。どうして千年前のことを忘れ、のうのうと人間社会にまみれ、幸せそうに暮らしているんだ……っ！　そんなやわな姿になるくらいなら、狂気と闘争本能をむき出し、戦い抜いて果てたあの姿の方が、よっぽど美しかったよ、茨姫」

憤りと、やるせない怒り。そういうものが満ちた言葉を吐き捨て、凛音はぐっと拳《こぶし》を握りしめると、そのまま鞍馬山の霧に紛れる形で、去ってしまった。

去り際にやはり、馨を強く睨んでいたように思う。

雨が、再び降り出した。

突然の猛雨だ。ここの天候が安定しないのは、やはり鞍馬山に、それを管理する天狗たちがいないからだろうか。

「凛音は、俺のことを強く恨んでいるな。そんな目をしていた」

「……あんたのことだけじゃないわ、馨。私のことだって。あの子は、何者にも負けない強い酒呑童子と茨木童子が好きだった。あの国の王と女王が、絶対だったのよ」

人間に負け、しかも憎むべき人間に転生し、高校生として平和に過ごす私たちの姿は、あの子にはどう映っているのだろう。

生まれ変わった私たちと違って、全てをリセットする機会など、リンには無かった。

あの子だけがまだ、千年前の戦いをそのまま引きずっているような気がして、私は胸が苦しくなる。

そこから救い出したいと思うのは私の傲慢《ごうまん》だろうが、でもそれがきっと、この世に生まれ変わった私の役割だ。

あの子が真剣に勝負をしたいと思っているのなら、次に会った時は、その願いを叶《かな》えてあげよう。


「……なあ、真紀」

「ん？」

「茨木童子の最後って、お前の言っていた通りだよな」

「……馨？」

唐突に、馨が私に問いかけた。

多分、リンが残した言葉から、何か気がかりを見つけたのだ。

「渡辺綱《わたなべのつな》に腕を切られ、その負傷がきっかけで源頼光《みなもとのよりみつ》に殺された。確か羅生門《らしょうもん》で、だ。そうだよな」

「……え、ええ。いつも恨み言を言っているじゃない」

「嘘だな」

馨はそれを、迷うことなく否定した。

いつもの馨とは違う、強く静かな、厳しい口調だった。

「簡単に嘘をつくんだな、真紀。そこで嘘をつく理由はなんだ。お前はいったい、俺に何を隠している」

「馨、私……」

私は首を振った。ドクンドクンと、心臓が破裂しそうなほど、高鳴っている。

馨はいつ、そのことが嘘だと、気がついたの。

「やっぱり、言えないのか。お前にだって、そのことを言えない理由があるのは、なんとなくわかる。だから今まで聞かなかった。だが、しかし、そんなに俺は……頼りないか」

違う。

「そりゃあ、お前は一人でも、十分強いが」

「違う！　私は一人では……っ」

「じゃあなぜ呼び止めても、お前はいつも一人で突っ走っていく！　一人でも、なんとかなると思っているからだろう」

「………」

一人では……

ドクン、ドクンと、心臓が血を送る。その度に私は、思い出しそうになる。

かつて、一人になってしまった後の、自分の姿を。

「……真紀」

馨は私が何も言えないでいるのを見て、やはりどこか、寂しそうな顔をしていた。

私に対し、こんな風に優しくないことを言うと、馨は自分でもダメージを受ける。

それでもあえて、この場面で聞いたのだ。

もう後回しにはできないと、その葛藤《かっとう》を、強く言葉に出したのだ。

だけど、それでも私は何も言えないのだ。言葉が喉《のど》の奥でつかえ、出てこない。

そんな私を見て、彼は自分で自分の額に拳を当て、長く息を吐いて気持ちを整えると、

ポケットからハンカチを取り出し、私の首から流れる血を押さえた。

「すまない。由理のところに戻ろう。あいつ、待ってるだろうから」

それは昔、私が馨の誕生日にあげた地味なハンカチだった。

いつも、本当によく持ち歩いてくれている。

「ああ、戻ってきた。よかったよかった」

由理は魔王殿にいた。

そこで、足をすりむいた見知らぬ少年の治療をしている。

背中に黒い羽の生えた、天狗の少年だ。

私と馨の様子を見て、由理は一瞬で「何かあったな」みたいな顔をしたけれど、特に何も聞かずに、普通にしてくれていた。

「……その子」

「見ての通り、天狗の子どもさ。真紀ちゃんたちと入れ替わる形で、泣きながらこの魔王殿に飛び込んで、勢い余って転んじゃってね。どうやらお父さんがもうずっと家に戻ってきていないらしい。それだけじゃなく、この山に住む大人の天狗が、ある日突然、みんないなくなっちゃったんだって」

天狗の少年は、由理にもらったおやつの鈴カステラをもぐもぐ食べながら、高い一本下駄をブラブラさせて、おおまかな事情を話してくれた。

ここ、鞍馬山の天狗は、京都でも複数あるあやかしの派閥の一つ、京妖怪《ようかい》鞍馬天狗組の総本山。頭領は今もやはり、サナト様ということだった。

「最初はサナト様がお消えになった。大人の天狗たちはサナト様を捜して京の夜空へと飛び立っていった。おいらはお父ちゃんに、家で待っているように言われていた。お母ちゃんと、小さな弟たちをしっかり守るようにって」

どうやらこの鞍馬山には、天狗の妻や子どもたちが残されているらしい。

しかし山奥に身を潜めているみたいで、ここら辺まで降りてくることなどほとんど無いとのこと。

私は、先ほどリンと出会ったことを由理に説明した。

「ねえ由理。リンは、天狗たちが神隠しにあっているって言ってたわ。この京都で、何か、企《たくら》みごとをしている奴がいるって」

「うん。京都は思いのほか、厄介な事態に陥っているのかもしれないね。鞍馬山を管理する天狗たちがいないってことは、ここの膨大な霊脈が、悪用されかねないということだから。それはとても、恐ろしいことだ」

少し、嫌な予感がする。

空は淀《よど》み、霊脈は揺らぎ、力のある天狗たちですら、忽然《こつぜん》と姿を消した。

そして、初めて凛音が、その姿を私たちの前に現した。

この京都で、かつての魔都で、いったい何が起こっているのだろう。

結局あの後、魔王殿を出た私たちは、その先の鞍馬寺本殿金堂までは行かずに、再び貴船に降りた。帰りの電車の中では、三人並んで死んだように寝ていた。

京都駅の近くにある、今日うちの高校の生徒が泊まるホテルに戻ると、夕飯を食べ、お風呂《ふろ》に入り、同じ女子の班員がいる部屋で、私は誰より先に布団に潜り込む。

「ちょっと！　茨木ちゃんが白目むいてぐーぐー寝てる。せっかく今日の収穫物を見せ合おうと思ってたのに！　ていうか美少女がそんな寝方しちゃダメ！」

「まあまあ丸山《まるやま》。真紀は育ち盛りなんだよ」

「違うよ～。茨木さんはきっとショックを受けてるんだよお。天酒《あまさけ》君って実は剣道部の鳴上《なるかみ》さんと付き合い始めたんだって～」

「何、その根も葉もない噂。そもそもさっきまで天酒って真紀と一緒に居たじゃん」

「女子の間じゃちらほら流れてるよ～。この前、剣道部の練習試合を見に行った子が言ってたもんね。二人の間にはただならぬ空気があったって～」

「えー、略奪愛ーっ!?　天酒君には茨木ちゃんと継見《つぐみ》君がいるのにーっ！」

「いや……継見は関係なくない？」

呆《あき》れ返ったようなため息をつく七瀬《ななせ》に対し、丸山さんは悲鳴に近い声をあげている。根も葉もない噂を簡単にばら撒《ま》いたみっちゃんは、私の反応をチラチラ窺《うかが》っている。

しかしそんな噂はどうでもいいし、むしろそれどころじゃない修羅場なのよねえ……

私はやっぱり白目をむいて、お布団の上に転がっている。

それくらい、今日はとっても疲れていた。

目まぐるしい、一日だった。我ながら、ちょっと元気が足りてないわね。

「茨木童子さま……茨木童子さま……」

誰かが私を呼んでいる。

「茨木童子、さま〜〜〜」

コツンコツン、と窓を叩《たた》く音がして、真夜中にパチッと目を覚ました。

「ぎゃあ」

びっくりした。窓にびっしり、小さなあやかしたちがへばりついている。

もう丑三《うしみ》つ時《どき》。部屋のみんなはぐっすり寝てしまっている。

私は窓をカラカラと開けて、「どうしたの？」と小声で尋ねる。

まあ、珍しい。小さな笠をかぶった川獺《かわうそ》たちだ。

「こんばんは。わたしどもは鴨川《かもがわ》の笠川獺《かさかわうそ》」

「かの有名な茨木童子さまが京都にいらっしゃったということで」

「ご挨拶《あいさつ》に参りました」

笠川獺たちはその笠を一度脱いで、礼儀正しくぺこりと頭を下げる。

「ちょっと待ってね」

ここじゃ何なので、私は窓からぴょんと飛び降り、下の垣根の裏側に回る。

笠川獺たちはぬるぬると私の周囲に集った。茶色の細長い体に、指の丸い小さなおててが愛らしい。

「よく私のことを知っていたわね」

「茨木童子さまは、あやかし界では伝説の鬼です。昔、ここ京の都で、多くのあやかしが助けられたと」

「茨木童子さまの生まれ変わりの噂は、こちらでも度々話題に」

「あなたのお写真が出回っております。なのですぐ分かりました」

「……うそ、写真まで出回ってるの？」

しかしまあ、顔がバレるのなんて時間の問題だった。以前の百鬼夜行では、あれだけ大勢の前で茨木童子の生まれ変わりだとバレたんだもの。

浅草のあやかしたちは私のことを秘密にしてくれているけれど、あの時、裏凌雲閣《うらりょううんかく》に居たのは浅草あやかしだけじゃなかったしね。

「これ、貢物です。どうぞお納めください」

川獺たちがひょろりと立ち上がり、次々に私に何かを差し出す。

古いが美しい機織りの布切れや、絹の飾り紐《ひも》。

綺麗《きれい》な石や、干した果実。香草、色とりどりの花びら、千代紙に砂糖菓子……

きっと、この子たちにとってそれぞれ価値のあるものなんだろう。それを、キラキラした憧《あこが》れの眼差《まなざ》しで私に差し出すのだ。健気《けなげ》でかわいい奴らめ。

「でも、いいの？　あなたたちは私に何かしてほしいことがある？」

川獺たちは顔を見合わせる。

何か言いたげなことがありそうだったので「言ってごらん」と促した。

「最近、仲間が次々にいなくなります」

「天狗《てんぐ》が攫《さら》ってゆきます」

「……天狗が？　それって、もしかして鞍馬山の天狗たち？」

「はい」

でも鞍馬山の天狗も、皆神隠しに遭って行方不明と聞いたばかりだし、何が何だか……どういった繋《つな》がりで、この騒動に鞍馬天狗が関わっているのだろうか。

「怖いです。いつ天狗に攫われるか」

「茨木童子さま、どうかおたすけください」

笠川獺たちは怯《おび》えていた。私はそんな小さな子たちを、みんな一緒にぎゅっと抱きしめ、つやつやした茶色の毛並みを撫《な》でて「しっかりなさい」と言葉をかける。

「ずっと側にいてあげたいけれど、私も学生だし、そういう訳にもいかないわ。あ、そうだ。あんたたちに、いいものをあげる」

助走をつけ飛び上がり、二階の部屋に今一度戻ると、私は荷物に入れていた巾着《きんちゃく》袋を持って、再び窓から飛び降りる。

「手を出して。一人一つだからね」

そして私は、以前作っておいた血塗られどんぐりを笠川獺たちに一つずつあげた。

「ただのどんぐりに見えるかもしれないけれど、それはいいお守りになると思うわ。悪いやつに襲われそうになったら、どんぐりを投げつけなさい。逃げるだけの時間は作ってくれるはずだから」

「うわーい」

笠川獺たちは何がなんだか分かっていないが、私から貰《もら》えたものがあるというのが嬉《うれ》しいみたいで、どんぐりをじっと見つめたり、大事そうに抱えたりしている。

「じゃあ、私はそろそろ部屋に戻るわ。あんたたちも、すぐに安全な場所へ行きなさいね」

「……茨木童子さま」

一匹、やたらと大きな笠川獺が、壁に足をかける私に尋ねた。

「茨木童子さまは、酒呑童子さまに、会いたいのですか？」

「……へ？」

あまりに唐突な問いかけだったので、私は目が点になってしまった。

「聞いたことがあるんです。茨木童子さまと酒呑童子さま、とても仲の良い番《つがい》だったって。酒呑童子さま、この世のあやかしの王さま。唯一愛したのが、茨木童子さま」

「……………」

「また、王さまに会いたいですか？」

悲しそうな顔をして、首を傾げて尋ねる。

そうか。馨のことは、やっぱりまだあやかしたちの間でバレてはいないのだ。

私がこの現世《うつしよ》で、酒呑童子とはまだ出会えていないのだと、この子は思っている。

私はもう一度しゃがみ直し、笠川獺の鼻先をちょんとつついて、おどけた顔をして言った。

「大丈夫よ。会いたい、会いたいってね……毎日毎日思いを募らせていたら、いつか必ず会えるみたいだから」

「……？」

「安心して。今の私は、とても幸せだから」

当の馨とは少しギクシャクしてしまっているけれど、それでも、いつも側に馨がいる。

当たり前のことじゃないのよ。

その馨を悲しませたら、ダメじゃない。

「……やっぱり、嘘はダメね。一生隠し続けるなんて無理な話なのよ。悔しいけれど、叶《かのう》先生のいう通り、それは偽りの幸せだわ」

一度目を閉じ、再び開けて、京都の朧《おぼろ》げな月を見た。

言おう。修学旅行から帰ったら、馨とちゃんと向き合って、私の嘘を伝えてしまおう。

許してもらえないかもしれない。

嫌われるかもしれない。

馨は、私の側にいるのが辛《つら》くなって、離れてしまうかもしれない。

もしそこで、何か、私たちの今の関係が変わってしまったり、終わってしまうことがあったら、その時は……

「今度は私から、馨を追いかけてアプローチすればいいんだわ。昔、酒呑童子が、何度拒否されても茨姫に結婚を申し込んだみたいに」

うん。そうしよう。それでダメなら、その時はその時だ。

とても前向きなことを考えているのに、なぜかしらね。

部屋に戻り、布団に潜った途端、涙がポロッとこぼれた。

誰も見ていないのに、自分自身をごまかしたくて、ゴシゴシと袖《そで》で涙を拭《ふ》いて、その涙を無かったことにした。

ああ。もらった香草が、すごくいい匂い。

頬をぱしっと叩いて気を引き締め、布団の中で笠川獺たちから貰ったものを並べると、もうスマホの光だけを頼りに、私はせっせとあるものを拵《こしら》えるのだった。

第六話　宇治平等院の秘密

修学旅行二日目。それぞれの班が、出発前にロビーに集まっている。

「馨《かおる》、おはよう……っ」

「おはよう」

朝ご飯の広間が別々だったので、私はここで、今日初めて馨と会った。

馨はどこかそっけなかったが、挨拶を返してくれる。

昨日の今日でよそよそしいのは仕方がないが……

「あ、あのね。私たち今日は宇治《うじ》に行くから、あんたたちとは正反対なの。嵐山《あらしやま》だっけ？」

「……ああ。隣の組の3班と一緒に行くみたいだ」

馨の班の男子と隣の組の3班の女子の中に、どうやらカップルがいるみたいで、その人たちに頼み込まれて一緒に行動することになったらしい。

まあ、3組の女子班の狙いは、もっぱら馨と由理《ゆり》なのかもしれないが。

「あのね。私、昨日の夜これを作ったの。あんた持ってて」

「……なんだこれ？　匂い袋？」

馨は私の手のひらから、小さな袋をつまみ上げる。

それは、昨日笠川獺《かさかわうそ》たちからもらったもので作ったお守りだ。

いろいろ詰め込んだから、やたらと膨らんでいるが。

「め、珍しいな、お前が俺になんかくれるのなんて……」

「なに怖がってるのよあんた」

馨は匂い袋を鼻に近づけて、やはりなんか変な顔をしたりしていた。

「昨日、小さなあやかしたちが私を訪ねてきたの。笠川獺よ、珍しいでしょう。それで良い匂いのする花びらや草をもらったから、おすそ分け。お守りと思って持っていて」

「……お守り？　ふうん」

馨はやはりそっけなく、胸ポケットにお守りを入れた。

「天酒《あまさけ》くーん、行くよー」

向こうで馨を呼ぶ声がする。隣のクラスの女子班には、あの剣道部の鳴上《なるかみ》さんもいるみたいで、彼女が元気よく馨を呼んだのだ。

まあ、それは別にどうでもいいんだけど……

「ねえ馨」

私は、行こうとする馨の学ランの裾《すそ》を引っ張った。

そして一つ、戸惑いがちにお願いごとをしてみる。

「浅草《あさくさ》に戻ったら、ずっと貯めてた貯金箱割って、一緒にどこか行きましょうよ」

「どこか？」

「ええ。どこか……連れて行ってよ、馨」

あまり言わない類《たぐい》のお願いごとに、馨は「ふむ」と顎《あご》を撫で考え込んでいた。

私は覚悟を決めて、続きの言葉を絞り出す。

「連れて行ってくれたら、そしたら、ちゃんと本当のことを、話すから……っ」

「…………」

私の声は少し震えていたが、馨はその言葉に返事をすることもなく。

いや、あまりに複雑に考えすぎて、何をどう答えればいいのか、分からなかったのかもしれない。

しかしまた班員に呼び戻されたので、低い声音で「一人で無茶だけはするなよ」とだけ言って、早足で行ってしまった。


その後、私は班員と共に、まずは予定通り伏見《ふしみ》稲荷《いなり》大社の参拝を終え、近くの手打ちうどんのお店できつねうどんやらお稲荷さんやらを注文し、昼食を取っていた。

京都といえば、京うどん。

そして伏見稲荷といえば、きつねうどん。

まず、薄口醤油《しょうゆ》と昆布の効いた、上品なお出汁《だし》が強烈に美味《おい》しい。口の中でじわーっと広がる、甘いおあげが、このうどんのお汁にとても合う。

コシのある手打ちうどんと、甘くふっくらしたおあげと、京風お出汁。

これらが揃うだけで、ああ、シンプルなのにこんなに美味しい、きつねうどん。

きつねうどん大好き。

「この土地できつねうどんとお稲荷さんを食べるってのがまたいいわね」

「ねーっ。凄《すご》かったもんね、伏見稲荷！　想像より赤鳥居が大きかったよ」

丸山《まるやま》さんが興奮して、先ほど見て回った伏見稲荷大社の感想を述べる。

観光客がとても多く、人気のスポットだけあって、確かに石段に続く真っ赤な千本鳥居は見事だった。山々の紅葉も美しく、晴れた日の午前中だったのもあり、鳥居の隙間から差し込む光や、静かに鎮座する狐の狛《こま》は、幻想的で神秘的だったもの。

しかし伏見稲荷大社ってくらいだから、狐の神使がいるはずなんだけど、一匹も出てこなかったな。気配はあったけれど、何かを警戒しているようで。

やっぱり、京都全体の空気がどこかおかしい……

「欲をいえばイケメンのお狐様が出てきてくれたらいうことなかったんだけど！」

「丸山さんの言うのとは違うかもしれないけど、狐なら昨日鞍馬山《くらまやま》で見たわよ」

「えっ、うそうそ！　どんな狐⁉　イケメン⁉」

丸山さんは赤ぶちメガネを光らせ、テーブルから身を乗り出す。

「んー、金色の狐よ。ああ、でも狐っていい奴もいるけど、極悪なのもいるんだから。白い女狐とか最悪だから」

「あっ、知ってる！　白い女の狐と言えば〝玉藻前《たまものまえ》〟でしょう？　もしかして茨木《いばらき》ちゃん妖怪《ようかい》とか詳しいくち？　幽霊苦手なのに変なの〜」

「これでも民俗学研究部だからね。あ、親子丼きた。九条ねぎたっぷり〜」

これまた京風のお出汁がよくきいたいい匂い……美味しそう。

家で作るのとはまたひと違う、上品かつトロトロな、絶品親子丼。贅沢《ぜいたく》にいただきます。

「ていうか茨木さん、なんでそんなに食べられるの〜。あたしめっちゃ疲れてお腹空《す》かない〜、足いたーい」

「真紀《まき》の親子丼美味しそうだね。私もそっちにすればよかったかも」

伏見稲荷大社の参拝はほぼ山登りなので、みっちゃんは登り疲れてへとへとになっているが、七瀬《ななせ》は運動部なのでそうでもなさそう。元気よくいなり寿司をかじっている。

しかし、狐、か。

今まで狐の妖怪や、稲荷神社の神使などには山ほど出会ってきたけれど、狐のあやかしほど訳のわからないのはいない。あの安倍晴明《あべのせいめい》も、狐の子と言われていたし。

かつてとても憎らしく思っていた大嫌いなあやかしでもあったが、今そういう思いはあまり持たない。浅草にも、一生懸命生きている狐のあやかしはたくさんいるからね。

しかし、あの金の狐はいったいなぜ、度々私の前に現れるのだろう。


「うわあ、宇治抹茶のお店ばかり……」

いよいよやってきました、京都の宇治。

宇治は、十円玉の絵柄として有名な平等院鳳凰堂《びょうどういんほうおうどう》のほか、宇治抹茶と、『源氏物語・宇治十帖《じょう》』の舞台でもおなじみだ。

「ねえ見てよ真紀。美味しそうな抹茶パフェ」

平等院へ行く前に、七瀬が有名な宇治抹茶の老舗《しにせ》〝伊藤久右衛門《いとうきゅうえもん》〟宇治本店の前で、私の肩をつつく。

「わあ、よくばり抹茶パフェだって。パフェに抹茶だんごと抹茶せんべいまで刺さってる。一度食べたかったものを全部のっけてるなんて贅沢ねえ」

というわけで、私たち女子はさっきお昼を食べたばかりなのに、抹茶スイーツに引き寄せられ、こちらの店に立ち寄る。

なんて言ったってスイーツは別腹。各々に食べたい抹茶スイーツを注文する。

私は一目惚《ひとめぼ》れした、よくばり抹茶パフェ。

これが凄い。パフェグラスの中に、みずみずしくつややかな抹茶ゼリーと、王道の白玉、濃厚抹茶アイスが詰め込まれている。さらに、きな粉たっぷり柔らかわらび餅《もち》、生クリーム、黄色のアクセントが美しいみかんに、串刺《くしざ》し宇治抹茶だんご&抹茶せんべいがダイナミックに飾られていて、この上なく贅沢な、宇治抹茶三昧《ざんまい》となっている。

「ほろ苦い抹茶ゼリーと、抹茶アイスが美味しい～。甘さ控えめなのが最高ね」

浅草の豆かんも美味しいが、宇治の抹茶パフェも侮れない。

「茨木さんさっそく食べてるし～。あたし食べる前に写真撮っとこ～」

「あ、私も」「私も～」

私以外はまずみんな、スマホで写真を撮っている。

確かにこの造形は面白い。SNSに上げたり、部活の仲間や家族に写真を送って見せるんですって。

なので私もJKらしく、隣の七瀬のまだ綺麗《きれい》な抹茶パフェの写真を撮ってみた。

私はスマホの扱いが下手くそで、写真加工の仕方すらいまいち分かっていなかったが、みっちゃんや丸山さんがその手のアプリを取ってくれて、色々と教えてくれた。

おかげで明るく綺麗な、抹茶パフェの写真ができた。

「天酒や継見《つぐみ》に送るの？」

「……うん。二人も結構、和菓子好きだからね」

「真紀があの二人と一緒にいないと、ちょっと不思議な感じだよね」

七瀬はくすくす笑いながら、やっと抹茶パフェに手をつける。

確かに馨や由理と一緒に行動していないことが、自分でも不思議。

あの二人は今、いったい何をして、何を食べて、何を見ているのかな。

「あー、やっぱ宇治のスイーツは、日々酷使している体を癒してくれるぜ」

「ん？」

あれ、どこかで聞いたことのある声がする。

私たち女子班の隣で、同じ年頃の男子が、私と同じよくばり抹茶パフェを幸せそうに食べている。なんかオレンジ色の髪の……

「………あ」

お互いに同じ瞬間に顔を見合わせ、数秒固まってしまった後に、

「ああああああ！」

大絶叫。周囲のお客様に大変ご迷惑をおかけしました。

「てめえっ、茨木真紀！」

その男子はガタンと立ち上がって私に指を突きつける。

津場木茜《つばきあかね》。

彼は陰陽局《おんみようきょく》、東京スカイツリー支部に所属する退魔師、津場木茜《つばきあかね》。

他校のブレザーの下に、派手なパーカーを着ているが、傍らには竹刀袋もちゃんとある。

あれは多分、髭切《ひげきり》ね。

「びっくりした〜。みかん坊やじゃない。もしかしてあんたも修学旅行？」

「はあ？　俺は、その……調査だ。青桐《あおぎり》さんに言われて、京都の、神隠しの。修学旅行のついでに……」

「…………」

要領を得ないことをぶつぶつと。

しかしぼっちで抹茶パフェを食べてるのを見たところ、さてはこいつ、友だちがいないな……？

「えー、誰この子ー。茨木さんの知り合い〜？」

さっそくみっちゃんが食いつく。ネタの匂いを嗅《か》ぎつけているぞ。

「知り合いっていうか……全然知らない子っていうか」

「おい」

津場木茜はいつもながらキレ気味だが、見知らぬ女子たちの、興味津々な視線に耐えられないのか、徐々に居心地の悪そうな顔をしてソワソワしだす。

かわいそう。4対1とか、かわいそう。

「さあ、食べたらさっさと行きましょう。平等院鳳凰堂を見るんでしょう?」

いたたまれなくなってきたので、私はこっちから先に退出するよう促した。

茶房を出て、平等院までの表参道を歩く。お土産もののお店がたくさんあったので、私は浅草のみんなに宇治煎茶《せんちゃ》のお茶っ葉や、抹茶のお菓子、茶蕎麦《ちゃそば》などをいくつか買った。

平等院にたどり着くと、出入り口で拝観料を払い、さっそく敷地内へと入る。

宇治にはかつて藤原道長《ふじわらのみちなが》の別邸があったんだけど、のちに寺院となり、現在の平等院となった。実際は私も、今世では初めて訪れた場所だ。

やはりここも紅葉が美しく、整えられた庭園が見事だ。

さすがに観光客も多く、混み合っているが、

「ねえ真紀、あのオレンジの子ついてきてるけど……いいの?」

「無視して七瀬。ちょっと前に色々あってね、いちゃもんをつけられてるだけだから」

「色々ってなに……」

あの七瀬が気になってしまうくらい、津場木茜の視線が背中に刺さる。

あいつ、せっかく私たちから離れてあげたのに、ついてくるとはいったい何ごと。

私を見張っているつもりなんだろうか。

「あ、ほら! 鳳凰堂だ～」

みっちゃんが声をあげた。雄大な池の中島に建つ、横に長い壮大な朱色の御殿。

地上に現れし極楽浄土。藤原摂関時代の、栄華の象徴。

あの時代の香りが漂う、なんだか懐かしい気分にさせられる建造物だ。

お堂の中には、巨大な金色の丈六阿弥陀如来坐像《あみだにょらいざぞう》が、静かに鎮座している。色褪《いろあ》せた壁画も、かつては鮮やかに彩色されていたのであろう。

そこに、私は千年という長い時を見た。


「ねえねえ、平等院には鳳翔館《ほうしょうかん》っていう博物館があるんだって。行ってみようよ」

丸山さんが行きたがったのは、平等院の敷地内にある、大きな博物館だ。

これが少し面白い作りをしている。外観を損なわないためか、庭園と調和した形で建てられ、館内の大半が地下構造となっている。

確かに庭と融合していて、そんな大きな建造物があることに、すぐには気がつかないほどだ。入り口も庭園からさりげなく入る場所にある。

私たちがその博物館へ入ると、やはり津場木茜も後ろからついてきた。

博物館は新しい設備が整っており、中は薄暗く、石感のある灰色の壁と床に囲われている。少し肌寒く、独特の雰囲気だ。数多くの宝物が厳重に展示されているからかな。

平安の時代に生み出されたものも多く、一つ一つ静かに見て回るのは、なかなか興味深いことだった。

しかしふと、肌で感じるほど空気の違う一瞬があり、私は顔をあげる。

「……え？」

展示物に夢中になっていたから気がつかなかったが、いつの間にか一人になっていた。一緒に見て回っていたはずの、七瀬やみっちゃん、丸山さんがいない。

案内通りに進んでいたはずだが、変な場所に入り込んでしまったんだろうか。

しん……とした重い空気に、しばらく立ち尽くしていた。

「おい、なんか変だぞ茨木真紀！」

「って、あんたはいるのね」

一応、津場木茜は近い場所にいたみたい。私を見つけて駆け寄ってきた。

「来た道を辿《たど》って、いったんここから出ましょう。嫌な感じがするわ」

「嫌な感じってなー……」

津場木茜の言葉を遮るように、シュンシュンと音を立て、黒い影が数体この空間を飛び交う。素早いが、その影の正体を目の端でしっかり捉《とら》えた。

「天狗《てんぐ》……っ!?」

天狗だ。山伏《やまぶし》の格好をした天狗たちが、その素早い身のこなしで私を抱え、どこぞへと連れて行こうとする。私が反応できないくらい、それは一瞬の出来事だった。おかげで荷物を全部落としてしまった。

「ちょっ！　おい待て！」

津場木茜の声が遠ざかる。天狗たちは私を抱えたまま、迷わず奥へ奥へと行く。

しかし……

「あだっ！」

私を抱えていた天狗が悲鳴を上げる。腕を思い切りつねって、抱える力が弱まった隙に、私はその腕をすり抜け、どーんと天狗を背負い投げしたのだった。

「まったく……今まで何度、あやかしたちが私を攫《さら》おうとして返り討ちにあったと思ってるの？　懲りないわねえ」

私は乱れた髪を払い、ニヤリと勝気な笑みを作る。

鞍馬《くらま》天狗《てんぐ》たちは怯《ひる》んでしまったのか、私を置いてさらに奥へと行ってしまった。

気がつけばそこは、さっきまでの綺麗な博物館とは思えない、広くて長い、そして古い通路だった。

壁際にずらずらと描かれた呪文字《じゅもんじ》が淡い光を放ち、辺りを照らしている。

その光景がまた、この場所が普通の通路ではないことを意味していた。

なんだ、これは。

「あの天狗野郎、人間に手を出しやがって！」

津場木茜が喚《わめ》きながら追いついた。

天狗の速度についてきて、なおかつこの複雑な通路で私を見失わなかったのは、素直に感心する。

「あれは鞍馬天狗よ。昨日鞍馬山に行った時、大人の天狗が一人もいなかったの。小さなあやかしたちも、鞍馬天狗が仲間を攫っていくって言ってた。何が目的なのかしら」

「天狗は人に仇《あだ》なすあやかしじゃない。むしろ信仰の対象だ。陰陽局だって、鞍馬天狗とはそれなりに上手《うま》くやってきたはずなのに。何がどうなってやがる。そもそも平等院は平安の時代からずっと〝陰陽寮〟が管理していたし、今は〝陰陽局〟の京都総本部の管轄だぞ……っ。こんな時に出てこないなんて、あいつらいったい何してやがる！」

同じ陰陽局の連中に憤る津場木茜。

しかし途中、「あ」と何かに気がつき、私を横目で見て、

「〝陰陽寮〟ってのは、陰陽局の前身にあたる組織なんだけど、お前知ってるか？」

妙なところでご丁寧な解説をする。案外、几帳面《きちょうめん》なやつだな。

「もちろん。平安時代からずーっとあって、明治の初期に一度解体した、あの陰陽師の組織でしょう？　そして秘密裏に再創設され、退魔師全体の所属を認めたのが、今の陰陽局だって聞いたことがあるわ」

「へえ、やけに詳しいじゃねーか。意外だな」

そりゃ、私にとっては敵の総本山だったというか……

「ま、色々と因縁があったからねえ。私、陰陽寮のリーダーの〝陰陽頭《おんみようのかみ》〟には、何人か会ったことがあるし」

「は？」

「ふふ。……冗談よ」

津場木茜が訝《いぶか》しげな顔をしていたので、私はそこら辺を詳しく語ることはなく、ころっと話を変えた。

「とりあえず、天狗たちが行った先に向かってみましょう。もしかしたら、神隠しの件について、何か大事なことがわかるかもしれないわ」

「当然だ。あやかしの企《たくら》みを見逃すわけにはいかないだろ」

共に、暗い通路を駆けていく。

途中、何度か曲がり角があったが、津場木茜はどうやらさっきの天狗に〝星印〟という追跡用マークをつけていたらしく、それを探れば向かった先が分かるのだとか。

「凄《すご》いじゃない、あんた。それで私のことも見失わなかったのね」

「はん。だてに陰陽局のエースやってねえよ」

あ、褒めるとちょっと嬉《うれ》しそう。

迷宮じみた地下空間だが、津場木茜のおかげで迷わず進む。いや、実際は迷い込んでいるのかもしれないが、天狗たちの気配は徐々に近づいているようだった。

「⁉　何これ……穴？」

そうして出くわした。

鎖が何重にも張り巡らされ、無数の古い札が貼り付けられた、巨大な壁穴だ。

まるで分厚い壁に無理やり穴を開け、後からその上に封印をかけたかのような……

私と津場木茜は顔を見合わせる。

「なんだかあからさまに怪しいわね」

「しかし妙だぞ……そもそも天狗に付けていた星印が、ここらで剝《は》がれ落ちている。気付かれたのか？　もしかして天狗は、この穴の向こう側にいるのか？」

「いえ、きっとそれはないわ。この穴に施された封印術、最近のものじゃなくてとても古いものだもの。私、ちょっとだけ見覚えがあるのよね……」

この鎖、この札。

かつて茨姫《いばらひめ》を封じた、あの座《ざ》敷牢《しきろう》のものに似ている。

私は思わず、壁穴とこちら側の境界に張り巡らされた、その鎖に触れた。

「……え」

その瞬間、私は思わず顔をあげ、鎖の隙間から壁穴の向こう側を見つめた。

なぜか、名を呼ばれたような気がしたのだ。茨姫、と。

この中から漏れ出る、ひんやりとした冷たい霊気が、頬をかすめていく。

「平等院……待てよ、平等院の、古い封印……？」

何か気がついたことでもあるのか、唸《うな》って考え込んでいる津場木茜の傍らで、私は静かにポケットからどんぐりを取りだした。

それを、予告もなく壁穴に向かって投げ込む。

「うわあっ！」

突然の爆発音に、津場木茜は飛び上がって驚いていた。

封印結界は爆発によって、鎖と霊符ごと、全部吹き飛んでしまったのだった。

「おおおっ、おいてめえ！　いきなり何しやがる！　鼓膜が破れるかと思ったじゃねーか、傍若無人にもほどがあるぞ！」

「…………」

「おい、茨木真紀？」

私は瞬《まばた》きもせず、津場木茜の声にも反応せず、壊した封印の、その先へと足を進めていた。

青く。

青く、黒い。そんな霊力の流れの色を、目の端で捉える。

禍々《まがまが》しい霊気が、向かい風のように轟々《ごうごう》と迫ってくる。

だけどそんなことはお構いなしだ。

そこから先は今までのような整えられた通路ではなく、壁岩はゴツゴツと荒く、足場も悪い。さらに足取りが重く感じるのは、この奥に、何かとてつもない霊気の密度があるのを、身体中で感じ取っているからだ。

それでいて、とても寒い。吐く息も白い。

「おい、待て茨木！　お前、やっぱり……やっぱり、その先には……！」

津場木茜は、私のこの行動から、何かを確信したように私を追いかける。

今までとても重大なことを見落としていた。

そんな青い顔をして、私の前に回り込み、首を振る。

「駄目だ、そっちは」

「……無理よ。そこをどいて、津場木茜。だって、私を呼んでるんだもの」

「駄目だ。駄目だ。だって……なんで俺、今の今まで、そんな大事なことを……っ」

焦りを隠せない津場木茜の隣をすっと通り過ぎ、私は歩みを止めることなく進み、ぼんやりと明るい、開けた場所へと出た。

「……ここ」

そこは張り詰めた霊気に満ち、あちこちに注連縄《しめなわ》が張り巡らされた、凍《い》てついた巨大な円形空間だった。

地面には五芒星《ごぼうせい》が描かれ、何かの法則に従い、青く光る鉱石が埋め込まれている。

どれほどの犠牲の上に成り立っているものなのか、それすら想像できないくらい数多くの因子を複雑に絡み合わせた封印術が、今も作動しているのだ。

自然と頭上を見上げ、ゆっくりと目を見開き、それを見つめる。

「…………」

私の時は止まった。

音も聞こえない。さっきまで寒いと思っていた、その感覚すら遠のく。

氷の結界。

そこに封じられていたのは、ある鬼の、首。

「……あ」

息をのみ、吐いた時にはもう――涙がボロボロと溢《あふ》れていた。

滲《にじ》む視界の、キラリときらめく方へ、ゆっくりと、手を伸ばす。

「お、おい！」

津場木茜がそんな私の傍らに立ち、私の横顔を見て、絶句した。

私は今、どんな顔をしているのだろう。

彼は私の視線の先にあるものを、自身の目で追って確かめる。

「あれが……酒呑童子《しゅてんどうじ》の首、か……っ」

そして、日本の歴史上、いまだ最強の名を冠するその鬼の名を、口にした。

その通りだ。
かつて、数多くのあやかしを束ね、大江山《おおえやま》を支配した、鬼の王。
我が王。
愛しい夫。
酒呑童子。
鮮明に思い出されたのは、最後の別れの、血と涙。
首を切り落とされた、物言わぬ骸《むくろ》。
「そう。……こんなところに、いたのね」
悠久の彼方《かなた》から。
私の奥底から。
そっと、嘆きの声が聞こえてくる。

さようなら
さようなら、愛《いと》おしいひと
来世でまた、会いましょう

《裏》馨、一条戻橋《いちじょうもどりばし》にて。

「ねえ馨君、さっきから何を調べてるの？」

バスの中でスマホ片手に、うーんと唸っている俺を見て、由理がいよいよ尋ねた。

実のところ、俺たちはすでに班員から別れ、二人である場所へと向かっている途中なのだった。

「いや……真紀がどっか行きたいって言ってたから」

「なに、デート？　さっきは真紀ちゃんに素っ気ない態度とってたくせに」

「……返す言葉が、見つからなかったんだよ。何を言っても、正解じゃない気がしてな」

でも、そんなのは言い訳か。真紀が、せっかく勇気を出して言ったであろう言葉を、俺は結局、受け止めきれなかったんだ。

真紀は、少し寂しそうな顔をしていた。

「あいつがどっか行きたいなんて言うの、結構珍しいんだよな……。あいつ、浅草が好きだし、外出は金もかかるからって」

「そりゃ君たちはお家《うち》大好き熟年夫婦だしね。デートなんて飽き飽きしてるでしょう」

「飽きるほど遠出なんかしたことねえけど」

「今世の話じゃないよ。酒呑童子と茨姫だった頃は、結構あちこち小旅行に行ってたじゃない。茨姫は体と足腰が随分と弱っていたけれど、元気に動き回れるようになってからは、大江山を越えて丹後国《たんごのくに》の方に行っていた。確か、海を見に、ね」

「……海」

「そこには天橋立《あまのはしだて》があった。茨姫はまだ見たことがないからって、酒呑童子はそこまで茨姫を連れて……ほら、僕にも、お土産に塩とか酒とか、鮑《あわび》の干物とかくれたじゃない」

思い出した。

そうだ。茨姫は海を見たことがなかった。

丹後とは京都北部の海沿いのことだが、そこには観光名所である天橋立もあったし、それは貴族たちの間でも時々和歌の題材で扱われていたから、茨姫は自分の足でしっかり歩いて、それを見に行きたいと言ったのだ。

忘れていたわけじゃない。ただあまりにさりげない日常の一コマだったから、すぐに思い出すことがなかった。

「あ、真紀ちゃんからメッセージだ。珍しい、女子たちとの写真を送ってきたよ」

「え？　ああ……本当だ」

宇治に行っている真紀が、抹茶パフェや、同じ班の女子との写真を送ってきた。

今まであまり同級生と深く関わろうとしてこなかった真紀だが、最近は仲の良いクラスの女子も増え、女友達と喋《しゃべ》ったり、遊ぶことも増えてきた。

「学園祭の後から、だよね。真紀ちゃんが僕ら以外の友達と、抵抗なく話したり行動したりするようになったのって。あまり壁を感じさせなくなったというか」

「ああ。七瀬の様な女友達は元々いたが、人間への考え方が、少し変わってきたのかもな」

真紀は人間だが、元大妖怪《ようかい》というのもあって、周囲からは少し浮いたところもあったし、どこか人を信じられない部分もあった。それは俺も同じで、俺の場合は、複雑な思いが両親に向いてしまったのだが。

同じ年頃の人間と、違和感なく付き合う為に、学園祭での経験は真紀にとって大きなきっかけとなったのだろう。それはとても良いことなんだろうな……

「あ、馨君、次で降りなきゃ」

一方、俺には、京都に居る間にどうしても行きたい場所があった。

バス停の名は、一条戻橋・晴明神社前《せいめいじんじゃまえ》である。

「一条戻橋……か。伝説の多い橋のわりに、普通の橋だな」

バスを降りて、すぐそこにある、一条通《いちじょうどおり》の堀川《ほりかわ》にかかる橋。

その橋は千年前の平安時代からあるが、今となってはコンクリートで舗装され、当時の面影はない。風情の欠片《かけら》もない。ただ脇に柳の木が植えられていて、それだけなんとなく、古い時代の名残のごとく、ゆらゆらと揺れている。

橋の下に降りてみるが、これまた人工的な細い川が流れているだけで、懐かしい感じは欠片もしない。

「当時、この橋の下に安倍《あべの》晴明が自身の式神を隠していた。だからあんまり、あやかしはここに近寄らなかったよね。近くに晴明神社もあるし、そっちには当時の一条戻橋を模したものがあるんだって。行ってみる？」

「晴明神社……俺たちが行ったら呪われそうだな。つーか叶《かのう》はどうした。あいつ安倍晴明の生まれ変わりなんだろ。全然俺たちに絡んでこねえけど」

「今朝も普通に先生してて、適当に生徒たちを見送ってたしね。本当に、あの人は僕らを見ているだけなのかな。分からないや、前世から、あの人の考えてることが」

「由理にも分からないことがあるんだな。お前ならなんでもお見通しだと思ってたけど」

「はは、まさか」

再び橋の上に戻り、一条戻橋を拝んだ。その後は由理の言う通り、俺たちはここからほど近い、晴明神社へと向かう。

そこはこぢんまりとしていたが、綺麗《きれい》な神社だった。

安倍晴明人気のせいか、観光客は結構いる。

「あ、狐」

「え？　伏見稲荷《いなり》大社でもないのに」

晴明桔梗印《ききょう》を掲げる一の鳥居の脇に、ふさふさとした一尾の、金色の狐が佇《たたず》んでいた。

神使……？　いや、違うな。

その狐はやはりあやかしの類《たぐい》で、観光客たちには見えておらず、俺たちだけをじっと見つめている。

「そういや……真紀が昨日、鞍馬山で狐が助けてくれたって言ってたな。お前、まさかその狐か？」

「前に僕の家の庭でも、妖狐《ようこ》を見たって言ってたよね、真紀ちゃん」

俺たちが見たのは初めてだと思うが、確かに美しい金の毛並みを持った狐だ。

感じ取れる霊力は小さく、野良《のら》の、小物のあやかしだと思われるが、その佇《たたず》まいは気高く惚《ほ》れ惚《ぼ》れする。

何か、俺たちに伝えたいことでもあるんだろうか。

「ねえ、馨君も知ってると思うけど、安倍晴明は、狐の子だという噂もあったよね。本当にそうだったのかは、分からないけど」

「はっ、あいつが半妖だと？　あやかしの子だったなら、あやかしをあんな風に払ったり、追い詰めたりしない。ただ狐……ならよく分からない。一番厄介なあやかしだ」

「……そうだね。〝狐〟はちょっと恐いよね。移ろいやすく、裏切りやすい。神聖な狐もいるから、全てがそうではないけれど。あやかしとしては有名どころにそういうのがいるからね」

由理がそういうことを言うのは珍しい。

しかしそれも仕方がない。俺たちはかつて、狐には痛い目にあっているからな。

この話を聞いていたのか、突然、金の狐は唸《うな》り、俺たちを威嚇した。

「ああ、すまないな。お前は真紀を助けてくれたあやかしかもしれないのに」

なんか食うかな、と荷物からさりげなくおやつのチーズ鱈《たら》を取り出したが、さすがに餌《え》付《づ》けはやめときなと由理に止められた。

金の狐がふいに顔を上げ、音もなく去る。狐の去る方へと目をやると、鳥居を越えてすぐ左手にある柳の木の下に、旧一条戻橋の模型を見つけた。

「これか、さっき言ってたの」

茨木童子《どうじ》が夫の仇《あだ》を討とうと、源《みなもとのよりみつ》　頼光の四天王の一人〝渡辺綱《わたなべのつな》〟と戦った橋だ。

しかし茨木童子は激戦の末、その腕を渡辺綱の持っていた髭切という刀によって切り落とされてしまう。

茨木童子はその後しばらく羅生門《らしょうもん》に身を潜めていたが、源頼光と渡辺綱は致命傷を負った彼女を見逃すことなく、討ち取った。茨木童子の居場所を突き止めたのは、安倍晴明の占術だったという。それが、以前部活で真紀に聞いていた通りの話だ。

『たった一人の手負いの女を、大の男が寄ってたかって袋叩《ふくろだた》きだなんて、ほんと最悪。あいつら全員、地獄《じごく》に落ちてたらいいのに。そしたらもっとたくさんの鬼があいつらをけちょんけちょんにしてくれたと思うの』

なんて悪態をついて、それでも軽く饒舌《じょうぜつ》に、彼女は自分の最期をあの部室で語っていた。

「どこまでが本当で、どこからが嘘なんだろう……」

本当であれ嘘であれ、どこかで死んだのは事実だ。

彼女の最期は、いったいどのようなものだったのだろうかと、考えずにはいられない。

その真実が、俺は知りたい。

「それは当然、痛みと、孤独ばかりの死だ。お前が考えているより、遥《はる》かに大きな」

その時、声がした。俺に対する悪意と敵意、憎しみばかりの声音だった。

声の主を探すと、参道の向こう側に、銀髪の男が立っていた。

紐《ひも》タイに古臭い黒スーツなど、妙に気取った格好も奴らしいが、腰に下げた二刀こそ、俺にとってその男の象徴だった。

「……よお、凜音《りんね》。昨日も会ったが、今日も会ったな」

隣で由理が一度こちらを見てから、状況を読んだ。凜音が前々から、俺たちの周辺で起こるあやかし絡みの事件に関わっていることを、知っていたからだ。

空気が変わる。景色の色も、ワントーン落ちる。

どうやらこの晴明神社に小規模な狭間《はざま》を展開し、俺たちを閉じ込めているらしい。

なるほどこいつも、流石はS級大妖怪といったところか。

「久しいな、我が王〝酒呑童子〟。いや、オレはお前に仕えた覚えなどないから、我が主《あるじ》の夫と言うべきか」

「昔からそうだったが、相変わらず俺には冷たいな凜音。……それにお前、一応まだ真紀のことを主と思っているんだな」

「違う。オレの主は……ただ茨姫だった」

凜音は即否定したが、複雑なものが垣間見える視線を横に流す。

そんな雑念を消すように、すぐに鼻で笑って、奴は続けた。

「それもすぐ、過去の話になるだろう。オレは茨姫の転生体である茨木真紀を討ち、自分の配下に置く。あの〝血〟がなければ、オレは生きていられぬのだよ」

そうだ。こいつは吸血鬼。

かつて茨姫に、その血を求めて決闘を挑んだ者だ。しかし見事敗北し、血に飢えて死にかけていたところを茨姫に助けられ、血を分け与えられて眷属《けんぞく》となった。

もともと、他の眷属ほど茨姫に対するわかりやすい忠愛を見せる男ではなかった。

「全て、真紀の血を手に入れるためだったのか？　深影《みかげ》の瞳《ひとみ》を奪い、あのルー・ガルーを悪妖《あくよう》化させ、真紀に差し向けたのは」

「そうだ。それ以外になにがある。俺は、今世こそ茨姫を超えるのだ」

目的としてはわかりやすい。

もともと好戦的なやつだったし、茨姫に勝ちたい一心で、鍛錬を怠らない剣士だった。茨姫の生まれ変わりである真紀に勝つために、今までの行動を起こしていたのなら、納得もある。しかし……

「なあ、凜音。お前は知っているんだろう、茨姫の最期を」

この言葉で、凜音はピクリと眉《まゆ》を動かした。俺は一歩一歩、凜音に近寄る。

「お前は茨姫の眷属として、常に彼女を守り続けた。お前はそっけない男だったが、茨姫の側に自分の居場所を見出《みいだ》していた。今でいう、そう、お前は茨姫の騎士だった」

「………は？　騎士？」

いや、うん、訳がわからないのは分かる。俺もそうだった。

しかし俺は構わず続ける。

「真紀は、俺に嘘をついている。嘘をついてまで、自分の最期を隠そうとしている。なぜだ？　俺はそれが……」

今まで飄々《ひょうひょう》としていた、奴の顔色がガラリと変わる。

「まさか、お前……あの方を疑っているのか？」

色の違う双眼を見開き、これ以上なく憎らしいという目をして、俺を睨《にら》みつけるのだ。

「あんな女狐に騙《だま》され、安倍晴明に結界を破られ、源頼光によって無様に首を取られた。置いていったのは……お前じゃないか……っ！」

「凛音」

「それなのに、今でもあの方の側にいる。何も知らないお前が、のうのうと幸せそうにして、当たり前のように隣に立っている。俺はそれが、許せない。許せない……っ！」

抑えきれない憤りと、隠しきれない茨姫への思いに揺さぶられ、怒りに震える手で銀の前髪を流すと、凛音は左目に宿る〝黄金の瞳〟で俺をとらえる。

「⁉」

途端に、抗《あらが》いようのない目眩《めまい》に襲われた。

なんだ、これは。

まるで、俺の中を見透かされているかのような、奥に鍵《かぎ》をかけてしまい込んでいるものを無理やり壊して暴かれそうな……そんな不安にかられる。

「身をもって思い知れ、お前の罪を。茨姫の、真実を」

ふっと足場が消え、深い奈落《ならく》の底に突き落とされたかのような感覚に陥る。

これは、狭間……いや違う、記憶のぬかるみだ。

滝中のごとく、水に叩《たた》きつけられ落ちゆく衝撃の中、俺はなんだか懐かしい匂いを思い出し、回顧していた。

纏《まと》っていた学ランが、気がつけば青く重い直垂《ひたたれ》に。

短かった髪は伸び、後ろで結われて細く長くなびいている。

俺を囲う、黒き水鏡に映る姿は、額から二本の角を伸ばした、一人の男の鬼。

これは、八咫烏《やたがらす》の黄金の瞳の力が可能にした、俺の……酒呑童子の……

はるか千年の時を巻き戻る、追憶の物語。

第七話　時巡り・馨　―大江山酒呑童子絵巻―

《一》　茨姫《いばらひめ》と酒呑童子《しゅてんどうじ》

「……おい、聞いているのか、酒呑童子」

ハッとした。

自分の名を呼ばれるまで、なんだかずっとぼんやりとしていた。

目の前は川で、俺は釣りをしている。

水面《みなも》に映る自分の姿は、額からのびる二本の角が特徴的な、鬼だ。

「その娘の名は、茨姫という」

そうだ。ちょうど異端の姫の話を、俺は友人だった鵺《ぬえ》から聞いていたのだった。

鵺は〝藤原公任《ふじわらのきんとう》〟という人間に化け、人の世の政治に関わっていた。立派な狩衣《かりぎぬ》姿が、その証《あかし》と言えよう。

しかし時々あやかしの鵺として、この俺、酒呑童子と共に貴船川《きぶねがわ》で釣りをしながら語らうことがあった。

「聞いているとも。えーと、その姫は真っ赤な髪のせいで鬼の子と呼ばれていて、それで源頼光《みなもとのよりみつ》との縁談も破談となり、嫁に行くあてもなく両親は困り果てている、と」

「ああ、そういうことだ。彼女は見鬼《けんき》の才を幼い頃から持っていた。その力は、私が見る限り日に日に増している。生まれた時は黒髪だったのに、その髪は霊力の高まりに呼応し、赤みを増しているのさ」

鵺は憂いを込めた声で、淡々と語る。

立場上、自分の親戚《しんせき》の娘であるその姫が、気がかりなのだろうか。

奴の竿《さお》が動くことはない。なぜなら鵺の釣竿に針は付いていないからだ。

一方、俺の竿には獲物が引っかかる。

「お、上等」

まるまる太った鮎《あゆ》だ。しめしめ。

「なあ、酒呑童子よ。その娘はこれからどうなってしまうと思う」

「ん？」

「私は少し、心配だ。人の子にしてはあまりに高い霊力、その特別な血のせいで、平安《へいあん》京《きょう》にうごめく魑魅魍魎《ちみもうりょう》が、あの娘を狙っている」

「そんなこと俺に言われてもなあ。俺は元々人間だが、今は鬼だ。何も悪いことをしていないのに、都で見世物にされてた熊と虎を助けたくらいで、朝廷のお尋ね者だ。その娘にとっちゃ、自分を狙う魑魅魍魎となんら変わりない」

鬼らしく、釣った鮎を丸かじりしながら適当に答えた。ああ美味《うま》い。

「ふふ。君は少々、毛色が違うよ酒呑童子。あやかしの中でも、君ほど底知れぬ力を持つものもおるまい。特にその〝神通《じんつう》の眼《まなこ》〟と、君が手に入れた結界術は素晴らしい」

「それはお互い様だろう、鵺。人に化け、人と同じように暮らすなんて真似、俺にはできない。俺はなあ、そもそも女が苦手なんだ。できれば関わりたくないな」

「あはは、君はまだそんなことを言っているのか。色男が聞いて呆《あき》れるな。そんなことだから、いつまでたっても、まともな恋の歌が詠めない」

「う、うるせえよ」

鵺には人間の妻子がいたが、俺にそういう者はいなかった。

そもそも、恋をしたことなどない。

女に言い寄られることの多かった小僧時代に、そういうものに懲りてしまったのだ。

女たちを振って振りまくって、あまりの煩わしさに恋文を燃やした。そのせいで怨念《おんねん》をひっかぶって、鬼と成り果てたのだから。

「まあ、一度だけでもいいから、その娘を見てあげてくれないか。君なら、見ただけで何かわかることもあるかもしれない」

「はあ？　嫌だな面倒臭い。俺は大江山《おおえやま》に住み心地のいい隠れ家を作るので忙しい。鞍馬《くらま》山《やま》のサナト様に弟子入りして、せっかく厳しい修行を経て結界術を習得したんだ。俺の持つ神通の眼は広範囲を見渡せるし、結界術と相性が良《い》い。これで人の踏み込めない、あやかしが安心して暮らせる居場所を築くのだ」

それは俺の、かねてからの野望だった。

ちょっと前まで都で暮らしていたが、どうにもこの世はあやかしが生きにくい。

ならば生きやすい場所を、自分で作ればいいのだ。

そのためだけに修行をし、特殊な結界術を磨いていた。

「鵺、お前もいつか来い。人に化け続けるのに飽きたら」

鵺は余裕を感じさせる微笑みのまま、俺の誘いには「そのうちにね」とだけ。

「君の野望も凄《すご》いことだが、まあ私の頼みも聞いてくれ。これをやるから」

「!?」

そう言って、どこからともなく酒の入ったひさごを取り出す。

俺は無類の酒好きだった。そんな賄賂《わいろ》を受け取ってしまったばかりに、俺は。

「って、なんで俺、その娘を見にきてるんだ」

鵺に言われたからというのもあるが、俺はひさごを腰に提げ、例の娘の屋敷に忍び込み、ちょうど腰掛けに良さそうなしだれ桜の幹に座り込んでいた。

やってらんねーと思って酒をガブガブ飲みながら、娘が姿を現す瞬間を待つ。

一目見たら、さっさと帰ろう。

縁談すらまとまらず、鬼の子と噂される、赤い髪の娘なんて。

鬼の俺が言うのもなんだが、さぞ恐ろしい見た目をしているのだろうな。

「……誰？」

「ん？」

月を覆っていた薄い雲が晴れ、月明かりが屋敷の外廊下を照らす。

「誰か……そこにいるの？」

驚いた。そこに立ってこちらを見上げていたのは、長く緩やかな赤毛を持つ、儚《はかな》げな美《び》貌《ぼう》の少女だった。

肌は少々青白いが、唇は梅の花より赤く、こぼれ落ちる花びらのよう。

得体の知らないものへの怯《おび》えはあれど、あどけないその目元には、さっきまで泣いていたとばかりに、涙の跡がある。

「…………」

酔いも、一瞬で覚める。

そんな出会いの一幕だった。

この時、俺は生まれはじめて一目惚《ひとめぼ》れというものを体験したのである。

揺れるしだれ桜の枝葉の隙間から、俺たちは初めて視線を交わし合う。

胸が苦しくなった。

あの娘は、この俺を、愛してはくれないだろうか。

のぼせたような思いに駆られ、思わず手を差し伸べ、言葉をかけてしまう。

「そこから、連れ出してやる」

名は確か――

「なあ、茨姫」

すると茨姫は驚いた様子で大きな瞳《ひとみ》を揺らし、胸元に寄せた手をぎゅっと握りしめ、しばらくそこに立ち竦《すく》んでいた。

もう一度声をかけると、彼女はハッとして、慌てて御簾《みす》の中へと逃げ返った。

そりゃあそうだ。

俺は、鬼だったんだから。


茨姫。

それから何度、あの姫の様子を見に行っただろう。

母屋を境に陰陽師《おんみょうじ》の強固な結界が張られているせいで、あのしだれ桜の上から見ているばかりだったが。

しかし通うたびに、茨姫のことを知った。

その娘は特別な見た目のせいか、ほとんど自室から出してもらえず、夜にだけこっそり外廊下に出て月を眺めているようだった。

両親もほとんど会いに来ない。侍女すら機械的に相手をし、両親が取り付けた見合いの相手は、その髪の色を見ただけで怯えて逃げ帰る。

なぜかなあ。あんなに美しいのに。

黒髪が絶対的に美しいとされている、人間たちの常識のせいかな。

よくわからんな、雅《みやび》な世界の、貴族共の嗜好《しこう》は。

しかし、そんな茨姫にも客人はいた。

一人は、和歌の師である藤原公任。

茨姫とは親戚の関係にあるが、まあ、俺の友人でもある鵺のことだ。

御簾越しに相手をするだけだが、茨姫は幼い頃から世話になっている公任にはよく懐いていて、日頃の鬱憤《うっぷん》を聞いてもらったり、逆に世間の面白い話を聞かせてもらっているみたいだった。

もう一人は、腕の立つ若き武将、源頼光。

もともと茨姫とは幼馴染《おさななじみ》であり、親同士が決めた許嫁《いいなずけ》だったが、結局その話もまとまらず、今は別の妻がいる。そのくせ茨姫が気になるのか、何か弁明したいことでもあるのか、何度か屋敷の前で立ち止まることがあった。未練がましい奴。

最後の一人は、安倍晴明《あべのせいめい》。

言わずと知れた、この平安京の大陰陽師だ。

俺もよく知っている。こいつに調伏された鬼は多いし、俺も何度か鉢合わせ、危なかったこともある。正直、苦手な男だ。

しかし一方で、人に害のないあやかしには慕われているところもあると、平安京に住むものたちに噂を聞いていたものだが……

安倍晴明は魑魅魍魎に狙われやすい茨姫に、定期的に結界を張りにきていた。

奴は俺がここへ通っていることに気がついていたみたいで、時折、しだれ桜の枝越しに睨《にら》み合ったっけ。

異端とされる奴の金の髪は、赤い髪の茨姫と通じる何かを思わせる。

現に晴明は狐の子と陰口を叩《たた》かれることがあった。

茨姫は、自分と似た境遇にあってなおその力で周囲を黙らせる晴明に、強い憧《あこが》れと、大きな信頼を寄せているようだった。晴明が訪ねて来ると、とても自然な、安堵《あんど》の笑顔を見せていたから。

あんな笑顔を、彼女は俺に、向けてはくれないのだろうな。

俺は、あの姫からすれば、自分を狙うあやかしと同じ異形のものだ。

いわば天敵だ。鬼は特に、妖怪《ようかい》の類《たぐい》の中で最も危険視され、恐れられている存在なのだから。

叶《かな》わぬ恋に胸を焦がす経験も初めてだ。

この思いをどうすることもできず、ただあのしだれ桜の上から、茨姫を狙う魑魅魍魎を追い払ったりして、彼女を静かに見守っていた。

しかしやがて、しだれ桜のあった屋敷から、茨姫は姿を消す。

鵺《ぬえ》から聞いた話では、ここ最近茨姫の周辺で不可解な事故が続き、茨姫が災いを引き寄せたのだと考えた両親が、彼女を安倍晴明の元に預けることにしたらしい。

ああ、終わったな、と思った。

安倍晴明の元であるのなら、俺の出る幕はない。

もう二度と、その姿を拝むことすらできないのだろう。

「一度も触れることが、できなかったな」

結界に阻まれ、触れ合うことなど叶わなかった。

そもそも茨姫は俺を恐れていたし、俺もまた、初めて言葉を交わして以来、その存在をできるだけ認識されぬよう〝隠遁《いんとん》の術〟を使い気配を消していた。

だけど、未練ばかりだ。

最後にもう一度、声をかけることができればよかった。

言えばよかった。

泣くな、お前は美しい。誰が恐れていても、自分はそう思う、と。

そしていっそ、あの屋敷から連れ出してしまえばよかった。

平安京最強の鬼と言われていても、一目惚れした女すらまともに攫《さら》えない。

あやかし失格。間抜けな鬼がいたものだ。

最初で、きっと最後の恋。それが成就することは、もう無いのだろう。


しかし転機は訪れる。

その日、俺は一の子分だった熊童子《くまどうじ》と虎童子《とらどうじ》と共に、大江山の屋敷で冬篭《ふゆご》もりの支度をしていた。

知らせを持ってきたのは、青白い霊鳥の姿となり、ここまで飛んできた鵺だった。

安倍晴明の元に引き取られていた茨姫は、ある日、鬼と成り果てた。

茨姫を狙った〝水の大蛇〟に襲われたことが、きっかけだったらしい。

鬼となった茨姫は大地をえぐり、その大蛇を追い払ったらしいが、その後安倍晴明と源頼光に捕らわれ、藤原家の持つ地下深くの座敷牢《ざしきろう》に繋《つな》がれたのだと言う。

その事実は公には隠されており、鵺がそれを知ったのも、茨姫が囚《とら》われてしばらく経った頃とのこと。

「あの姫を助けてあげて欲しい。このままでは死んでしまう……っ」

そう訴えた、鵺の表情は深刻だった。

幾重にも重なった強固な晴明の結界のせいで、その座敷牢から茨姫を連れ出すことは容易ではない。俺たちは計画を練り、一度きりの機会をうかがうのである。

鵺の手引きの下、座敷牢にたどり着いた俺は、その鉄の扉の前で見張りをしていた源頼光と一戦交える事となる。

「現れたな、平安京を脅かす鬼め」

そう言って刀を構える源頼光の、正義感に溢《あふ》れた面構えが気に入らなかった。

酒呑童子を討ち取る、その名誉を手に入れることができるとでも思ったのだろうか。

お前は茨姫の幼馴染のくせに、許嫁だったくせに、なぜ、茨姫を苦しめるような事をしている。

そう問いかけると、奴は一瞬迷いを見せた。

太刀筋が甘くなった瞬間を見て、俺は刀で頼光の胸を斬《き》り、そのまま迷うことなく重い鉄の扉を砕いた。

「……なんだ、これは」

凄《すさ》まじい悪寒に襲われる。

俺たちのようなものが嫌う呪詛《じゅそ》が張り巡らされた、光が差し込む事のない座敷牢。

安倍晴明の施した無慈悲な呪詛だ。それだけは、よく分かる。

得体の知れない寒さの中、茨姫は力尽き、息も絶え絶え、横たわっていた。

その姿は、あの美しかった姫とは程遠く。

肌はただれ、髪は乱れ、やせ細った手足は鎖で繋がれていて、その手には、何度もこの座敷牢の壁を叩いた血の痕《あと》があった。

額から生えた鬼の角。その付け根には呪詛が込められた紐《ひも》が括《くく》り付けられており、それが茨姫の力を押さえ込んでいる。もう黒くヒビが入っており、ビキビキと額に、濁った色の血管が浮かんでいた。

なぜ。

なぜこのような酷《むご》いことができる。彼女を守ってきた者たちが寄ってたかって……

もうほとんど、呪いで死にかけているようなものだ。

「……殺して」

茨姫の乾いた唇からは、聞きたくもない言葉が漏れた。

生きたいという意思を、彼女から微塵《みじん》も感じない。

同じだ。人だったはずなのに、ある瞬間に鬼と成り果て、人々に疎まれ殺されそうになる。

もう、親にすら愛されない身なのだと、絶望する。自分の存在意義を疑う。

なぜ、俺たちは生まれてきた。

なぜ。目の前で死にかけている茨姫は、なぜこの世に生まれてきたのだ。

だから俺は、その問いかけの答えを茨姫と共に見つけたくて、彼女を繋いでいた鎖に刀を突き立て、砕いた。

「茨姫。居場所が欲しいのなら俺が作ってやる。行きたい場所があるのなら、どこへだって連れて行ってやる。……だからどうか生きることを諦《あきら》めず、俺に攫われてくれ……っ」

手を差しのばし、けれど俺の手を掴《つか》む力の無い彼女の手を引いて抱き上げ……

俺は、平安京を脅かす最悪の鬼・酒呑童子として、この姫を攫った。

「いばら……姫、さま」

座敷牢から出て行く俺たちに、重傷を負った頼光は手をのばしていたが、俺は奴を冷え切った目で一瞥《いちべつ》しただけで、茨姫を抱えたまま平安京の闇へと消えた。

追っ手はいたが、仲間の力を借りながら大江山の隠れ家へと戻った。

そしてすぐに、瀕死《ひんし》の茨姫を介抱する。

命が助かるか助からないかの瀬戸際で、俺は自分の血を彼女に飲ませ、三日三晩眠らずに、複雑に絡み合った彼女の呪詛を解いた。角に括り付けられていた紐だ。

様々なものを頼った。

貴船の高龗神《たかおかみのかみ》には、長かった俺の髪を切って差し出し、御神水をいただいた。

鞍馬山の大天狗《おおてんぐ》には秘蔵の酒を差し出し、知恵を借りた。

そうやって神や同じ異形の力を借りながら、何とか茨姫にかけられていた呪詛を解くことに成功する。

しかし一命をとりとめ、茨姫が目を覚ました時、彼女は俺を見て酷《ひど》く恐れた。

食われると思ったのだろうか。見ていられないくらいブルブルと震えて泣くのだ。

なんと、か弱い姫だろう。

随分と弱り切っていて、喋《しゃべ》ることもままならず、立つことすらできなかった。

抵抗する力も弱かったから、俺は許しも得ず彼女に近づき、無理やり飯を食わせたり、傷の手当てをしたりした。

震える茨姫の体を抱き寄せ、危害を加えるつもりなどないのだと何度も伝え、粟《あわ》の粥《かゆ》や、魚のすり身、干し桃、薬となる野草の汁など、食う力の無い時は一度嚙《か》み砕《くだ》いて口移しで食べさせた。そうでもしないと、何か食べないと、枯渇した霊力は回復しない。

まるで、獣の親子のようだ。

触れ合うことのできなかった俺たちが、触れ合うことで命を繋いでいる。

もう身分の差とか、種族の差とか、男とか女とかは関係なく、ただそこには、この娘に生きて欲しいと願う俺の思いと、彼女に芽生えつつあった生への渇望があったのみで。

少しずつ少しずつ、傷を癒した。

茨姫は体力と霊力を取り戻し、喋れるようにもなってきた。

しかしやはり、なかなか俺に心を開いてはくれなかった。

俺が訪ねても、袖《そで》で顔を隠したり、背を向けてばかりいるのである。


「俺、嫌われてんのかな」

別に、救い出した俺を愛してくれるなんて、都合のいい期待をしてたわけじゃない。

だけどこれじゃあ、あまりに切ない。泣けてくる。

隠れ家の縁側で藁《わら》の籠《かご》を編みながら、俺は悶々《もんもん》としていた。

「お頭、また姫さんに拒否されたんじゃなあ。哀れじゃあ、哀れな男じゃあ」

「黙れ虎」

俺の子分だった虎童子は、子分のくせに随分と生意気な口をきく。

ちょうど薪《まき》を集めてきたところのようだ。

「なあに、心配せんでも、姫さんにはあね様がついておるし、あね様がなんとかしてくれる。姫さんは、あね様にだけは少しだけ心を開いているらしいのじゃ」

「それもなんか悔しい。なぜ熊にだけ……っ」

まあ当然、女同士だからってのはあるだろうが。

虎童子の姉であった熊童子は、見た目こそ大柄な女だが、細かなことによく気がつくし語り方も柔和だ。心を開ける相手ができたことだけでも、茨姫にとっては良いことだ。

「ちょっと……覗《のぞ》いてくる」

「あー、いけないんだお頭ー。冬支度さぼって。ワシの仕事が増えるんじゃー」

虎がブーブー文句を言っている。

しかし俺は茨姫が気になってそわそわしていたので、苦手な恋文を綴《つづ》り、野薔薇《のばら》をブチッと摘んで、干し柿を手土産に彼女の部屋に向かった。

すると御簾《みす》の向こうから、熊童子と茨姫の会話が聞こえてきた。

「どうしてお頭を拒否するのですか？　お頭はああ見えて悪い鬼ではありませんよ。この熊童子、そして弟の虎童子もまた、あの方に救われたのです」

「……そうなの？」

「ええ。私ども姉弟《きょうだい》は、もともと大陸で捕らわれ、船で連れてこられた異国の物《もの》の怪《け》でした。都で見世物にされていたところを、お頭、そう酒呑童子様が救い出し、居場所をくださったのです」

熊は自分とその弟の身の上話をこっそりと茨姫に語って聞かせた。

もう、随分と昔の話だ。

「酒呑童子様は、姫様のことを、妻に娶《めと》りたいと考えておいでです。姫様は、お頭がお嫌なのですか？」

俺はゴクリと唾《つば》を飲み込む。

やばい、茨姫がそれを「凄《すご》く嫌だ」と拒否したら俺は死ぬ。

しかし、茨姫の答えは意外なものだった。

「そ、そういうわけではないわ。……だって、私、とっても醜いもの。痩《や》せていて、肌も乾いてガサガサで、髪だって艶《つや》のない血の色。あんな綺麗《きれい》な男の人にこの醜い姿を見られるのが、とても恥ずかしくて」

今にも泣き出しそうな声で、いじらしいことを言うのだ。

そのせいで俺は少々、心ときめいてしまう。

「そのようなことを気にされていたのですか？　大丈夫。お頭は全く気にしていません。むしろ今は情けなくへこんでおられるというか。それにすぐ、姫様は元の美しいお姿に戻ります。ここ大江山の、新鮮な空気と自然の恵みを体に取り入れていれば」

「美しい姿って……私のもともとの姿、あなたは知らないでしょう熊童子」

「ええ。でもお頭はいつも言ってました。茨姫は小梅のように愛らしく、その髪は黄昏時《たそがれ》の夕焼けに照らされたしだれ桜のように美しいのだと」

「……え？」

「おい熊！　なに言ってんだお前！」

こっぱずかしことを暴露され、思わず御簾を上げてしまった。

茨姫はキョトンとしていた。しかしすぐに赤面し、慌てて着物の袖で顔を隠してしまう。

「あ、そうじゃ。ちょうど虎ちゃんの内着の繕いものがあったのじゃ。ではお頭、あとはよろしくお願いします」

片目を閉じ俺に合図し、熊がここから出て行こうとする。「いっちょやったれ」と言いたげな顔がなんか腹たつな。

「……えっと」

しかし俺のヘタレっぷりときたら。

茨姫はやはり顔を隠したままだし、俺は何をどうしていいのか分からず、野薔薇と恋文、干し柿をそこに置いて、彼女には背を向ける。

恋文には、「晴れた日に、ちょっと外に遊びに行きませんか。紅葉が綺麗ですよ」的なことを書いていたのだが、ちゃんと読んでもらえるだろうか。

字や歌は鵺《ぬえ》に習ったものだが、あいつに下手だって呆《あき》れられてばかりだったからなあ。

俺がいると、やはり茨姫は萎縮《いしゅく》してしまうから、ただ「養生しろ」とだけ言って、結局そのまま部屋を出た。


干し肉をつまみに晩酌をしながら、やはり頭の中では茨姫のことばかり考えていた。

眉間《みけん》にシワを寄せた顔のまま、ぼんやりと月見酒。

側でべんべけべんと、琵琶《びわ》を奏でていたのは虎だ。

「情けないいんじゃ〜。天下の酒呑童子が、たった一人の娘にこの有様。情けないいんじゃ〜」

「うるさい虎。あね様至上主義のお前に言われたくないわ」

そんなこんなで夜も更け、虎が囲炉裏の側で大の字になって寝ていた頃、開け放っていた縁側から一匹の小さな豆狸《まめだぬき》が入ってきた。

頭に黄色のイチョウをのせた、愛らしい毛玉だ。

「ああ、丹太郎《たんたろう》か。どうした、また暖を取りに来たか」

この豆狸の名は丹太郎。丹太郎は俺の前に、抱えていた葉の包みを置く。

開くと、栗やどんぐりがいくつか出てきた。

昔、人間の罠《わな》にかかっていた丹太郎を助けたことがあり、その時からこいつは恩返しのごとくこうやって木の実などを持ってくる。

こっちに来いと膝《ひざ》に抱いてやると、狸は丸まって落ち着き、つぶらな瞳《ひとみ》で俺を見上げた。

「酒呑童子さま、お姫様は元気になりやしたか？」

「まあ、少しずつな」

「あのお姫様は、酒呑童子さまのお嫁さまになるんでやすか？」

「そ、それは……分かんねえよ。嫌がられたら、到底無理な話だ」

もふもふもふもふ。何かを誤魔化すように丹太郎の毛をモフる。

「お頭、茨姫様からですよ」

そこに熊童子が戻ってきた。熊童子の手には、文《ふみ》と一枚のもみじが。

「俺に？」

「さっきからそう言っておるのじゃ、お頭」

熊は呆《あき》れ顔で、額に手を当ててやれやれと。

しかし俺の心は、突如として晴れる。

初めてだ。茨姫から文をもらうなんて。

『もみじもいいですが、それはこの屋敷からも見えます。生まれてこのかた、一度も見たことのない宝物を見せてくれるのなら、どうぞ外へ連れ出してください』

おお、なかなか駆け引きじみた文面である。ど直球な俺の文とは違うな。

「茨姫が見たことのない宝物、か」

しかしその要求は、俺にとっては簡単と言えよう。

だって彼女は平安京から出たことがない。この世界のほとんどを、知らないと言っていいのだから。


それから一週間、秋雨《あきさめ》が続いたせいで、せっかく取り付けた誘いもお預け。

俺って本当に運に見放されているというか、なんというか。

しかしある日の夜、雨が上がり、空の星が漆の狩衣《かりぎぬ》にこぼした真珠のように強くきらめいていたので、これは明日よく晴れるだろうと嬉《うれ》しくなって、茨姫の部屋に急いだ。

「茨姫！　明日は出かけられるー……」

茨姫は、与えられていた部屋のその御簾の外に出て、縁側からこの星空を見上げていた。

「……あ、酒呑童子……様」

彼女は俺を見ると、慌ててうつむく。

まだ俺に顔を見られたくないのだろうか。この一週間、貴船でいただいた御神水を飲み、体を清め続け、驚くほど体力と霊力が回復したと聞いていたが。

「外は寒いだろう。体に障るぞ」

「……星を、見たくて」

「星？　ああ……そうか。こんなに澄んだ星空は、瘴気《しょうき》で空を覆われた平安京では見られなかったか」

茨姫は、コクコクと二度小さく頷《うなず》いた。

「美しいだろう。大江山の空は、朝も昼も夕も夜も、全ての瞬間が美しい。でも俺としては早朝がとっておきだ。明日はとても貴重なものを見せてやる。約束だったからな」

「……え、ええ」

立って並ぶと、一層よくわかる。背丈は俺より随分低く、肩は細い。

単《ひとえ》の袖から覗く手も小さく、陽の光をほとんど浴びていないせいもあり、真っ白だ。

顔をよく見せて欲しいと、思わず手を伸ばしたが、茨姫が怖がるといけないので、慌ててその手をひっこめる。

「もう寝ろ。明日は夜明け前に出るぞ」

そして、何でもない様子でその場を去る。

去りながら、徐々に早足になる。浮き足立っていると言っていい。

久々に言葉を交わした。触れられなくとも、それだけでこんなにも心が躍る。

これが、恋というやつか。

翌日、夜明け前の暗い時間から起き出して、毎朝のごとく裏手にある冷たい滝で水浴びをし、鬼火に髪を乾かしてもらい、隠世《かくりよ》の商人から買った藍《あい》染の直垂《ひたたれ》を纏《まと》う。

縁側から茨姫の部屋の明かりを見た。あちらもすでに起きている。

頬をぱしっと叩《たた》いて茨姫を部屋まで迎えに行く。

「ねえ熊童子。私、変じゃないかしら」

「いいえ、よくお似合いですよ茨姫様」

そんな会話が、御簾の向こう側から聞こえる。

俺の存在をいち早く察した熊童子が、スッと御簾から出てきた。

「お頭、準備は整っております」

さらに熊は口パクで「しっかり、お頭」と。ええい、お前に言われずともわかっとるわ。

茨姫は、俺が贈った唐紅の小袿《こうちき》を羽織っていたが、やはり顔をその袖《そで》で隠している。

もじもじした仕草がいじらしい。俺はゴホンと咳払《せきばら》いし、そして、

「よし、行くか」

気を引き締め、軽い彼女を抱き上げた。

「え、え？」

「茨姫、たくさん着込んだか？　ちょっと寒い場所へ行くぞ。なあに、ひとっ走りだ」

そのまま縁側から、気の利く虎が先回りして用意していた下駄を履き、屋敷の周囲に張っていた結界から飛び出し、

「いってらっしゃーい、お頭ー姫様ー」

虎と熊の、俺たちを送りだす大声を背に、大江山の山中を駆け抜ける。

茨姫は時折、気の抜けるような声を漏らしながら、俺の首にぎゅっとしがみついた。

俺はそんな茨姫を抱えたまま、岩山をピョンピョンと飛び跳ね越えて、高い場所まで登っていく。

「あの、酒呑童子様。いったいどこへ？」

「もうすぐだ。夜明けは近いぞ」

腕の中で、ぶるるっと震えた茨姫。吐く息は白く寒そうにしていたから、俺はいっそう彼女を強く抱き、その傍に温かな赤い鬼火を置いた。

冬が近い。

そんな、秋の終わりの、丹波《たんば》大江山。

「見ろ、茨姫。きっとお前は一度も見たことのない、貴重なものだぞ」

辿《たど》り着いたのは、山の中腹だ。ちょうど開けた場所になっており、いつ建ったのか分からない、古く朽ちかけた小さな鳥居がある。

誰からも忘れられた静かなこの場所に、俺の見せたいものはあった。

茨姫は俺の腕から地面に降り、目前に広がるものを、不思議そうに見つめた。

やがて、夜明けが訪れる。

「これ、は……」

朝焼けに照らされる、雲海。

温度差によって発生する朝霧が、まるで雲のように視界に広がり、朝焼けの赤を映しこんでいる。

肌を刺す寒さすら忘れてしまえるほど、美しい光景だ。

それは大江山のこの場所、この季節にしか見ることのできない、特別なもの。

「これは俺の秘密の宝物だ。どうだ茨姫、見事だろう」

「…………」

「茨……姫？」

茨姫は瞬《まばた》くこともなく、ただ静かに、一筋の涙を流していた。

もう袖で顔を隠すこともなく、向かい風を全身で受け、その赤い髪をなびかせる。

彼女の横顔は、目の前の雲海に負けることなく、一瞬の美しさを帯びていた。

「……綺麗《きれい》。こんなに綺麗なものをこの目で再び見られるなんて、夢にも思わなかった」

彼女はささやくような声で、俺に語る。

座《ざ》敷牢《しきろう》の暗闇と恐怖の中で、そう、夢を見たのだ、と。

幸せな夢だった。それは死後の世界にあるのだと思っていた、と。

「でも、違うのかもしれない。私、まだ、生きているのね」

確かな生を実感し、彼女は着物の胸元をぎゅうっと握る。

「茨姫……」

弱々しいと思っていた茨姫の、〝生きていきたい〟と願う姿が、あまりに気高く、愛おしい。強い風に巻き上げられる長い髪が、朝焼けに照らされ命の炎を燃やしているかのようだ。

だから俺は、雲海そっちのけで、彼女の姿ばかりに見とれてしまう。

一度死を望み、そこから立ち直るのに時間のかかった彼女が、今まさに生気に満ち溢《あふ》れ、自分の足で大地を踏みしめ、隣に立っていた。

だからこそ、いっそう強く思った。

俺は鬼だが、人々に嫌われた穢《けが》れの権化だが、この想いだけは純粋なものだと。

この娘を、生涯守り通したいと。

「なあ、茨姫」

俺は、やっぱりそれを諦《あきら》めきれないと、茨姫に向き直る。

俺の呼ぶ声に反応し、茨姫も俺を見上げた。

「俺の妻になるつもりはないか」

「………え」

「俺のことが、まだ恐ろしいかもしれない。無理に愛してくれなくてもいい。だが、俺はお前を愛してしまった。この想いは、多分とても純粋なものだ」

そして、きっとこれは、一生で一度の、恋心だ。

「俺がお前の居場所になろう。何に代えても、一生守るよ」

差し伸べる手を、茨姫はただ見つめていたが、やがてハッと口を丸くさせる。

自分が顔を晒《さら》して、俺の前に立っていることに、今更気がついたのだ。

動揺して、しどろもどろになりながら、顔を袖で隠そうとする。

「で、でも、なぜ。私はこんなに醜いし、もう人間の娘でもない。あなたに愛される資格なんて……私、何も持っていないのに。もう誰にも、愛されない存在なのに」

「そんなのは俺も同じだ。俺たちはお互いに憎まれ者。人間から見れば両方とも醜い鬼だ」

彼女の手首を優しく握り、前を隠す袖を下ろし、顔を近づけ視線を合わせた。

朝焼けに燃える髪以上に、強く紅に染まる、その鬼の瞳《ひとみ》を覗《のぞ》き込む。

しだれ桜の木の上から見ているばかりで、ずっと言えなかった。

伝えられなかった言葉を紡ぐ。

「だけど、お前は美しいよ茨姫。俺にとって……俺にとってそれは、絶対だ」

俺の言葉に大きく瞳を揺らし、彼女はまたポロポロと涙をこぼした。

泣き虫、茨姫。それでも強く、この大江山の頂きに立つ。

お前は何ものにも代えがたい、俺の、生涯の宝物だ。


こうして、茨姫は酒呑童子を受け入れた。

俺たちは貴船の高龗神にその婚姻を認めてもらい、晴れて夫婦となるのである。

だけど多分、この時、茨姫はまだ酒呑童子に本当の恋をしていたわけではなかっただろう。だが、俺のことを命の恩人だと感謝し、俺の求婚を受け入れ、共に生きる道を選んでくれた。

それは多分、一つの恩返しのようなものだったと、思うのだ。

生活を共にするうちに穏やかな愛情も芽生え、それは雪のようにしんしんと降り積もり、俺たちは仲睦《なかむつ》まじく幸せな夫婦生活を送る。

しかし問題もあった。茨姫には、とても強大な力が宿っていた。

茨姫という鬼の血が、とにかく厄介な代物だったのだ。

《二》　力の使い方

それは厳しい冬をやっと越えた、まだ雪の残る早春のこと。

俺は自分で作った大江山の地図とにらめっこしていた。

大江山にはいくつかの鉱床があり、そこで採れる鉱山資源は、俺たち大江山のあやかしたちの大きな収入源となっていた。

鉱石を人間に売ることもあれば、あやかしたちの住む隠世に持ち込み、商売をすることもあった。またこの山には、自分で作った製鉄工房や鍛冶《かじ》工房もあるため、ここで金属を鍛錬し刀を打ったり鉄器を作ったり、それをまた売ったりして、結構な富を蓄積していた。

俺には野望があった。

前々から、この産業を中心に、多くのあやかしにとって住みよい隠れ里を作ることができないかと、仲間うちで計画を進めていたのだ。

この野望を、冬篭《ふゆごも》りの間に練り尽くしていたところなのだが……

「ねえシュウ様。少しいいかしら」

俺の贈った小袿を引きずり、茨姫が可愛らしくちょこちょこと側に寄ってきた。

茨姫は俺を、シュウ様と呼んでいた。

「私もこの力を使って、悪い奴らと戦うことってできるのかしら」

「……え」

なんと突然、そんな物騒なことを言い出したのだ。

雪が解け、鉱物資源の眠る大江山の縄張り争いが始まり、確かに何度か、この地を狙う鬼蜘蛛《ぐも》の一派や人間の山賊とやり合った。

茨姫は、どうやら俺たちの戦う姿に触発されたらしい。しかし俺としては慌てる。

「何を言う茨姫。お前は戦ったりしなくていい。半年前まで死にかけていたのに」

「だからこそよ。私、守られてばかりなのが癪《しゃく》なの。強くなりたいのよ。だって、私もあなたたちと同じ鬼だもの。絶対強くなれると思うの」

最近はしおらしいというより、お転婆なところやお喋《しゃべ》りなところも見え隠れしてきた茨姫。まあ、そういうところも可愛らしいのだ。

「って、お前、指を怪我してるじゃないか！」

「さっき、熊ちゃんにお裁縫を習っていて、それで。そんなに痛くないわ」

心配する俺をよそに、彼女はあっさりと答える。

「それでその時、面白いことを発見したの」

茨姫は庭に出ると、小石を一つ拾って戻ってきた。そして、小指に巻いていた布を外し、まだ滲《にじ》み出る血を、その小石にポタリと垂らす。

「見ていてね」

血の付いた小石を、ポンと庭に投げる。

何をやっているんだろうと思っていた矢先、激しい爆音に体が跳ね上がる。

「…………」

俺、真顔のまま絶句。

小石が投げ込まれた庭の雪山が爆発し、もくもくと蒸気の煙を上げているのだ。

「あれ、さっきより威力がある……血の量は少なかったと思うのに」

茨姫にもこの力がなんなのかよく分からないらしく、ただ顎《あご》に手を当て、自分で考え込んでいた。

いやいやいや、ちょっと待て。

「なんだ、その力は……っ！」

俺は今になって状況を理解し、彼女の手をとってその血をよくよく見た。

そしてやっと気がつく。なんて膨大な霊力が、この血に宿っているのだ。

「これだけじゃないのよ」

茨姫は再び庭に出て、一番側にあった木の幹に「えい」と拳《こぶし》をぶつける。

へなちょこの一撃に見えたのに、木はまるで雷にでも打たれたかのようにバキバキに折れ、砕けながら倒れてしまった。

「ね。私、いつの間にかとても力持ちになってたの」

「……ね、って」

あれ、俺の嫁、もしかしてめっちゃ強い……？

か弱いか弱いと思っていた茨姫。しかしやはり、彼女は鬼なのだ。

茨姫は自分の手を掲げ、じっと見つめている。その、じわりと滲《にじ》む赤い血を。

「初めて鬼になったあの日の夜も、私、大蛇に襲われて、お腹の横を怪我をしていたわ」

「大蛇、か」

「ええ、水の大蛇よ。そのあやかしは、晴明の留守を狙って語りかけてきた。お母様が危篤で会いたがっているから、そこから出ておいでって。私、居てもたってもいられず屋敷から飛び出てしまったわ。……馬鹿でしょう、それで、水の大蛇に横腹に食いつかれてしまったの。あまりに痛くて、自分の血を見て感情が高ぶって、溢れ出した不思議な力が……大地を抉《えぐ》っていたわ」

「……茨姫」

「何も変わってない気がするのにね。額に角があるだけだって思ってたのに……やっぱり私、鬼になってしまったのだわ」

茨姫は苦笑した。得体の知れない自分の力が、不安なのだと言っていた。

その気持ちはよく分かる。俺も最初はそうだった。

だから俺は、彼女にその力の操り方を教えることにした。

戦って欲しかったわけじゃない。ただ、いざという時に自分の身を守る術《すべ》はあったほうがいいし、力の制御方法は知っておいて損はない。

その一環として、戦い方や刀の使い方を教えた。

霊力はあやかしの命の源。人間にもあるものだが、あやかしのそれは人間の比ではないほどに大きく、そしてそれがなければ命を落とす。そういった、体を巡る霊力の流れをよく理解させ、上手に使う方法を教えた。

霊力を上手《うま》く使えば、風のように野を走り、獣のように岩山を駆け上がり、人間では到底難しい高さの崖《がけ》を、その身一つで軽々飛び降りることができるようになる。これは山での生活でも役立つ。

俺には教えられないこともあったから、その時は他を頼った。

お互いの知り合いでもある、鵺《ぬえ》だ。

親戚《しんせき》の一人と思っていた藤原公任が、実はあやかしであったことを、茨姫はその時に初めて知った。心底驚いていたが、その美しい霊鳥の姿にはとても感激していたし、頼もしく感じていたようだ。

もともと厳しい和歌の師匠だったこともあり、鵺の言うことはよく聞いた。

歴代のあやかしの逸話。この世におけるあやかしの立ち位置。

この世を〝現世《うつしよ》〟というのであれば、他に〝隠世〟や〝常世《とこよ》〟、また〝高天原《たかまがはら》〟や〝地獄《じごく》〟などいくつかの異界があり、あやかしは異界にも数多《あまた》住んでいるということ。

そして……

「あやかしが最も気をつけなければならないのは、悪妖《あくよう》へと成り果てることだ」

「悪妖？」

鵺が言って聞かせた、その特異な現象について、茨姫は何のことやらという顔をしていた。しかし混沌《こんとん》としたこの時代、悪妖に成り果てるあやかしは少なくなかった。

「悪妖化。それは、痛みと憎しみが募り、霊力が黒く濁りきった時、陰陽の逆転によって引き起こされる現象だ。悪妖になると自らの霊力が倍増すると言われているが、理性を保てず悪意に支配され、無差別に人を襲うようになる。それ以上に、悪妖化は自分の体と心をも蝕《むしば》み、魂すら呪いに支配されてしまう。それは想像を絶する苦痛だ。そしてそれは、人の世である〝現世〟のあやかしにしか起こらない」

鵺は自分の言葉を印象付けるよう、手にしていた扇子で、床をコンと叩《たた》いた。

「茨姫……覚えておいで。悪妖にだけは、絶対になってはならないよ。自分を苦しめた人間が憎くてたまらないだろうが、決してその憎悪にとらわれることなく、今は酒呑童子と、未来の幸せだけを考えなさい」

「……はい。公任様」

茨姫はこの話の本当のところを理解していなかっただろうが、恐々としつつも頷《うなず》き、ついでに俺も戒めとして聞いていた。

未来の幸せだけを考える。

茨姫は鵺の言ったその言葉に、小さな希望を見出《みいだ》しているようだった。

鵺が茨姫に、悪妖の話をした理由はある。

鵺は少し心配していた。信じていた人間たちによって座敷牢《ざしきろう》に閉じ込められ、恐怖と孤独、そして苦痛を与えられた茨姫が、あの時、憎しみを糧に悪妖に成り果ててもおかしくはなかったからだ。その因子は、今なお、彼女に残っている恐れがあると。

「酒呑童子、君が彼女をちゃんと幸せにしてあげれば、何の問題もないいんだけどね」

「う、うるせえ。分かってるっ！」

にこやかな笑顔で脅してくる、嫁の親戚のおじさん、鵺が怖い。

しかしそんなのは、俺も重々承知だ。

茨姫の負った傷は深い。それは身体的なもの以上に治り難い、心の傷だ。

俺はこれから彼女の傷を、どう癒していけるだろうか。


次にお世話になったのは、鞍馬山の大天狗《てんぐ》サナト様。

見た目は冴《さ》えない修験者《しゅげんしゃ》姿のおっさんだが、何でも知っている凄《すご》い天狗だった。

もともと俺に、剣術と結界術、兵法や金属の鍛え方などを教えてくれた師匠でもある。

この人には、より洗練された身のこなしや体術、茨姫の血の力について教えてもらった。

「驚いたなあ。これは酒呑童子の〝神通の眼〟と同じ、茨姫が持つ特殊な体質だ。〝神命《しんめい》の血〟とでも呼ぶべきか」

サナト様は茨姫の血について、こう告げた。

まず、この血の主な力は〝破壊〟である、と。

複雑な術を行使せずとも、彼女が命じれば様々なものを破壊できる。

肉体にこの血を宿す彼女の腕っ節で壊すこともできれば、血を含んだ刃や、物体を通して破壊することもできる。それこそ、小石やどんぐりとか。

それは物理的な破壊のみではなく、例えば別の者が施した術や契約、邪気や呪いすらも、力を使いこなせば壊すことができるだろうという話だった。そういったものを壊すということは、ある意味で〝守護〟や〝浄化〟の力にも等しい、と。

茨姫が異形の類《たぐい》に執拗《しつよう》に狙われていた理由は、この特別な血にある。

それはあやかしを虜《とりこ》にする、甘い蜜《みつ》だったからだ。

茨姫を食えば、その血は自分の血肉となり、大きな力を得ることができる。

また茨姫を花嫁に迎えれば、その血を受け継ぐ子は、現世におけるあやかしの未来を左右する存在になりうる……

「何にしろとんでもない力だ。悪意のあるものに、決して奪われてはならんぞ。よいか、酒呑童子」

サナト様もまた、俺にそう、きつく言いつけたのだった。

俺は茨姫と剣の稽古《けいこ》を続けた。

最初は子猫を相手にしているようなものだと思っていたのに、どうしてこうなった。

茨姫の戦闘能力、剣の才能は俺の想像を遥《はる》かに凌《しの》ぐもので、稽古を重ねるうちに、俺は油断のならない真剣勝負をせざるを得なくなる。

刀など手にしたこともない、部屋に閉じこもってばかりだったあのお姫様が、長い髪を風になびかせ、身軽に舞い、重い刀を振るって俺に切りかかるのだ。

「うふふ、あははっ」

しかも笑いながら。目を爛々《らんらん》とさせて！

茨姫は俺と刃を交わすことで、この世の生を実感しているかのようだった。

疲れや痛みすら愛《いと》おしい。そう言って、彼女は心から戦うことを楽しんでいた。

俺としては複雑な葛藤《かっとう》を抱きながらも、茨姫がより剣を極められるよう、専用の刀を鍛えて贈ったりした。大江山の鉱石を自分の製鉄工房で鋼にし、自らが刀鍛冶《かたなかじ》となり、茨姫のために刀を打ったのだ。

生きていること。戦うこと。

そして疲れたら、大好きな強飯《こわめし》と、季節ごとに違う山菜や芋、キノコと、森で狩った獣の肉や魚を食らう。

あやかしは大抵そうなのだが、霊力を回復するために沢山のものを食う。あやかしが人を喰らうのは、その肉が美味《うま》いからという以上に、霊力の回復率が高いからである。

しかし俺たちは、人を喰らう必要などなかった。

なんせ大江山には食物が沢山あったし、俺たちは財に富んでいたからな。

茨姫の食欲は並のあやかし以上で、こちらが呆気《あっけ》にとられるほど、とにかく食べた。

多分、その特殊な血肉を維持するには、たくさん食べる必要があったのだと思う。

「大江山の食べ物は、前に食べていたものより、ずっと美味《おい》しいわ。都で食べる毎日の食事って、こんなに新鮮じゃ無かったもの。肉や魚も、干物ばかりで」

そう言って、楽しげに食べる茨姫。大好きだったのは、まず猪の肉。そしてキジ、うさぎ、子ジカ。鮎《あゆ》、鮭、ヤマメ。果実の中ではとりわけヤマモモが好きだった。

しかしこれだけ食うのに、いつまでたっても痩《や》せっぽちの茨姫。

彼女のために、俺は毎日狩りに出た。茨姫も熊童子と一緒に近場の畑の手入れをしたし、山菜やキノコ、木の実なども採りに行くようになった。

また俺は時々、子分の虎童子をつれて朝早くから大江山を越え、海に面した丹後の港まで行くことがあった。

第一に、塩と酒を入手するためだ。

この時代、あった調味料といえば、酢、塩、醬《ひしお》くらいのもので、特に塩は料理にも保存食の干物を作るのにも必要だった。

魚や蟹《かに》、タコやイカ、アワビや海藻などの海の幸も、新鮮なうちに手に入れて帰った。

人間なら日数のかかるところ、俺たちであれば飛ぶように走り、半日足らずで住処《すみか》まで戻ってこられたし、帰るとすぐに、食う分と保存食を作る分に分け、処理をした。

俺や虎がせっせと捌《さば》き、熊や茨姫が塩や酢を揉《も》み込み、流れ作業のごとく保存食作りに勤《いそ》しんだ。主に、イワシの干物、鯣《するめ》、酢ダコ作りなどだ。とにかくくたびれるが、これが日々の飯やつまみとなるのだから、頑張れる。

それに、こういう日の夜は、よく宴会を催した。

塩で焼いただけの新鮮な魚や海老《えび》や蟹《かに》、酒で蒸したアワビ、山盛りの強飯、カブや山菜の羹《あつもの》や、ナスや瓜《うり》の漬物。当時はこれらが、ご馳走《ちそう》だった。

茨姫は丹後でよく獲《と》れる蟹を珍しがり、俺が食い方を教えてやると自分で殻を割り、無我夢中で身を頬張っていたっけ。

俺は酒の方が好きだったので、楽しい夜は大きな杯を片手に、ハマチの切り身や、酢ダコをつまんだ。体を動かし、よく働いた日の酒は、本当に美味《うま》かったなあ。

「丹後国ということは、もしかしてシュウ様は天橋立《あまのはしだて》を見たの？」

茨姫が、俺の隣でキラキラした目をして尋ねる。

天橋立……か。

「ああ、あの海に延びた、ひょろ長い松林か。天橋立なら、丹後の港へ行くたびに数え切れないほど見てきたぞ。お前も見たいのか、茨姫」

「ええ。だって天橋立はよく和歌の題材になっているもの。でもねえ、それがどういうものなのか、私には想像することしかできないの。大江山の向こう側には、広く青い海と、天橋立があると聞いていたけれど、それは夢物語ではなく、本当の話なのよねえ」

蟹の足をバキバキッと割りながら、まだ見ぬ絶景に思いを馳《は》せる茨姫。

ああ、そうだな。俺にとっちゃなんてことない景色だったとしても、それは茨姫にとって、話でしか聞いた事のない憧《あこが》れの場所だったりする。

「よし、じゃあ今度は茨姫も、丹後へと連れて行こう」

「まあ本当？　私、山を駆け下りる練習をしておかなくちゃ！」

「その時は、俺がおぶって連れて行ってやるよ」

「ふふ、それも素敵だけど、やっぱり自分の足でそこへ赴きたいわ。これでももう、山の一つや二つ、自分の足で越えていけるもの」

なんて逞《たくま》しいことを言ってのけ、やはり蟹を美味そうに頬張る。

そして「あっ！」と思い出したように、俺の酒のお酌をしたりする。茨姫が美味そうによく食べる姿もまた、俺にとっては酒の肴《さかな》なんだがな。豪快なお酌だったが、その酒は見事に美味い。

そうして眠たくなったら、各々《おのおの》自由に好きな場所で寝た。

茨姫は俺の腕をちょうだいと言って、それを抱いて、星を見ながら寝るのがお気に入りだった。俺はそんな茨姫の、スヤスヤと眠る顔を見ているのが好きだった。

ここへ連れてこられた時のことを思うと、本当に元気になった。

自然体でいること、自由でいることを楽しみ、今まで見たことのないもの、やったことのないことに興味を示し、自然と対峙《たいじ》し、精一杯日々を生きる。

そんな、俺たちにとっては当たり前のような生活を、彼女は今まで、したことがなかったのだ。

だからその後、俺は茨姫の為に壺《つぼ》装束と市女《いちめ》笠《がさ》を用意してやり、それを身につけた彼女と共に山を越え、丹後へと小旅行をした。


「わあああ！　凄い、あれが天橋立なのね！」

初めて見る青い海と、憧れの天橋立に、茨姫の赤みを帯びた瞳《ひとみ》は煌《きら》めいた。

茨姫は俺の宝だったが、だからと言って大江山に閉じ込めてばかりではなく、しっかりと外の世界を見せてやりたかった。

だってこんな、生き生きとした彼女を見られるのならば……

「どうだ茨姫。海は広いだろう」

「ええ。それにとても青いわ。空と海が、境目でちょうど合わせ鏡になっているみたい。私、こんなに広い空と、青い海を知らなかった。シュウ様には、初めて見せてもらうものばかりだわ」

「楽しいか……茨姫」

生きていくこと、生きていることは、楽しいか。

俺はちゃんと、茨姫を幸せにできているのだろうか。

すると茨姫は、大輪の牡丹《ぼたん》のような笑顔を見せて「ええ!」と頷《うなず》き、指を折りながら、こんなことを言う。

「大江山の星が好き、雄大な雲海が好き、清々《すがすが》しいブナ林が好き、澄んだ川のせせらぎが好き、夏の蛍が好き、かわいい狸が好き。大江山を越えて、疲れも吹き飛ぶほどの、この大きな青い海が好き」

鬼となっても純粋さを失うことなく、彼女は自由な生活と、解放感の中で、いっそう美しく輝いた。

「だけど、一番はあなた。私の居場所をくれた、あなたが大好きよ、シュウ様」

俺を捨てた親がつけた本当の名は、遠くどこかに忘れてしまったが、彼女にその名で呼ばれると、それだけで、穢《けが》らわしい自分の全てを許せる気がした。

鬼だ。

寂しい恋しいと、人の世を羨《うらや》んでばかりだった、禍々《まがまが》しい鬼だ。

この世に存在してはならないと、いつだって嫌われ、疎まれ、死を望まれている。

だけど同時に、愛してくれる唯一の番《つがい》を望む、寂しがりと甘えたがり。

真に寄り添えるものは、お互いしかいない。

俺たちは純粋な愛を育む、夫婦だった。

《三》 大江山の国づくり

それは、茨姫が俺の妻となって、二年の月日が過ぎた頃のこと。

「あの鬼蜘蛛《ぐも》が討たれた。相手は、源頼光とその配下だ」

大江山には、あやかしの一派が二つあった。

一つはこの俺、酒呑童子の一派。

そしてもう一つが、俺の好敵手でもあった鬼蜘蛛の一派だ。

鬼蜘蛛は、いかにも山賊風情のある、いけすかない男だった。

縄張り争いで俺に何度も勝負をしかけてきたし、俺の妻であった茨姫を攫《さら》おうとしたこともあった。あいつは俺と違って何人もの妻を侍《はべ》らせていたから、俺が大事にしていた茨姫を奪い、そのうちの一人にしてしまおうと考えたのだろう。

しかしその時すでに茨姫はめちゃくちゃ強かったので、鬼蜘蛛は返り討ちにあってボコボコにされたのだ。

まあようは、俺たち酒呑童子の一派とは何度もやりあってきた仲だ。

縄張り争いで死んだのならわかるが、それが人間の、しかもあの、あやかし退治の武将として名を轟《とどろ》かせていた源頼光に討ち取られたのであれば、話は別だ。

「源頼光が動いているということは、朝廷が、大江山を狙っているのか」

この山の鉱山資源、そして俺たちあやかしが溜《た》め込んでいた富。

表では人を脅かすあやかし退治を銘打っていたが、本心ではそういったものを狙って、朝廷の兵がここへ進軍してくる。

その可能性を、俺たちは長年恐れていた。

「それだけじゃねーぞお頭。源頼光は、あやかし殺しの特殊な宝刀を用いて、俺たちを一匹残らず狩るつもりじゃ。お頭や奥方様のように、人からあやかしになった者もおるというのに、そういう者すら問答無用で切り捨てているらしい。自分の妹である牛鬼《ぎゅうき》のちい姫ですら、手にかけようとした男じゃ」

「ええ。平安京にはもう住めないと、大江山に逃げてきた者も多いです。しかしあちらには安倍晴明もいる。この隠れ家が見つかるのも時間の問題じゃ……」

虎はあぐらをかいたまま。熊は背筋を伸ばした正座のまま。

普段はほのぼのとしているが、今ばかりはお互いに真面目な顔をしていた。

「やはり、早々に作り上げるしかないか……」

こういうことを見越して、俺はこの大江山に、長い月日をかけて巨大な結界を築いていた。それは貴船の高龗神様の龍穴《りゅうけつ》のような、この世と別の世の間に存在する、結界空間。

俺の結界は〝金属〟と〝自分の体〟の一部を素材として構築すると、頑丈に出来上がる。

ここ大江山は鉱床であり、素材には困っていなかった。体の一部には、髪を使うことが多かった。

「シュウ様、行き場のないあやかしたちを助けてあげなくては」

「ああ、そうだな茨姫。あやかしたちが安心して暮らせる居場所を作る。それが俺とお前の、野望だからな」

俺に助けられた茨姫は、自分と同じような境遇を持つあやかしたちを自分たちの元へと受け入れ、熱心に世話をしていた。

ちょうど今、豆狸の丹太郎が子守をしている牛鬼のちい姫も、俺たちが都より救い出した、人からあやかしへと成り果てた娘だ。

しかし、都で人を襲う魑魅魍魎《ちみもうりょう》がいるのもまた事実だった。

その手の事件が続いたり、荒くれ者がいるかぎり、人間たちがあやかしを討伐しようとするのも無理はない。

「どうするんです〜酒呑童子様。国でも作って王として立たねば、捻《ひね》くれたあやかしは言う事をききませんよ」

「……お前みたいな、か？　水蛇」

「あっはっは。俺はほらあ、茨姫様の忠実な下僕ですから、その夫であるあなたには従いますよ〜、多分ね」

「多分ってなんだ、多分って」

派手な異国の絹衣を纏《まと》った、蛇のような細目の男。

奴の名は水連《すいれん》。水蛇《ミズチ》という、大陸から渡来してきたあやかしだ。

さっきから縁側でプカプカ煙管《キセル》を吹かし、俺たちの話に適当に加わっていた。

「スイ、意見があるのならこっちに来ていいなさい」

「はいはーい」

「はい、は一回でいいのよ」

「はーい、茨姫様」

相当胡散臭《うさんくさ》いやつだが、一応今では、茨姫の従順な眷属《けんぞく》。

しかし以前は、茨姫がまだ人間だった頃から、彼女の肉を不老不死の妙薬として付け狙っていた。そう、茨姫が鬼となるきっかけを作った、例の水の大蛇であった。

彼女を騙《だま》して安倍晴明邸から呼び出し、横腹に食いついて負傷させた、あの。

なぜそんな奴が茨姫の眷属に下ったかというと、再び茨姫を見つけ出しこの大江山に現れた水蛇が、やはり最強の茨姫によってコテンパンにやられてしまい、命を取られず見逃され、その寛大な心に惚《ほ》れ込んで自ら眷属にして欲しいと申し出た、という流れだ。

大陸の漢方医術に関する知識が豊富で、軍略の心得もあり、頭も切れる。一派としては貴重な存在ではあるが、どうにもやはり、胡散臭い……

まあ、水蛇に言われたからという訳ではないが、俺はいよいよ、大江山に張り巡らせ作った結界に、世と世の間にあるという意味で〝狭間《はざま》の国《くに》〟と名をつけ、行き場のないあやかしたちを受け入れた。

酒呑童子を狭間の王、茨姫を女王とし、古い手下たちを幹部や将軍の地位に据える。

法の整備は、当時政治家として法律に携わっていた藤原公任こと鵺《ぬえ》に力を借りた。

大江山の自然を、そのまま写し取りながらも、そこは大きな天災など起きない、気候すら俺が支配する理想郷。

中央には、猛々《たけだけ》しくも華やかな鋼鉄の御殿が。

そしてその脇には大規模な製鉄工場や酒蔵があり、受け入れるあやかしが増えれば増えるほど、城下町も産業も発展していった。生み出したものは、できるだけ〝隠世〟に持って行き、あやかしたちとの間で交渉し売買をした。そうすることで、人間との衝突を避けたのだった。

自分たちの力で営み、発展させ、富を築く。

決して人の世の平安京にも劣らぬ国を、俺たちは作り上げた。

《四》仲間の話

酒呑童子には、四人の幹部がいた。

まずはおなじみ鬼獣《きじゅう》の姉弟《きょうだい》、虎童子と熊童子。

酒呑童子にとって、最も古く長い付き合いの、信頼の置ける手下たちでもある。二人は俺の腹心の部下であり、狭間の国の将軍を担った。

三人目は、豪快な性格と屈強な体を持つ〝いくしま童子〟という巨漢の雪鬼だ。

北方の蝦夷《えぞ》より、子分を連れてこの狭間へとやってきた豪傑で、最初こそ狭間を乗っ取るつもりで戦を挑んできたが、鉄の要塞《ようさい》と化していた狭間の国を攻略すること叶《かな》わず、色々あって子分もろとも俺の臣下となった。

四人目は、九尾狐の女〝ミクズ〟だ。

都で人気の白拍子だったところを、安倍晴明に正体を暴かれ、源頼光によって処刑されそうになっていた。この噂を聞きつけた俺たちは、仲間たちと協力し、処刑前に彼女を助け出すことに成功する。

ミクズは自分を救い出してくれた狭間の国のあやかしたちに感謝し、俺に仕えることとなった。

優れた妖術《ようじゅつ》の使い手でもあり、生まれた時から額に宿る〝殺生石〟によって、人間たちの動きや、未来のことを占う役割を果たした。また、傀儡《かいらい》の術を得意とした。


酒呑童子と同じように、茨姫にも四人の眷属がいた。

一人目は、古参でもある水蛇《ミズチ》の〝水連〟だ。

奴は普段、狭間の国の漢方医であり、大陸の兵法にも詳しかったため、戦があれば軍師として戦場に出た。羽扇を振るって戦場を左右するその様を「かの諸葛弘明《しょかつこうめい》のごとし」とか、意味不明なことを言っていたっけ。

飄々《ひょうひょう》としていてとらえどころがなく、だが茨姫にはとことん甘い。俺とは嫌味を言い合う仲だったが、これでかなり有能な、頼りになる場面の多い男だった。

二人目は、藤の木の精霊〝木羅々《きらら》〟。

もともと大江山に咲く大きな藤で、木羅々はその木に宿るあやかしだった。

俺たちの狭間は、その藤の木を拠点に築かれており、木羅々は結界守の役目を担っていた。男か女か、最後までよくわからからない奴だった……

三人目は、一角の吸血鬼〝凛音《りんね》〟だ。

銀髪の孤高の剣士であり、定期的に血を飲まねば生きていられない、より古い時代に絶滅した鬼の末裔《まつえい》だった。

茨姫への血を介した忠誠は絶対的で、腕も立つので、俺は密《ひそ》かに凛音のことを信頼していた。酒呑童子自身は、凛音に随分と嫌われていた気もするがな。

四人目は、八咫烏《やたがらす》の〝深影《みかげ》〟。

あやかしの心を読む黄金の瞳《ひとみ》を狙われ、羽に怪我を負っていたところを茨姫に助けられた、彼女の最後の眷属だ。

茨姫の熱心な介抱に感銘を受け、日本神話の時代より生きる崇高なあやかしでありながら、彼女の眷属に下った。末っ子体質で、俺にもよく懐いていた。

他にも、昔から可愛がっていた豆狸の丹太郎。

源頼光の妹でありながら、牛鬼と成り果て、命を狙われたちい姫。

ここに居場所を見出した仲間は大勢いたし、賑《にぎ》やかになっていくこの国を、俺も茨姫も喜んだ。

狭間は安泰だった。

酒呑童子と茨姫の元には、優れた力を持つ大妖怪《ようかい》が、集うべくして集っていたからだ。

しかし、大きな勢力となった狭間のあやかしを見逃してくれるほど、朝廷も甘くはない。

人の世は度重なる大飢饉《ききん》と、大火災、疫病の影響で酷《ひど》い打撃を受けており、そこは平安京とは名ばかりの、死霊の漂う魔都と化していた。朝廷が、大江山に蓄えられた富や、製鉄の技術、この狭間自体を欲しがった理由は、そこにある。

愚かな人間たち。

この狭間は、人ならざるあやかしだからこそ築き上げられたもの。

どうあがこうとも、人間が手に入れることなど不可能だったというのに……

しかし大江山の豊富な鉱山資源を巡る戦いは、長きにわたり続いた。

俺たちは仲間たちと力を合わせて戦い、その度に絆《きずな》を深め、自分たちで築き上げた大事な居場所を守り続けた。

強かった。俺たちは負け知らずだった。

ゆえに、気がつかなかったのかもしれない。

内側からじわじわと侵食されていた、その〝毒〟に。

《五》　宴の終焉《しゅうえん》

狭間の国が建国し、約十年の月日が経った。

「どうした、茨姫」

冬の、肌寒い早朝。

隣で寝ていた茨姫が起き上がり、ぼんやりとした表情で静かに涙を流していたので、それに気がついた俺は、慌てて起き上がる。

火鉢の炭がパチンと音を立て弾《はじ》ける。

部屋は暖かかったが、それでも寒かろうと、俺の上掛けを彼女にかける。

「怖い夢でも見たのか、茨姫」

「そうねえ……宴の、終わる夢よ」

「なんだそれは。楽しいことが終わるのは、そりゃあもの寂しい気分になるが」

茨姫は苦笑する。俺が袖《そで》で涙を拭《ぬぐ》う前に、彼女の目元の涙はすっかり乾いていた。

泣き虫だった茨姫。だけどここ最近、泣く姿など見ていなかったのに。

弱々しい姿など見せたら皆が不安がるからと、彼女は常に強くあろうとしていた。

「ねえ、シュウ様。ここはあなたが作り上げた、行き場のないあやかしたちの、最後に辿《たど》り着く理想郷よ。だから私、何があってもここを守る。戦い続けるわ」

「……茨姫」

お前は戦わなくていい。

本当はそう言いたかったが、今の彼女は、守られるだけの立場を許さない。

だから俺は、何かの時は全力で、茨姫を守らなければと心に誓っていた。

「それにしても、茨姫。お前が泣いているのを久々に見たな。攫《さら》われて大江山に連れてこられた頃は、鬼の俺を見るたびにガタガタ震えて泣いていたのにな」

「何、まだか弱いお姫様だと言いたいの？」

「いててて。いや、違う。今のお前は、それほど強く逞《たくま》しくなったということだ」

むぎゅっと、両頰を摘《つま》まれている。痛い、茨姫の力で摘まれるとめっちゃ痛い。

茨姫はむすっとしていたが、しかしその目元には、徐々に不安の色が滲《にじ》んでいった。

「なんだか、予感がするのよ。だって、昔……ある男が言っていたの。夢は吉凶を知らせる。過去と、今と、未来、そして、前世や来世のことを教えてくれるものだって」

「ほお。前世や……来世、ねえ」

多分それを茨姫に教えたのは安倍晴明だな、と、俺は薄々気がついていた。

「なんでかしら。私、あなたを追いかけていたわ。遠くへ行ってしまう、あなたを」

「そりゃあ確かに、おかしな夢だ。俺たちは隣り合っているのに」

「来世まで、一緒かしら。私たち」

茨姫が、独り言のように呟《つぶや》いた。どこか遠い場所を見ているような、虚《うつ》ろな瞳で。

「はは。そりゃあ来世があるのなら、な。俺たちはとても長生きだから、死後のことまで考えると途方もないぞ」

「ふふ。確かに……そうかもしれないわね」

夢か。

俺は夢を、最近ほとんど見ないなあ。


その日は、実入りのいい年の、雪祭りの夜だった。

豪快な焚《た》き火《び》を中心に、民にご馳走《ちそう》を振る舞いながら、俺たちは今後ますますの発展を祈る、九尾狐・ミクズの白拍子の舞を見ていた。

「それにしても、王よ。奥方様との間にはお子が生まれませんなあ」

酔っ払ったいくしま童子が、酔っ払いらしい下世話な話題を出す。

こいつは悪い奴じゃないが、時々こう、無神経なところがあった。

「あとはこの狭間国の後継《あとつぎ》だけ、なんですけどなあ」

「おい、よせ、そういう話は」

確かに茨姫と俺の間には、いまだ子はいなかった。茨姫の特殊な血を受け継ぐ者は、この世のあやかしの行方を左右するとまで言われていたが。

しかし子なんて授かりもんだ。生まれればきっと目の中に入れても痛くないくらい可愛いんだろうが、生まれなくとも俺にはここに、大勢の守るべき〝子〟がいるし、側には一番大事な茨姫がいる。

「そもそも王よ。他に妻を娶《めと》るつもりは？　誰もがあなたの世継ぎを望んでおる。妻が多ければ、子も多く生まれる」

「何を言う、いくしま。俺に茨姫以外の妻を？　万が一でもあり得ん話だな。もうその話はよせ……あ、茨姫」

俺たちの背後に、いつの間にか茨姫が立っていた。

その視線は血に濡《ぬ》れた狂刃のように鋭く、轟《ごう》々《ごう》と覇気を感じる形相で、俺たちはただ狙いを定められた獲物のごとく見下ろされている。

いくしま童子は大男でありながら縮こまって「おくがたさま……きいてました？」と絞め殺される寸前の鳥みたいな声を漏らしていた。

「なあに？　シュウ様、あなた新しい妻を娶るの？」

「ま、まさか！　いくしまが勝手にそういう話をしてきただけだ！」

即否定。即否定する俺。

「ふーん。でも別に、いいんじゃない？　一国の王なら、妻の二人や三人。そのくらい面倒を見る甲斐性《かいしょう》があっても」

「……え？」

茨姫はあっさりとそんなことを言ってのける。

一触即発と思いきや、そうでもない。彼女はさくさくと俺にお酌をしてしまってから、

「子供たちを寝かしつけてくるわ。……牛御前《うしごぜん》、手伝ってくれる？」

「はあい、お母様！」

夜も更け眠そうにしている子供たちを引き連れ、さっさとこの場を去っていった。

母に似てしっかりした姉姫になっていた、牛鬼のちい姫こと、牛御前を引き連れて。

狭間の国には、親を失った多くのあやかしの孤児がいて、茨姫はその子供たちの面倒も見ていた。本当の子はいなくても、その様は既に肝っ玉母ちゃんの風格で……

「さすがは奥方様だ。懐も深く、威圧感も凄《すさ》まじい。いやはや睨《にら》み下ろされた時は、一瞬本気で死を覚悟してしまったが……」

「いくしま！　お前のせいだぞ、茨姫に嫌われてしまったらどうする！」

正直なところ、茨姫からあの様な言葉が出てきたことに対し、俺は酷く衝撃を受け、青ざめてしまっていた。

「かーっ、王はまっこと奥方様以外の女に興味が無いのだなあ。お熱いお熱い。よきかな

よきかな」

「…………」

「あ、ほら、奥方様の許可が出たところで、ミクズなんてどうです？　奥方様ももちろん絶世の美女ですが、ミクズも負けてねーですよ。見てください、あの艶《つや》やかな舞を」

「よせと言っている。そもそもそんなに言うならお前が口説けばいいだろうに……」

いくしまもそうだがここの男たちは皆、九尾狐のミクズに夢中だ。いや、皆というのはおかしいか。俺と、茨姫に心酔しきっている四眷属《けんぞく》以外の男は、だな。

ミクズ、か。

そりゃあ、確かにあの狐の女は妖艶《ようえん》で美しい。

しかしもともと女が苦手だったというのもあるだろうが、俺は茨姫に一目惚《ひとめぼ》れして以来、他の女を魅力的に思うことなど欠片《かけら》もなかった。仲間として大切だと思ったり、尊敬することはあったが、恋をすることなど、やはりあれが最初で最後だったのだ。

俺も茨姫も、いまだ出会ったあの頃と変わらない、若々しい見た目をしている。

しかし変わらないのは見た目だけで、茨姫はもうか弱い姫ではなかった。

そう。今となっては厳しく勇ましい、時に狂気すら感じる女の鬼。

自ら戦場に立ち、この大江山で拵《こしら》えた大太刀や大金棒を振るって、朝廷のさしむけた軍勢を蹴散《けち》らし国を守ることもあった。しかしやはり偉大な愛を持つ女王で、その愛情は民のあやかし全てに注がれ、誰もが茨姫のことを慕っていた。

立場を考えてか、もう人前で俺に甘えることもなくなり、俺としてはそこに寂しさすら感じていたが、背を預けあい、並んで戦える強い妻もまた良い。

ああ、でももしかしたら……茨姫は密かに不安に思っていたのかもしれない。

茨姫が、俺たちの間に子がいないことを気にしているのは知っていた。

今の茨姫は、身も心も揺るぎない。絶対に、この国の女王としての選択をする。

自分の尊厳や気持ちより、俺のことや、狭間の国の未来を考えて行動する。

例えば俺が別の妻を娶り、その妻を大事にし、子をもうけるとしよう。

茨姫はきっと深く傷つくだろうが、それでも国の為に、嫉妬《しっと》や、悲しむ姿を、あからさまに俺に見せることはないんだろう。

「……茨姫」

ぼんやりとしたまま、酒を舐《な》める。

そうだ。朝方、声もなく密かに涙を流していた、茨姫の姿を思い出す。

俺が遠くへ行く夢を見た。彼女は消えそうな声で言っていた。

あの時、俺が目を覚まさなければ、彼女はきっと、人知れず一人で泣いていたのだ。

かつて俺は、大きな理想を掲げ、この国を作った。

俺の理想を、茨姫は自分の夢とまで言いきって、共に叶《かな》えてくれた。

この国を守りたいという思いが茨姫を強くしたが、しかしそれが彼女をがんじがらめにしてしまい、誰にも頼れず、わがまま一つ言えない立場に、追いやってしまったのではないだろうか。

ああ、もう、泣きそうだ。茨姫のところへ行きたい。もう行こう。

「我が王、お酒はいかがですか？」

しかしその時だった。

宴会を抜け出そうとしたところ、ミクズが舞を終え、まずは俺の元へ酒を持ってきた。

ミクズはとても気の利く女で、そこも男たちに人気の理由だった。

「え？　あ、ああ……いや、俺は今から」

「おいおい、そりゃないぜ王。臣下の酒くらい、飲んでやれよ」

いくしまが隣でやかましく騒ぐ。仕方がなく、その場にもう少し止まって、ミクズがお酌をする酒をぐっと飲んだ。飲んだらさっさと席を外そうと思っていた。

「……ん？　なんだ、これは。とんでもない美酒だな。どうしたんだ」

「んふふっ。王のために、このミクズが一生懸命手に入れたものなのですよ」

ミクズは頬を淡く染め上げ、床を指先でいじりながら、そんなことを言う。

それは甘くコクのある酒で、この世のものとは思えぬ、妙な美味《うま》さがあると感じた。

いや、もちろん茨姫のお酌で飲んだ酒が一番美味いのだが、うん。

「そろそろ……宴は終わり、ですわね、我が王」

ふと、ミクズが小さな声で囁《ささや》いた。

そしてクスリと、含みのある艶やかな笑みを口元に浮かべて……


「茨姫、茨姫」

宴会が終わり、俺は茨姫を探した。

真夜中のことだ。茨姫は御殿の最上階の縁側に立ち、そこから静かに月を見ていた。

狭間の、作り物の巨大な銀の月。

強い眼差《まなざ》しだ。その佇《たたず》まいは気高く、勇ましさすら感じるが、やはりとても美しい。

しかしここからは、茨姫の愛した、本物の大江山の星空は見えない。

「なあ茨姫。少し話がある」

「……なに、シュウ様。そんな怖い顔をして」

ズカズカと早足で寄っていく俺に対し、茨姫はやはりあっさりとした反応だった。

さっきのことなど、まるで気にしていないという風な顔をして。

なんだかそれが無性にやるせなく、俺は彼女の両肩をがっしりと掴《つか》み、視線を合わせる。

「言っておくが、俺はお前以外を、妻に迎え入れるつもりなどないからな」

「……え」

ど直球で伝えた言葉に、茨姫はじわりとその目を見開いた。

なによ急に、とクスクス笑ったが、やがて赤く潤いのある果実のような瞳《ひとみ》を、ぐるりと煌《きら》めかせたのだ。

「でも……私があなたを独り占めするわけにはいかないじゃない。狭間のあやかしは皆、酒呑童子という王の存在でまとまっている。あなたは、私だけのものじゃない。この国の全ての民のものよ」

「何を言う。俺の全てはお前のものだ、茨姫。……寂しいことを言わないでくれ」

こんな言葉を言う俺は、王失格だろうか。

茨姫の腰に手を回し、強く抱き寄せると、茨姫は強張《こわば》ったまま、だけど静かに俺の胸に額を押し付ける。

何も言わずに、ただ、そこに留《とど》まっている。

だから俺は、茨姫の背をさすりながら、希望というか、未来の話を少しした。

「子がいなくてもいいじゃないか。ここには俺たちが育てた、親のいないあやかしの子供たちがたくさんいるんだ。お前がしっかり育てているから、きっと皆優秀に育つ。世継ぎなんて、その中からこれぞという意思と光を持つ者を、選べばいいんだ」

「でも……」

「争いが収まり、この狭間の全てが整えば、俺は新しい狭間の王を立てる。そうすれば、もう古い王など邪魔なだけだ。俺たちは歳も取らずに生きているだろうから、その後は二人でここを出よう。また山奥にでも引っ込んで、こぢんまりした屋敷で、慎ましやかな隠居生活もいい。美味いものを食って、季節を楽しみ、のんびりしてわがままを言い合って、やっぱりたくさん食って、そして疲れたら星を見上げて寝るだけだ」

第一に、お前が、自分たちが幸せであることを優先する。

その時は言えなかったが、俺はそういう望みを抱いていた。

「前のように、こそこそと旅行するのもいいな。また天橋立を見に行ってもいいし、北や南、自由に選び放題だ。出会ったあやかしが助けを求めていたら助け、居場所を求めていたら、大江山に狭間の国というあやかしの国があると教えてやるんだ。そういう役目を、最後は担おう。ああそうだ、いっそ、大陸の方や、隠世まで行ってみてもいいかもな。見たいものは全部見てしまおう。二人なら、どこへだって行けるさ」

もっと自由に、わがままになってほしい。甘えてくれたっていいんだ。

もう一度、それが許される立場になるまで、戦い抜くから。

茨姫は最初、なんの返事もしてくれなかった。

ただ、俺に抱きしめられるがままで……

しかし茨姫は、なにか、どこか、懐かしむ声音で「素敵ねえ」と囁いた。

「それはまるで、夢のようだわ」

「そうだろう？　宴が終わっても、次の宴はまた開かれる。なあ茨姫。約束だ」

「約束？」

茨姫は、やっと顔を上げる。気を張った女王の表情ではなく、そこには、昔の茨姫を彷《ほう》彿《ふつ》とさせる、あどけない少女の瞳がある。

「ああ、約束だ。最後は二人で、穏やかな時を過ごそう」

「……来世も？」

「来世？　ああ、もちろんだ。来世も、俺たちはきっと一緒にいる。またお前を見つけるよ、茨姫」

あやかしは、人よりよほど純粋で、一途だ。

そして、約束を忘れられない生き物だ。

番《つがい》は永遠に変わらない。きっと来世も変わらない。

俺と茨姫は微笑み合い、まるで若い恋人同士のように、そっと約束の口づけを交わした。

そんな、時だった。

「……？　結界が……」

それは前触れもなく、感覚だけで伝わって俺に知らせる。

この狭間で起きていることを把握しようと、神経を研ぎ澄ませる。

俺の持つ神通の眼は、この狭間の隅々まで見渡せる。

「どうしたの、シュウ様」

「結界が破られているんだ。東と、西の、岩戸だ」

見える。ブナ林の入り口……燃え上がる、巨大な藤の木……

その手前で、こちらの透視など察しているかのごとく振り返り、俺に向かって魔性の高笑いをする……あれは、狐の女。

「ミクズ？　なぜ？　ミクズが？　藤の御神木が……木羅々が、燃えて……っ」

「ねえシュウ、様……あれ」

瞬くこともなく、茨姫はここから、狭間の国を囲むブナ林を見ていた。

燃えている。赤く高々と、炎が狭間を囲んでいる。

遠く、警鐘が鳴り響く。

酒に酔《よ》い潰《つぶ》れ誰もが寝ていたが、この警鐘で皆起き上がり、緊迫した状況を察する。

幹部たちは、すぐに御殿の最上階へと集まった。

やはりそこに、来ない者も数名いたのだった。


「裏切ったのは、ミクズだ」

しばらくして、そう断言できるまで、状況を把握した。

「ワシらはミクズの持ち込んだ酒によって、力を封じられてしまったんじゃ！」

「木羅々もやられてしまいました。まさかあのミクズが……なんてことじゃ」

虎と熊が、各々《おのおの》に頭を抱え、悔しさと怒りを露《あら》わにしている。

「おそらく彼女が振る舞ったあの酒は〝神便鬼毒酒《じんべんきどくしゅ》〟。文献でしか読んだことのない、あやかし封じの異界の毒酒だ」

「異界の……毒酒？」

この手のものに詳しい水連は、俺たちの飲んでしまった酒について、そう説明した。

「くそ……っ、なぜそのようなものがここに」

いくしまが拳《こぶし》で床を殴ったが、水連は淡々と続ける。

「さあねえ。だけど、あの女狐はそれをどこかで手に入れ、俺たちに振る舞った。あれは魅惑的な味とは裏腹に、一時的にあやかしの霊力を封じる毒酒だからねえ」

「はっ、やられたな。その間に源頼光の軍勢が侵攻してきたということは、もとよりあの女狐は、あちら側のあやかしだったということだろう。あの女狐を助け出した時からな」

凛音は鼻で笑い、皮肉ばかりを吐き捨てる。

その時すでに、ミクズはこの狭間にはいなかった。

ミクズは、この国の御神木であり茨姫の四眷属《けんぞく》の一人〝木羅々〟の宿る藤の木を燃やし尽くし、逃げたのだ。木羅々は、結界を大地より支える重大な役割を果たしていた。

最大の防御だった狭間の結界は突破され、この毒酒のせいで俺の力も封じられ修復はままならない。

全ては計画の上のもの。

ミクズが木羅々を討った頃合いを見て、結界を外側から破ったのは、陰陽師・安倍晴明だ。それだけは、破られた瞬間の感覚で分かっていた。

くそ……っ、やられた。

信じる仲間が裏切るなんて、考えたこともなかった。

あやかしであれば、あやかし同士であるのなら、ここにいる誰もがそうだったように、どのような出会い方をしていても必ず分かり合えると……

「待って。その毒酒……私も飲んだけれど、私は力が封じられていない」

そんな時、茨姫は真っ青な顔をして、じっと自分の手を見つめていた。

その理由に、まず気がついたのはスイだった。

「そうか。おそらく、それは茨姫の〝神命の血〟の、破壊の力によるものだろう」

「なら……っ、なら、私の血を飲めば、毒酒の呪いを打ち消すことができるわ！」

茨姫は懐から小刀を取り出し、迷わず自らの腕を斬り付けようとする。

それを俺がとっさに止めた。小刀の切っ先が腕の腹をわずかに刺し、血が流れている。

「やめろ、茨姫！　この毒酒の力は強大だ。それは、呪いを受けている俺たちが一番よくわかっている。お前の血をどれほど飲んでこの呪いを消すことができるのか……っ、それすらわからないのに、危険だ！」

「でも！　でも、やってみないとわからないわ。可能性があるのに、それなのに……っ！　私の血なんて、全部、皆にあげる。皆で、生き残る為に！」

「茨姫。落ち着け」

茨姫がこんなに取り乱すのを、久々に見た気がする。

何かを予感し、恐れている。そんな顔だ。

俺は彼女の腕から流れる血をそっと舐《な》め、しかしやはり、効果がないのを自身で確かめた。いや、効果がないというより、足りない。圧倒的に足りない。少し飲んだだけでは、毒酒の呪いに押し負ける。

茨姫は首を振る俺を見て、その瞳を揺らして項垂《うなだ》れた。

「おそらく、茨姫は自身の体中に鮮血を送り続けることができるからこそ、毒酒を浄化し、呪いを打ち消しているのだろう。それは、他者が飲むだけでは不可能な事象だ。そういう次元の、呪いなのだ」

スイが冷静に、茨姫に言い聞かせていた。茨姫は、やはりまだ蒼白《そうはく》な顔をしている。

「ぼ、僕……っ、木羅々の生きた苗木を探してきます。それがあれば、いつかまた会えるかもしれないから！」

また深影が小さなカラスの姿となり、縁側から飛び出してしまった。

「王！　力が封じられていても、俺たちは戦える！」

「どうかご下知を！」

他の者たちも、もう現状を受け入れ、俺の命令を待った。

信頼していた仲間に裏切られた。さらには仲間を一人やられた。

誰もが怒りに震え、敵を屠《ほふ》りたいという思いを抑えきれずにいた。

たとえ本来の力を出せずとも、この国に踏み入った愚かな人間どもを、決してただでは返さない。そんなあやかしらしい残虐な眼光をぎらつかせて。

たとえ全てを守れなくとも、最後まで戦う覚悟なのだ。

「まずは女と子供、老妖を、無事に隠世へと逃がせ。こういう時の為に、あちらへの抜け道を作っている。茨姫、お前がこいつらを導いて……」

「馬鹿を言わないで、我が王」

茨姫は、すでに冷静さを取り戻していた。いや、冷静というより、冷酷な目だ。

暗に自分だけを安全な場所へと送ろうとしている俺の考えなどお見通しで、俺すらゾッとしてしまうような、重い声音で答える。

「その毒酒の呪いを負っていないのは、唯一私だけなのよ。私が戦わなくて、どうするというの」

「……茨姫」

「許さない。私の大事な木羅々をあんな目に遭わせて。私たちの国を、奪おうだなんて」

震えるこぶしに、腕から流れている血を握りしめている。

その鋭く赤い、怒りの眼差しに、誰もが口を閉ざしてしまったのだった。


修羅だ。

彼女の戦う様は、まさに血を求めた鬼神《きしん》のそれであった。

頼光の軍勢の数は狭間の国の兵をはるかに上回っていたが、茨姫が一度得物を振るえば、それらは雪原を這《は》うただの蟻と化す。大太刀を振るい、茨姫は無数のヒトを葬った。

血を纏《まと》えば纏うほど美しくなり、血を流せば流すほど強くなる茨姫。

それに続くように、眷属や幹部も、力の限りを尽くして戦った。

そう、戦った。最後の一滴まで絞り出して。

本来の力のほとんどを使えなくとも、ただの人間相手であれば、戦闘に長《た》けた我々が押し負ける筈《はず》はなかったのである。

しかし、ただ一部だけ。人間の中にも異端児というのはいる。

源頼光、そしてその配下四天王は、それぞれがあやかしの類《たぐい》を滅する為の力と、あやかし殺しの宝刀を持っていた。

その者たちが戦場に現れると、戦況は一変する。

「酒呑童子。お前の相手はこの僕、源頼光だ。血吸の安綱《やすつな》がその首を討ち取らん。それは僕の、長年の悲願でもある」

源頼光は俺の行く手を阻み、宝刀を構えた。

十年前の、正義感に溢《あふ》れた若々しい面構えではなく、その表情は酒呑童子に対する憎しみに溢れ、今日という日を待ち焦がれていたかのように、狂気じみた笑みを浮かべていた。

一方で、頼光の家来だった若い武将の渡辺綱《わたなべのつな》が、茨姫と対峙《たいじ》した。

その時にはもう、茨姫は霊力のほとんどを使い果たし血まみれで疲弊していた。

当然だ。敵の軍勢のほとんどを散らしたのだ。

茨姫がいなければ、むしろここまで持ちこたえることはなかった。

僅《わず》かにふらついた茨姫の、その隙を渡辺綱は見逃さず、動きの速度をあげる術を駆使し背後に回りこみ、その背を深く斬り裂く。

渡辺綱も相当な手練《てだ》れであり、あやかし殺しの宝刀〝髭切《ひげきり》〟を所有していた。

「茨姫‼」

駄目だ。駄目だ駄目だ駄目だ。このままでは、茨姫が……っ。

俺は向かってくる頼光の刃を薙《な》ぐと、奴を見ることなく脇を通り過ぎ、そのまま茨姫に駆け寄った。

負傷した彼女を守るべく前に立ち、渡辺綱の刀を受け止め、勢いのまま右脇腹を蹴《け》って飛ばす。この一瞬に乗じ攻めてきた源頼光の切っ先をも、もう片方の手で掴《つか》んで止めた。

刃を掴んだ手のひらから、血が飛び散る。

「僕を無視するな、無視するな酒呑童子！」

頼光の眼光は鋭く、俺への憎悪ばかりが、色濃く燃え滾《たぎ》っている。

この者の、あやかしへの憎しみは幾ばくか。

元婚約者だった茨姫も、自分の妹ですらあやかしと成り果て、更にどちらも自分の手で討つこと叶《かな》わず、俺に奪われた。

伝う血が、数え切れないほどのあやかしを切った奴の刃に、吸い取られていく。

なるほど、血吸と呼ばれているだけある。これがあやかし殺しの宝刀の力か。

「水連！　茨姫を連れていけ！」

こちらの異変に気がつき援護に来た水連は、俺の視線とその言葉だけで、理解した。

「酒呑童子、お前」

「……分かっているな。茨姫を、任せたぞ」

水連は奥歯を嚙《か》み締め、何かに堪えながら、怪我を負った茨姫を素早く抱える。

「!?　放せ、放せスイ！　シュウ様、どうしてっ！」

「なに、心配するな茨姫。俺は狭間を、俺たちの理想郷を、あいつらにタダで手渡すつもりはない。最後の一仕事を終えたら、お前の元へいく」

「シュウ様！　シュウ様、シュウ様、シュウ様あああああ!!」

茨姫は悲痛な声でひたすら俺の名を呼び、水連に抱き上げられたその肩越しに、細い腕を伸ばし続けていた。

予感がする、と。

嫌な夢を見たと、お前は言っていたな。

宴の終わる夢。

俺がどこかへ行ってしまう夢。

だから俺は、遠ざかるお前の方を僅かに振り返り、最後の約束をした。

「お前を必ず、迎えに行く」

そう言わなければ、彼女は決して、ここを去ってはくれない。

茨姫の眼は大きく見開かれ、恐怖の色ばかりに染まっていた。

今から俺は、この狭間《はざま》を終わりにする。

虎童子、熊童子、いくしま童子……

目を閉じ、神通の眼で狭間の状況を確認する。

勇ましき戦士は力尽き、源頼光の四天王に討ち取られた。

虎童子と熊童子は、お互いをかばい合うようにして血だまりに伏し、いくしま童子は女子供を逃す道を、その体一つで守りきり、立ったまま絶命していた。

牛御前が俺たちを捜して、一人隠世に行き損ねていたが、豆狸の丹太郎がしっかり彼女を守り、この狭間から脱出させたみたいだ。行け、逃げろ。大江山を出て、遠く、誰も追いかけてこられないところまで……

皆、よくやった。今から俺も、そちらへ行こう。

「さあ、来いよ頼光。あの時の復讐《ふくしゅう》を、お前は果たしに来たんだろう」

ぴくりと、頼光は眉《まゆ》を動かす。そして迷わず、刀を構えた。

同じだ。俺が茨姫をあの座《ざ》敷牢《しきろう》から連れ去った時、俺を恨むように睨《にら》んだ、こいつの眼《ま》差《ざ》しと。

その時から、きっと頼光は俺を討ち取ることだけを考えて、生きてきたのだろう。

「しかし滑稽《こっけい》な話だ。お前のような、天下に名を轟《とどろ》かす退魔の武将が、毒酒の力を借りなければ俺に挑むことすらしないとは。正々堂々と、戦うことすらしないとは！」

「酒呑童子……っ、貴様！」

「鬼神に横道なきものを！」

憤り、別れの悲しみを、全てこの一言に込めて、叫んだ。

「俺は鬼だが、お前たち人間のような、卑怯《ひきょう》な真似は決してしてしない！」

さようなら茨姫。

どうか生きのびてくれ。

すまない。たくさんの約束をしたまま、俺はそれを、守れそうにない。


そして俺は、自らの刀を大地に突き立て、最後の力を振り絞りこの狭間を壊した。

ここに築いた、俺たちの夢を手放した。

力尽きるまで戦った。

宴の終焉《しゅうえん》だ。

だけど、次の宴は、必ず開かれる――


狭間を壊したと同時に、源頼光の刀が俺に届き、首を斬り落とされた。

それが酒呑童子という鬼の、最期だった。

のちに頼光のその刀は、酒呑童子の首を落としたことに由来する〝童子《どうじ》切《きり》〟と名づけられ、あやかし退治の名刀として、世に知れ渡るのである。

《？》 茨木童子《いばらきどうじ》

ああ、最悪の気分だ。

自分の前世の、首が落とされる瞬間なんて、思い出すもんじゃねえな……

闇。孤独の暗黒。

なぜか、心臓の鼓動の音のようなものが、聞こえてくる。

真っ暗な視界は、終わった命の、瞼《まぶた》の内側だろうか。

しかし……

瞼は再び開いた。

俺はなぜか、外側から、首のない自分の亡骸《なきがら》を見下ろしている。

狭間が解け、大江山の雪原に巨大な血だまりを作っている、それを。

視点が変わった？　死んだからか？

俺はもう、あの遺体に宿ってはいない。

首だけを持って行かれたのか、源頼光たちももういない。

そこにあるのは狭間を壊した俺の刀だけだが、それは不安定な霊力の歪《ゆが》みを作り、ジリジリとした黒い霊波を生みながら、ただ静かに雪に突き刺さっていた。

頼光たちの力では、これを持って帰る事はできなかったのだろう。

「シュウ様……シュウ様……っ！」

そんな時だ。遠くから、声が聞こえた。

この場を去ったはずの茨姫。彼女が傷ついた体で雪原を登り、ここへ向かってきている。

おい、待てよ。

茨姫がなぜ、ここにいる。


「……シュウ……様」


なぜ彼女が、首のない俺の遺体を見ている。

絶望と、喪失の眼差しで。

それを見てはいけない。そんなものを見たら、見てしまったら……

「シュウ様、シュウ様……あなた、酒呑童子様……っ」

茨姫は、血の染み込んだ雪の上に転がる、無様な俺の亡骸の傍にしゃがみ込み、震えの止まらない手で、すでにない顔を象《かたど》り、やはりそれがないのだと思い知る。

ゆっくりと、しかし徐々に強く、俺を揺すった。掠《かす》れた涙声で、何度も名を呼ぶ。

どのくらい、呼び続けたのだろう。彼女はそこを、離れなかった。

やめてくれ。

やめてくれ茨姫。

俺はもう、そこにはいないんだよ。

「シュウ様、シュウ様、シュウ様あああああああ、あああああああああああっ」

俺はここにいる。

ここにいるのに、過去の彼女に駆け寄ることなどできない。

「置いて行かないで、置いて行かないで。私を置いて行かないで！」

咽《むせ》び泣《な》く彼女を抱きしめることもできない。

俺がどこか遠くへ行ってしまう、と。

そんな夢を恐れていた彼女を、俺はこんな形で置いて行ったのだ。

そのことの、本当の意味を、やっと思い知る。


「……茨姫」

生き残った茨姫の眷属《けんぞく》が、ここに集う。

彼らも随分と疲弊し、弱り切っていた。

水連は肩の肉を茨姫に噛みちぎられたのか、深い傷を手で押さえているし、牛御前と丹太郎を安全な場所まで逃すため敵陣で戦っていた凛音は、全身傷だらけで消耗している。

燃えてしまった藤の精、木羅々の苗木を抱えて守っていたミカは、その黒い翼を炎で燃やしてしまっているし、俺の亡骸を見て泣いている。

「茨姫、酒呑童子は死んだ」

その事実を告げるのは、やはり一の眷属である水連だった。

「酷かもしれないが、現実を見てくれ茨姫。ここを降り、あなただけでも逃げ延びねば。頼光はきっと、次にあなたを狙う……っ」

水連も必死だった。

俺に彼女を託された。茨姫だけでも生かさなければという、厳しく強い意志が伝わってくる。

茨姫はしばらく、自身の顔を冷たくなった酒呑童子の胸に埋《うず》めていたが、やがてゆらりと起き上がり、薄《うっす》らと明るんできた、暁の空を見上げた。

夢は覚め、鬼たちの酒宴は終わる。

それでも朝は、無慈悲なまでにいつも通り、やってくる。

新しい空気に満ちた、目覚めのような、一瞬だった。

茨姫は、首の無い酒呑童子の、その首元の血を手のひらで掬《すく》い、ゆっくりと口に運んだ。

口から溢《あふ》れた鮮血が顎《あご》を伝い、首筋を流れ、飲み込んで動いた喉《のど》を横切る。

なんて姿だ。

あまりに美しく、恐ろしいとすら思う。

それは静かな嘆きに溢れかえる、愛。

茨姫。お前は、お前はそんなに酒呑童子を……

「さようなら……さようなら、愛《いと》おしい人。来世でまた、会いましょう」

やがて茨姫は覚悟のようなものを決め、立ち上がる。

亡骸の傍らに刺されていた、酒呑童子の刀を、その手で抜く。

狭間の歪みから抜いたその刀は、主《あるじ》ではない者の手に渡った事で拒否を示し、茨姫の腕を裂いた。

「ごめんなさい。ごめんなさい。私がもっと強ければ……私が……私が……」

ポタポタと、彼女の血が腕と柄《つか》、刃の側面を伝って、雪原に花を咲かせる。

なびく髪は暁に照らされ、一層紅に燃え上がる。

しかしその色は、かつてのような生の煌《きら》めきを帯びてはいない。

纏《まと》う霊力は黒く淀《よど》み、果実のように柔らかい赤を宿していた瞳《ひとみ》は、氷のごとく冷たい真紅に堕ちた。

この世の淀みを全て宿したような、魔性の権化。

人の世の、最大の悪。

待て。おい……まさか……お前……

それは、悪妖、ではないか。

「茨姫！」

眷属たちが、山を下りようとする彼女を追う。

彼らもすでに理解していた。自分の主が、何に成り果て、何を成そうとしていたか。

しかし茨姫は、一度だけ振り返ると、眷属にこう告げた。

「ここから先は、私の戦いだ。お前たちは決して追いかけてはならない」

涙と血に濡《ぬ》れた茨姫。

狂気を隠さぬその声音に、眷属たちは彼女を恐れ、その場に崩れ落ちる。

「そんな、連れて行ってくれ茨姫……っ！　あなたまでオレたちを置いていくのか！　あなたが修羅の道を歩むというのなら、オレたちも共に行く。悪妖に身を堕とすというのなら、オレも共に堕ちていく！」

凛音の切実な言葉も、茨姫には届かない。

彼女はもう、大切にしていた眷属たちすら、振り返らなかった。茨姫を追いかけようとする凛音を、水連が止める。

ここからは、私の戦い。

そう言い切った茨姫が、この先、この冬の大江山を下り、何を目的として行動したのかは、想像に硬くない。
そう、復讐《ふくしゅう》だ。茨木童子がその後、復讐に身を投じたというのは史実通りだ。
民俗学研究部の部室で、復讐話を軽く語ってのけた、真紀《まき》の顔をも思い出す。
だけど、これはなんだ。
聞いていない。聞いていないぞ、真紀。
お前は、茨姫は、悪妖に堕ちていたのか。
「行くな……行くな、茨姫！　その先に行くな！」
届かぬ声を、絞り出した。
行くな。
山を下りるな。
酒呑童子の刀を携え、たった一人でどこへ行く。
すまない。やめてくれ。
そんなつもりで、お前を逃したわけではないのだ。
行くな、行くな茨姫……っ！

しかし俺の声など届くはずもない。
彼女のその背は白い雪の上の、朝靄《あさもや》に消えていく。

朝焼けを映し出すキラキラした雪原は、刺すような霊気に満ち、先ほどまで大きな戦いがあったとは思えないほど、恐ろしく静寂だった。

茨姫。
それほどまでに、愛していたというのか。
酒呑童子を。こんな俺を。
痛みと憎しみに耐え切れず、悪妖と、成り果てるまで。
なのに、俺は……俺は……

○

「貴様は愚かだ、酒呑童子」

その言葉で、意識が現実に戻った。
そこは晴明神社の境内に築かれた、凛音の狭間《はざま》。
俺は、ただただそこに、立ち尽くしていた。
長い追憶のせいだろうか。

やけに胸が熱い。目が疼《うず》く。涙が溢れそうで堪《たま》らない。心臓が、ドクンドクンと高鳴っている。

隣にいた由理はそんな俺を見て、だけど何も言うことなく、俺に起こったことをある程度想像し、理解している様子だった。

「結局最後は、茨姫の夫ではなく、一人の王としての選択をした。一人で滅んだのは貴様の自己満足だ」

凛音は続けた。

「置いて行くくらいなら、置いて行かれた者の心を、いまだ知らぬままだというのなら！　茨姫を連れて、共に果てればよかったんだ！」

ずっとずっと吐き出したくてたまらなかった。そんな、情の籠《こも》った本音だった。

こいつもまた、茨姫に置いて行かれた眷属だ。凛音は、やはり今でも茨姫のことを……

感情的になってしまったことに対し、凛音は荒れる呼吸を整え、平静さを取り戻そうと髪を払っている。

胸が苦しい。

真紀の霊力値が、俺たちよりはるかに大きかった理由……

俺はそれも、今になって理解した。

個体が持つ最大霊力量は、生まれた時から変わらない。今でいう、霊力値だ。

しかしその霊力値を二倍近く増やすことができる方法に、悪妖化がある。

霊力の陰と陽の逆転によって起こる、古《いにしえ》の時代からある現象であり、呪い。そう、かつての鵺《ぬえ》が茨姫に言って聞かせていた。

ルー・ガルーの一件も、その例だ。

彼女もまた、人への憎しみを糧に悪妖と成り果て、大きな力を手に入れていた。代わりにその身は業火に似た黒い邪気に包まれ、肉体は苦痛に蝕《むしば》まれる。

茨姫が眷属たちを置いて行った理由は、そこにある。悪妖と化した自分の邪気に、彼らを巻き込まない為だろう。それは連鎖反応のごとく、陰と陽の逆転を促し、新たな悪妖を生む。

茨姫は、悪妖となり、大きな力を手に入れ、そして……

「生きたよ、彼女は。大魔縁《だいまえん》とまで呼ばれながら」

凛音は俺の思考を黄金の瞳で読み取ったのか、その先の答えを告げる。

「一条戻橋《いちじょうもどりばし》で腕を切り落とされたのは確かだが、羅生門《らしょうもん》で討たれた訳ではない。茨姫……茨木童子は生きのび、狭間の国を滅ぼした者たちに復讐し、奪われた酒呑童子の首を取り戻すためだけに、長い時を生きた」

「長い……時……？」

「そうだ。茨木童子という鬼の物語は、酒呑童子という鬼と共に紡いだものよりよほど長い。彼女が死んだのは、明治の初期だ」

その真実に、俺は愕然《がくぜん》とし、言葉を失った。

明治、明治だと？

そんな馬鹿な。それは平安の時代よりずっと後。むしろ、現代に近い時代だ。

茨姫が人として生きた時間、鬼と成り果て俺と夫婦として過ごした時間を、はるかに上回る。

「な、ぜ……？　なぜだ。そんな時代まで、いったい何が……っ」

思わずふらついた。顔を両手で覆い、バクバクと迫る鼓動を身体中で捉《とら》えながら、その事実を脳内で整理する。

要するに、平安時代の大江山での戦いから続く何かが、明治時代まで及んだということだ。それは、おそらく……

「捜し続けたということか。そんな時代まで、酒呑童子の首を……っ」

そういうことだ。そういうことなんだろう、凛音。……真紀。

そのことに行き着いた俺を、凛音は鼻で笑う。

「天下の構図が大きく変わった、日本の転換期だった。時代の混乱に乗じ、茨姫は陰陽師《おんみょうじ》の総本山である〝陰陽寮〟を、解体にまで追いやった。なぜなら、酒呑童子の首のありかを握っていたのは、陰陽寮長官、歴代の〝陰陽頭〟だったからだ」

そして、震える手で自らの胸元を押さえ、破裂しそうな俺への憤りを、ずっと言いたかったというような言葉を、凛音は吐き捨てた。

「茨姫は最後の陰陽頭と相打ちで死んだ。悪妖に成り果ててまで力を手に入れ、長い時をたった一人で戦い、苦しんだのに……っ、結局、追い求め追い求め、追い求め続けた貴様の首を、見ることなく死んだのだ！」

「…………」

きっと、俺の想像すら超えていく。

それは、あまりにも大きな、悲劇だ。

彼女が大江山を下りていく、その悲しい背中が、どうしても忘れられない。忘れようもない。あれから、どれほどの時の迷路を、彼女は彷徨《さまよ》ったのだろう。

……いや、待て。

最後の陰陽頭だと？

茨木童子と相打ちだったのは、安倍晴明ではないのか……？

「酒呑童子よ、黄泉《よみ》の手向けに、もう一つ教えてやろう」

凛音は腰からスラリと刀を抜き、それを構えつつ、続ける。

「茨姫が追い求めた貴様の首のありかは、今となって特定に至っている。たどり着くのが困難なだけで、それは宇治の平等院の、地下宝物庫に封印されていた」

宇治という土地の名を聞いた途端、また強く心臓が跳ね上がる。

「宇治、だと」

嫌な予感がする。

宇治は、平等院は、真紀たちがちょうど今行っている場所じゃないか。

「行かせないぞ酒呑童子！　お前はここでオレに斬られて終わるのだ」

俺に隙を与えず、斬りかかる凛音。

その剣撃を何度か避けたが、奴はタイミングを読んでもう一本の刀を抜き、

「オレは茨姫を越え従える。そうなればお前はもう、あの方にとって必要ない存在だ！」

俺の懐に飛び込むと、その切っ先で胸の心臓を貫こうとする。

刃に迷いなど一つもなかった。

「⁉」

しかし届かない。刃が俺の胸元に触れる寸前、そこから真っ赤な光が放射状に放たれ、大きな力を前に凛音は弾《はじ》き飛ばされたのだ。

「これ……は……」

俺は、胸ポケットに入れていたあるものを思い出し、それを取り出す。

お守りだ。真紀が今朝、俺にくれた小さな匂い袋。

その袋は焼け、中から小さな花びらがはらはらと舞い、折り込まれた紙切れと、割れた

どんぐりが零《こぼ》れ落ちる。

〝馨《かおる》を傷つけるべからず〟


紙切れには、よく見る真紀の字で、そう書かれていた。

それを見た途端に、さっきからずっと我慢していた涙が、堪《こら》えきれずに溢《あふ》れた。

「真紀……お前……っ」

やけに胸が熱いと思っていた。

このお守りの持つ熱は、真紀の温《ぬく》もりと同じ。いつもいつも、あいつの手は同じように熱いから。

昨日、俺は真紀を疑い、傷つけるようなことを言ってしまった。

簡単に嘘をつくんだなとか、一人でも大丈夫だと思っているとか、平然と言葉にした。

それなのに、真紀は……こんな俺を、健気《けなげ》に守ろうとして……っ。

「それは、茨姫の力。茨姫の、光」

弾き飛ばされ、よろめきながら立ち上がる凛音の表情は、強張《こわば》っていた。

真紀の力を全身に浴び、大きく動揺し、戸惑っているのだ。

しかしやがて体勢を整え、ギリと歯を嚙《か》み締め、余裕のない太刀筋で再び俺に斬りかかった。

俺は、貴船で手に入れた金棒を冷静に取り出し、それを盾に奴の剣撃を受け流す。

凛音の怒りは、茨姫の眷属《けんぞく》であったならば当然のものと思えた。

「貴様は愚かだ！　そこまで思われて、なぜ気がつかない！　あの方の心を、全て持って行っておきながら！」

鈍い金属の音が、いくつも重なって響き渡る。

凛音の剣撃は打ち込まれる度に重さと鋭さを増し、言葉はいっそう、熱を帯びる。

「なぜあの方が、嘘をついてまでお前に全てを語らなかったか、だって……っ」

怒りに満ちた形相なのに、今にも泣いてしまいそうな、迷子の子犬。

そんな目をして、凛音は叫んだ。


「そんなのは当然だ！　お前のことを、深く愛していたからだ！」


時を巡り、やっと至った。

全てに繋《つな》がるただ一つの真実。

いや、本当はずっと前からわかっていたはずなんだ。

茨姫は酒呑童子を選んでくれた。

いつも酒呑童子の傍らに立ち、側にいてくれた。俺の夢を、一緒に追いかけてくれた。

なのに俺は今、なぜ彼女の側にいないのだ。

「……っ」

行かなければ。今すぐ、真紀のところへ。

会いたい。真紀に会いたい。

今すぐ彼女の姿を、笑顔を見たい。

「行かせないと言っている、酒呑童子！」

「駄目だ。俺は行く！」

凛音が俺の行く手を阻み、俺が押し通ろうとする。

お互いの譲れない感情がぶつかり合い、刀と金棒を全力で打ち込もうとしていた、その時だ。

「両者、止まりなさい」

ふいに時間が止まったかのような感覚に陥る。

「なんだかなあ。僕のこと、まるで空気のように扱うのやめてくれるかな」

由理だ。由理の言霊《ことだま》が、俺たちの動きを止めたのだ。

「だ、誰だ……貴様。いつからここに」

「一応、さっきからずっと居たんだけど」

凜音は由理の存在を、最初から認識していなかったみたいで、動揺している。

そういうことか。確かに由理は今まで言葉を発することはなかったが、こいつは自分の存在を俺以外に認識されないよう〝隠遁《いんとん》の術〟を使い続けていたのだ。

「行きなよ馨君。きっと真紀ちゃんは君に会いたいと思ってるよ」

「⁉ しかし、由理！」

「僕が心配？ 大丈夫、足止めくらいにはなるよ。それに僕がこの子に負けることは、万が一にもないだろうし」

由理の余裕、そのさりげない挑発に、凜音は目を細め機嫌の悪そうな声を出す。

「身の程知らずだな、小僧め。得物も持たずにオレの足止めをしようとは」

「それはこちらの台詞《せりふ》だ、とでも言ってみようかな。君は僕のことをすっかり忘れているみたいだけど、まあ、それも仕方がないか。そんなに関わりがあったわけじゃないし」

「……何を言っている。貴様、この黄金の瞳《ひとみ》……で……」

しかし急に凜音の動きが鈍り、奴は片目に手を当て、どこか警戒の表情で後退した。

由理が、何かしたのか？

しかしその隙に、由理は俺を一瞥《いちべつ》し急《せ》かす。

「さあ、行くんだ馨君。宇治だ。君の〝神通の眼〟はすでに開かれている。真紀ちゃんに会いたいと思えば、その居場所はすぐにでも分かるだろう。それに君の結界術があれば、彼女がどこにいようとも、すぐに追いつけるよ」

「……ああ」

俺は由理に、この場を託した。

由理が俺の力をよく分かっているように、こいつの力も、俺が最もよく知っている。

戦うことを嫌い、争うことを嫌ったがために、その力を知らず、軽《かろ》んじる者たちも多かったが、しかし確かにこいつもまた、俺や真紀と同じSS級大妖怪《ようかい》に名を連ねるはずだったあやかし。その、生まれ変わりだ。

俺は金棒を振るい、晴明神社を囲んでいた狭間《はざま》を強引に割った。

ガラスの割れるような、高らかな音が、響く。

現実世界に足を一歩踏み出す。

視界の端で、あの金の狐を再び捉《とら》えたが、そちらを気にすることもなく前だけを見据える。

やっと、分かった。

真紀が全てを語らなかった理由。その真実。

茨姫は悪妖となり、明治の時代まで生き、長い時を戦い抜いた。

言えるはずもない。こんなこと。

知ってしまったら、俺が深い罪の意識と後悔にとらわれると、彼女は考えたのだろう。

俺の性格をよく知っている、あいつなのだから。

『あんたのものは私のもの、私のものは私のもの』

『馨が今日も最高の夫だわ！　私の為に、半熟目玉焼きのっけたトースト焼いてくれるんだって～っ！』

『ねえ馨。幸せになりましょう、私たち……この場所で、これからも、ずっと』

今世で再会し、楽しいことを分かち合い、横暴かつ快活に、全力で生を謳歌《おうか》する真紀の、華やかな笑顔。その言葉の数々を、思い出す。

前世のことすら冗談まじりで語ってのけた彼女は、何より俺を苦しめないために、その嘘を貫き通していた。

今ならわかる。

時に生き急いでいるのではと思えるほど、彼女の姿が、その日々が煌《きら》めいていた理由。

しかし時折、彼女の纏《まと》うものが、どこか切なさを帯びていた理由。

なのに俺は、自分の寂しさゆえに、真紀のことをどこかで疑った。

茨姫は酒呑童子に、胸を焦がすような恋をしていたわけじゃないなどと、捻《ひね》くれたことを悶々《もんもん》と考えた。

ずっとずっと、寂しい思いをしていたのは、彼女の方だったのに。

酒呑童子に焦がれ、命を燃やしてまで追いかけてくれたのは、彼女だったというのに。

苦しい。胸がはち切れそうだ。

真紀に会いたい。毎日あんなに同じ時間を過ごしているのに、今となっては、千年の長い月日を、離れ離れになっているかのような心地だった。

駆けながら目を閉じる。

真紀の姿は、その背中は、目覚めたばかりの神通の眼の奥で揺れていた。

今こそ、迎えに行こう。

かつて交わした約束が、俺の中で熱く燃え、命のごとく息を吹き返していた。

第八話　あさきゆめみし宴の続き

いつも、浅い夢を見ていた。

あなたが私の名を呼び、手を差し伸べる夢。


「…………」

涙を流しているのに、驚くほど、私の心は落ち着いていた。

長年それを捜し求めて、捜し求めて捜し求めて……

それでも最後まで見つからなかったというのにね。

ここは、酒呑童子《しゅてんどうじ》の首を封じた、氷の首塚。

愛しい人の固く閉ざされた眼と、血の気のない顔。だけどそれは、少し声をかけたら目を覚ますのではないかと思えるほど、穏やかな表情をしていた。

「お、お、おい、茨木真紀《いばらきまき》。大丈夫か」

「……ああ、ごめんなさい。私、泣いているわ」

隣で津場木茜《つばききあかね》が激しく動揺して、なぜか私を心配している。

無理もないか。こいつ女の涙に免疫なさそうだし。

「青桐《あおぎり》さんから聞いたことがある。平等院には〝酒呑童子〟の首が安置されているって」

津場木茜は、なんとなく戸惑いながら、その話をした。

「だがその事実は分かっていても、今はもうこの首に辿《たど》り着くことは不可能だったはず。ここに辿り着くには重封印を解かなければならず、その方法は〝陰陽寮《おんみょうりょう》〟解体の折に紛失したって。確か、最後の陰陽頭である〝土御門晴雄《つちみかどはるお》〟によって、重封印の解除方法が記された書が燃やされたんだ」

「……ねえ、重封印って」

もしかして、もしかしなくとも……

さっき私がどんぐり爆弾で壊した入り口の封印が、それ？

私と津場木茜は「あ」と顔を見合わせ、さっき壊した封印の穴の方を振り返った。

「って、天狗《てんぐ》がめっちゃ群がっとる！」

津場木茜が素《す》っ頓狂《とんきょう》な声をあげたのは無理もない。私たちが重封印を壊した穴から、わらわらと山伏《やまぶし》姿の天狗が入ってきたからだ。

十人近くいる。先ほど私を連れ去ろうとした天狗だろうか。

しかし妙だ。皆どこか心ここにあらずという顔をしている。ゾンビのごとくふらふらと揺れながら。

ふと、甘い風が吹いた。それが天狗たちを促したのか、天狗たちは腰から刀を抜いて、私たちにわあっと襲いかかる。私はポケットに手を入れ、身構えた。

「よっしゃあ来い天狗ども！　俺がまとめて相手してやる！」

しかし私の横で、津場木茜が威勢良く髭切《ひげきり》を鞘《さや》から抜くと、もう片方の手でバシッと刀印を結び、

「五陽神霊に願い奉る！　奔《はし》りたまえ、散りたまえ桔梗《ききょう》印！」

そりゃあもう爛々《らんらん》とした目をして、地面のあちこちに五芒星《ごぼうせい》をちりばめて、それを踏みしめ疾風のごとく天狗たちの間を駆け抜ける。

一瞬だった。振るう太刀筋に無駄はなく、天狗たちは成す術《すべ》なく、津場木茜の速さに翻《ほん》弄《ろう》され、次々に倒れる。一人として命は奪われていないが、立ち上がる事はできずに唸《うな》っているのだ。

へえ、やるじゃない。むちゃくちゃにやっているようで〝加速の術〟を駆使した熟練の戦い方だ。速さが武器の退魔師ってところが、かつて髭切を持っていた渡辺綱《わたなべのつな》に少し似ているけれど……

「どうだ！　茨木真紀！」

「凄《すご》い凄い。今日からみかん坊やじゃなくて、スピードスターボーイって呼んであげる」

「はああああああ⁉」

こちとら手を叩《たた》いてまで褒めたのに、やはりキレ気味の津場木茜。

奴の機嫌はまあ、どうでも良《い》い。

なぜ鞍馬天狗《くらまてんぐ》が私たちを襲うのか。ここ数日で知った事件にも関わりがあると思い、それが知りたくて倒れた天狗の一人に近寄る。

天狗たちの目的はいったい……

「んふふ……お久しぶりですわあ、奥方様」

「⁉」

そんな、転がる天狗たちの向こう側から、嫌に艶《つや》のある声がした。

甘い匂いがする。ゆらゆらと揺れているのは、炎の羽衣のような、無数の管狐火《くだきつねび》。

それに囲まれ、下駄の音をカラコロと鳴らして現れたのは……

白狐の面をつけた白拍子だ。立烏帽子《えぼし》をかぶり、額に薄緑色の石を宿し、深い紫色の袴《はかま》を引きずり、音もなく歩みを進めている。

「んふふ。いえ、今や悪名高い〝大魔縁茨木童子《だいまえんどうじ》〟とお呼びした方が？」

その者の尾は三つに分かれており、白い毛並みの先は墨のごとく黒い。

私は目を細め、その者を真正面から見据えた。

「ミクズ……あんたも今じゃ、超悪名高い〝玉藻前《たまものまえ》〟って呼んだ方がいいのかしらねえ」

「え、は、玉藻前って、九尾狐の⁉　時の帝《みかど》や将軍を操り、日本を裏で牛耳ろうとしたあの？　古代中国の妲己《だっき》や楊貴妃《ようきひ》だったかもと言われてるあの!?　SS級大妖怪の中でも最悪と噂の、あの!!?　やべえ、マジ討伐しねーと！」

隣で津場木茜がやかましいし、騒がしい。

玉藻前。

あやかしに通じる者で、その名を知らない者はいないだろう。酒呑童子、茨木童子と同列に語られるほどのSS級大妖怪であり、〝日本三大妖怪〟にも数えられる。

美しき女に化けた九尾狐として、時の権力者をたぶらかし、時代の鍵《かぎ》を常に握っていた。

しかしその者は玉藻前と名を変える前、ミクズという名で私たちの狭間《はざま》の国《くに》に潜入し、滅びのきっかけを意図的に作った女狐だ。

酒呑童子の信頼を裏切った、憎き、仇《かたき》の一人だった。

「んふふ。玉藻前、ねえ。それは九尾狐としての名でしょう。誰かさんに何度も殺されて、今じゃ自慢の尾も三つしか残っていなくてよ。やはりミクズとお呼びになって」

お面を取り外し、自在に動くふさふさの尾を体の前に持ってきて、それを仕舞った。

その者は涼しげな目元をニッコリと細めたまま、悪意たっぷりな妖気《ようき》を漂わせている。

まさしくあやかしの鑑《かがみ》だ。

美しくも毒のあるこの妖気に、隣の津場木茜ですら思わず一歩後退する。

「ご苦労でしたよ、茨姫《いばらひめ》。鞍馬天狗に〝傀儡《かいらい》の術〟をかけて操り、あなたをここにおびき寄せたのは正解でした。あの重封印を破れるのは、あなたのその〝神命の血〟の力以外ありえませんでしたからねえ。しかし、古い首塚ならば、妾でも……」

ミクズは尾の中から大きな鉄扇を取り出すと、笑顔のまま「そーれ」とそれを扇ぎ、従えていた管狐火を私たちに差し向ける。

強い熱風を前にこちらが防御の態勢をとると、その隙にミクズは高く飛び上がり、舞うように鉄扇を振り落とし氷の首塚を砕いた。

「⁉　首が……っ！」

酒呑童子の首が、表面を硬質な氷に覆われたまま、彼女の手に渡る。

「んふふ、愛しい我が王。千年もの月日の間、こんな場所に閉じ込められておかわいそうに。今すぐ外に連れて行ってあげますからねえ」

ドクン、と鼓動の音が全身に響く。

ふつふつと湧《わ》き上がってきたのは、忘れようのない怒りと憎しみ。

かつてその感情に捕らわれ、私は成り果ててはならないものになってしまった。

今世では決して、復讐《ふくしゅう》などに血肉を捧《ささ》げようとは思っていなかったのに。

「ねえ、津場木茜。悪いんだけど、その刀貸して」

「は？　なんでてめーに俺様の髭切をー」

「貸して」

津場木茜はぐっと口を噤《つぐ》んで、そのまま苦しそうに生唾《なまつば》を呑《の》んだ。

私の一言が、表情が、目が、そうさせた。

チッと舌打ちし、彼は「ん！」と私にその刀を差し出す。

「渡さない。お前にだけは……」

私は受け取った髭切で、一度虚空を切った。

かつて茨木童子の腕を切り落とした髭切。その刀は、私を覚えているのか反発の意思を示し、カタカタと震え、重く鋭い圧力をかけてくる。

流石はあやかし殺しの宝刀だ。手のひらが刻まれ、血が刃を伝うが、今はそんなことどうだっていい。

そんなこと、どうだっていい——

「んふふ、あなた人間なんていう、百年も生きられぬ下等生物に生まれ変わったのでしょう〜？　人の身では、数千年を生きた妾《わらわ》には到底には敵《かな》わな——」

言葉など待たない。地を蹴《け》り、一瞬でミクズの頭上に迫る。そして戸惑うことなく、刃を振り落とした。

「お前にだけは、渡さない」

許さない。許さない。

酒呑童子の信頼を裏切り、大切な居場所を、かわいい眷属《けんぞく》を、過ぎ去りし愛《いと》おしい日々ごと燃やし尽くしたお前を、私は決して許さない。

ミクズもまた、とっさに鉄扇を開いて盾にし、私の刃を防ぐ。

しかし重い一撃に押し負け、そのまま勢いよく背後の氷の壁に激突した。

その衝撃で天井の氷柱《つらら》が落ち、地面に刺さる。もくもくと冷たい氷煙が舞う。

「……っ、この馬鹿力女」

「あらミクズ。そんなの最初から知っていたでしょう？　それともなに、私が人間だから油断したってわけ？　九つの尾のうち、三つは私に持って行かれたというのに」

その言葉に煽《あお》られ、ミクズは胸元に隠していた小刀を私の心臓めがけて一直線に投げつけた。更に管狐火を化けさせ、得意の〝幻影の術〟で小刀を無数に増やしたが、私は向かってくる全ての刃を一太刀のもとに薙《な》ぎはらい、一網打尽にする。

なんの術でもない。

小細工なしの、ただ強く振るっただけの一太刀と、その衝撃の余波だ。

しかし膨大な霊力を宿す私にとって、それだけがシンプルで強い。

遅れて飛んできた一本が私の腕を、もう一本が頬を掠《かす》めていったが、まあ問題はない。

漂う血の匂いに、怒りとは別の高揚感に見舞われ……思わず口元に笑みを浮かべた。

「肉体の強度は鬼だった頃に比べて劣っているかもしれないけれど、持っている力は変わらないわよ。むしろ、そうねえ、悪妖化していた時と違って体がびっくりするほど軽いから、今の方が強いんじゃないかしら」

頬を伝う血を親指でぬぐって、舐《な》める。

この感覚。沸騰する血。

ええ、忘れているわけじゃないわ。

命のやり取りの中で、獲物を見定め狩りに行く、あやかしとしての闘争本能。

向かっていく。ただ、目の前の敵に……っ！

「しかし人の体が脆《もろ》いのも事実！　燃えカスとなれ、茨姫！」

ミクズも怯《ひる》むことなく体勢を整え、深い袖《そで》の中から扇子を取り出し、それをふるって再び狐火を従え、巨大な炎を巻き上げた。

その炎をこちらに向かって放つのかと身構えたが、その炎は私の頭上に放たれ、この空間の天井を覆っていた氷柱を壊す。

「!?」

考えたなミクズ。

後退するうちに、気がつけば地面に刺さった大きな氷柱に囲まれ逃げ場を失っていた。

更に背後の氷柱に潜んでいた管狐火が、私の体を縛って動きを封じる。熱い。

「んふふ、霊力ばかりが馬鹿でかい脳筋女が、繊細かつ知略的、それでいて優雅な妾の妖《よう》術《じゅつ》に敵うと思って？　そーれ！」

ミクズは鉄扇を振るう。

逃げ場のない状態で、再び管狐火を放たれたのだ。

「払いたまえ守りたまえ！　急急如律令！」

ちょうどそのタイミングで、津場木茜の呪文を唱える大声が聞こえた。

更に私の目の前に数枚の霊符がピシッと並び、そこに朱色の五芒星が何重にも連ねられる。

まばゆい陰陽術の象徴。それが盾となって次々と管狐火を弾《はじ》いた。

弾かれた火が氷を溶かし、私の囲いは同時に消える。

「どうだ茨木真紀。不本意だがあんたを助けてやったぞ！」

刀印をこちらに突きつけたポーズの津場木茜が、やはりもの凄いドヤ顔だった。

「津場木茜、なんで……」

「目の前に、何度も日本をめちゃくちゃにしてきた極悪大妖怪《ようかい》がいるんだ、狩らねえと退魔師の名が泣く。あいつの目的が何なのか分からねえが、最悪なのは多分、酒呑童子の首を持って行かれることだ！」

こいつ……

詳しい事情はわかっていなくても、とっさの判断力に優れているというか、意外と空気が読める。まさかそんな当たり前のことを、津場木茜に改めて教えられるとは。

「あらまあ、さっきからチラチラと気になってはいましたけれど、あなたどちら様？　んふふ、人間の鼻垂れ小僧などに興味はなくってよ」

「うるせえ厚化粧！　舐めてんじゃねえよ！」

「あ、厚化粧……っ」

津場木茜にド直球の悪口を言われ、ミクズの額に筋が浮かぶ。

「俺は陰陽局《おんみようきよく》東京スカイツリー支部に所属する津場木茜だ！　だいたいてめーはいきなり現れてなんだ！　酒呑童子の首は陰陽局の管理物だぞ、返せ！」

「はあい？　妾の助力があってこそ酒呑童子を討てたというのに、勝手にこれを封じたのはそちらでしょう？　ましてやそれを解く方法すら喪失した間抜けどもめ。おかげで本当に苦労しました」

ミクズは氷に閉ざされた首を、また愛おしそうに抱きしめる。

「それをどうするつもりだ！」

「んふふ、あやかしが追い求めるのは、いつも自らの願望の成就だけ。妾は栄華を極めしものが、衰退し滅びる瞬間を拝むのがたまらなく好きなのですよ」

今までもそうして、王や帝をたぶらかし世を乱したと、ミクズは悪い顔をして笑う。

「そうですねえ。この首を以《も》って〝反魂の術〟で酒呑童子を復活させ、今度こそこの王を、妾の意のままに操ってみせましょうか」

「酒呑童子の復活⁉」

「ええ。酒呑童子復活となれば、栄華を極め切った人の世を、飼い慣らされたあやかしたちが覆すことも可能。派手な酒池肉林が催されるでしょうねえ。そのために鞍馬天狗を手駒にして、あらゆる神妖の肉体を手に入れ、生贄《いけにえ》にする雑魚《ざこ》妖怪を攫《さら》い、儀式の準備を整えてきたのです」

恍惚《こうこつ》の笑みを湛《たた》え、長年募らせていた自らの願望を語るミクズ。

津場木茜は「全部お前の仕業だったのかー」と、最近京都を騒がせる事件の黒幕に驚愕《きょうがく》していたが、やがてハッとして、さっきから黙っている私をちらりと見た。

私から流れ出る、その霊力の冷たさに、気がついたのだ。

握りしめる拳《こぶし》の震えが止まらない。

ミクズもまた、そんな私の反応を楽しむように、クスクスと笑って続ける。

「だあってー、千年前も本当は酒呑童子を操る目的で、大江山《おおえやま》の狭間の国に忍び込んだのですもの。それなのに酒呑童子は国を守ってばかりで人の世を取ろうともせず、私の〝傀儡の術〟すら通じませんでした。最後まであの方は茨姫茨姫と。お顔とお声と体格と、類《たぐい》まれなお力は好みだったんですけどねえ。はあ、男が聞いて呆《あき》れるというか、一途で真面目すぎるところは、玉に瑕《きず》だったかと」

頬に手をあて、首を振るミクズ。そしてその巨大な尾の一つに、氷漬けの首を仕舞い込んでしまった。

私は黙っていた。

まず第一に、酒呑童子が復活することなどあり得ない。

だって……その魂はすでに転生を果たしている。

しかし、やはり、許せない。

「酒呑童子は……あんたを、仲間としてとても信頼していたのよ」

私は前へ前へと、ミクズの方に歩みを進める。

「知ってます～。あの方は最後まで妾を疑うことはなかった。仲間との絆《きずな》というものを、信じたかったのです。くくく、やはり所詮《しょせん》は、人の成れの果て。居場所が恋しく、寄り添う者たちが恋しい。絆なんてものに焦がれたせいで、愚王は自分で作ったおもちゃ箱を壊してしまった。あやかしとは本来、孤独の闇を好む、無情で魔性の存在であるというのに」

ぐっと奥歯を噛《か》む。

私たちの理想郷をおもちゃ箱と呼び、信じた絆をケラケラ笑う。壊したこいつが……

「もういい、何も言うな、ミクズ！」

私は片手を突き出した。そして、あるものをミクズに向かって親指で弾く。

それは弾丸のごとく、一直線の赤い光となってミクズに撃ち込まれる。

「なっ、何⁉」

どんぐり爆弾だ。彼女の体にそれが当たった瞬間の爆発が、合図。

津場木茜の五芒星《ごぼうせい》が足元に浮かぶ。私は奴の〝加速の術〟で動きの速度を増し、爆煙に乗じて一瞬でミクズの背後まで移動し、背から狙う。

無数の管狐火が籠目《かごめ》を作り、火の結界を成していたが、私はそれを避けることなく身を投じ、勢いそのまま、振り返り際のミクズの肩を髭切で貫き地面に押し倒した。

「ぎゃあっ！」

ミクズは痛みに悲鳴を上げた。

「はあ……はあ……ふふっ」

私はミクズを跨越《また》して立ち、自分の口の端から流れる血を舐め、自然と笑みを零《こぼ》す。

きっとそれは、鬼の微笑みだ。

高ぶる霊力のせいで、赤く燃えて流れる自分の髪を見た。

まあ、いいわ。

「お前の命を、残り三度とってやる」

髭切を肩から引き抜き、素早く片手で柄《つか》を持ち直して、それを思い切り振り上げた。

返せ。

返せ、酒呑童子の首を返せ……っ！

「やめろ！　真紀!!」

　刀を振り落とすほんの寸前。

　私を制する、大声が響いた。

　直後、私の体は何者かの腕に強く抱きしめられたまま、真横に飛ぶ。その勢いで、髭切を手放した。

「……あ」

　馨《かおる》の、匂いだ。

　目の端をちらつく黒髪を見て、すぐに理解した。彼が私を止めたのだと。

　二人して勢いよく地面を滑ったが、不思議と体は痛くない。馨が私を強く抱きしめ、怪我をしないよう守ってくれたからだ。

「真紀……俺はここにいる……俺は、ここに……っ」

　馨は体勢を整え、私の上半身を抱き上げる。

　そんな馨に両手を伸ばした。

　顔がそこにあるのを確かめるように、私は血濡《ぬ》れた手で、彼の頬に触れた。

「馨……なのよね。あなたはここに、いるのよね……」

　自然と出た言葉だった。

　まるで幻でも見ているかのように、声を震わせ、瞬《まばた》きすらもできずに。

「ああ、そうだ。お前の目の前にいる。あんな首の中に、もう俺はいない！　もう、追い求める必要は無いんだ！」

馨はすでに、何もかも知っているというような、目をしていた。

私の醜い姿。過去。そして、嘘。

隠し続けた秘密を。

こみ上げてくる自己嫌悪のようなものに、私は自分の手や腕で、顔を隠そうとする。

見ないでほしい。見ないでほしい、こんな自分。

しかし馨は、いつかの酒呑童子のように、顔を隠そうとする私を許さず、その手首をグッと掴《つか》み、そして……

躊躇《ためら》いもなく、そのまま深く、深く唇を重ね、吐息を落とすような口づけをした。

熱く、熱く。

鼓動すら伝わってきそうなほど強く。痛いほど体を抱き寄せながら。

「……っ」

荒ぶり、高まっていた淀《よど》みが、すっと鎮まりゆく。

馨はゆっくりと唇を離し、しかし近い場所で視線を合わせ、私の手を自分の頬に、今一度押し当てる。彼は少し、震えていた。

「真紀。迎えにきたんだ、お前を。やっと……」

それは、約束だった。

千年前に交わした、最後の約束。

馨の泣きそうな顔を見れば、分かる。それはまだ果たされていないのだと、この男は思っているのだろう。

おかしな馨。

寂しがりで、強くて弱い人。

今までだって文句を言いながら、何度も何度も私を迎えに来てくれたじゃない。

それで十分、約束は果たされていた。私はずっと、そんな馨に救われていたのにね。

「んふふ……何事でしょう？　せっかく私の首をとるチャンスだったというのに、ねえ、茨姫。とんだ邪魔が入りました……っ！」

ミクズがゆらりと立ち上がる。

負傷した肩に〝治癒の術〟を施しつつ、私の落とした髭切をもう片方の手で掴むと、

「死ねえええええええええ、茨姫ぇっ！」

血眼《ちまなこ》をぎらつかせ、乱れ狂った形相で私たちに斬りかかる。

「やかましい。お前こそ邪魔すんな」

しかし馨が携帯式狭間（ただのビニール袋）から金棒を取り出し、向かってきたミクズを、容赦なくガツンと打ち返す。

「ぎゃあ〜〜」

ギャグみたいに天井の氷柱《つらら》に吹っ飛んでいくミクズ。

さっきまであんなにシリアスだったのに、なんだろうこの展開。

また多感なお年頃の津場木茜が、私と馨の一幕を見たせいか、さっきからそこでカチンコチンに固まっている。しかしハッと意識を正常化すると、

「あああああああ、貴様はあああああ、浅草《あさくさ》地下街の天酒《あまさけ》馨！」

と、うるさい大声をあげる。

「ったく、どいつもこいつも。なんなんだよ。うるせえよ。俺は真紀と、もっと静かに話がしたいんだよ。それなのに酒呑童子の首とかエグいもん持ち出してドンパチやってるし。前世の裏切り者と、声のでかいみかん頭と、こそこそ隠れて盗み見してやがる陰陽局の連中も、いやがるし……」

馨はブツブツ言っているが、一方で「え、そうなの？」みたいな顔になる私と津場木茜。陰陽局の連中が隠れて見ている？　そんな気配、全く感じなかったのに。

馨の顔を改めて見上げ、

「馨、あんた、その目！」

真っ黒の瞳《ひとみ》の奥に、チラチラと鈍く光る青い星を見た。

それは、かつて酒呑童子が持っていた〝神通の眼〟だ。

彼の頬にもう一度触れ、瞳を覗《のぞ》き込む。

馨も私をその目で見つめ返し、いつもより優しく、どこか大人っぽく微笑んだ。

「なんでかな。昔のことを少し思い出していたら、こいつの力がいきなり、な。今だって、この眼のおかげで、お前を見つけることができたんだ」

馨は迷いのない、凛《りん》とした顔つきをして立ち上がり、ガツンと威勢良く金棒を地面に突き立てる。私もそんな馨の傍らに立った。

空気が急に重くなる。

馨がミクズをぶっ飛ばした方向で、異様な妖気《ようき》が渦巻いていた。

「出てこいよミクズ。お前のことは俺が決着をつける。これ以上、前世の因縁を真紀に押し付ける訳にはいかない」

「んふふ……あはは……、小僧。ただの小僧？　いいえ、違うわねえ。そこのオレンジ頭の坊や以上に、美味《おい》しそうな匂いがするもの」

ミクズは馨を警戒しつつも、酒呑童子の生まれ変わりだとは、気がついていない。

「そうですねえ。雑魚《ざこ》妖怪《ようかい》なんか大量に捕まえるより、お前たちを揃って供物にしたほうが、我が王もきっとお喜びになるでしょう。ええ、酒呑童子の復活に――」

その言葉に、馨が思わず噴き出す。

額に手を当て、それはあまりにおかしいと、やはり笑い続ける。

「酒呑童子の復活？　あはは、そんなの不可能に決まってるだろう。あっはははは」

ミクズは目を細め、先程までの余裕をどこか失った。

「小僧……何がそんなにおかしい」

「何って？　何ってそりゃあ……」

馨は金棒を側に立てつけたまま、あのビニール袋から、一房の黒髪を取り出す。

それを、パサリと足元に落とし、両手を合わせて印を結んだ。

彼は覚悟を決めたような顔つきで、未来すら見据えて、それを断言したのだった。

「俺が、酒呑童子の生まれ変わりだからだ」

空気が揺れる。地鳴りがする。

やがてバシバシと、大きな霊力がほとばしる。馨の足元を中心に、妖術《ようじゅつ》の陣が広がっていた。狭間《はざま》の構築を開始したのだ。

「!?」

なんて霊力量だろう。

素材は貴船で手に入れた、かつての茨姫の金棒と、酒呑童子の髪。

景色が変わる。めくるめく世界の色の移り変わりに、私は目を見張った。

そこは……千年前の理想郷。

御伽《おとぎ》草子に語られる時代、大江山に存在した、鋼鉄に守られし狭間の国。

酒呑童子の記憶と、かつてそこで生み出された遺物を糧に生み出された、表面だけをなぞった空間だが、それでも私は、懐かしい思いで満たされる。

ああ、また、宴が始まる。

あの人が大好きだった、お酒の匂いが鼻を掠《かす》めた……

「なっ、なんだここはあ⁉」

隣で津場木茜がその場をぐるぐる回っているが、この際こいつはスルー。

ミクズだ。ミクズはすでに酒呑童子がこの世に転生していることに、激しく動揺している。なぜ、ありえないと、さっきからブツブツ言って、頭を抱えているのだ。

「どうするの、馨」

「ミクズを狭間に閉じ込める。永遠に」

ミクズはさっきから「ありえない、ありえない」と何度も繰り返しつぶやいているが、やがて化けの皮が剝《は》がれ、禍々《まがまが》しい三つ尾の大白狐《びゃっこ》の姿になる。

「首がここにあるのにっ！　人の子に転生など、絶対にありえぬのだ！」

声は艶《つや》やかなものから、低く禍々しいものに変わり、その巨大な口を開け、牙《きば》をむき出しにして襲いかかる。

馨は片手を掲げ、淡々と語った。

「俺たちはな、皆、救えると信じていたんだ。同じような身の上であれば、分かり合えると。居場所があれば、仲間がいれば、思いやっていれば、傷は癒されていくんだと」

「生まれ変わったのならもう一度死ね、死ねえええええええ酒呑童子！」

「……だけど、お前だけは救えねえよミクズ。思い知るがいい。ここはお前に踏《ふ》み潰《つぶ》された、同胞たちの夢の跡。王はこの俺だ」

掲げた手をぐっと握りしめると、ミクズの下に新しい陣が描かれ、そこが空間の歪《ゆが》みとなり、黒い帯のようなものが伸びてミクズを捕らえようとする。

「!?」

ミクズは事態を察し、慌てて全速力で宙を駆けたが、帯は容赦なくミクズの体に絡みつき、空間の歪みへと引きずり込む。まるで蟻地獄《じごく》か底なし沼のよう。

馨は本気で、ミクズをこの狭間に閉じ込めるつもりなのだ。

もう二度と、私の、私たちの前に現れないように。

「おのれ、おのれ酒呑童子！　その生まれ変わりの人の子よ！　妾《わらわ》はこんなものでは死なぬ。命はあと、三つ残っているのだからな！」

ミクズの捨て台詞《ぜりふ》を前にしても、馨は揺るがず、その目はひたすら残酷な色をしていた。慈悲など皆無だ。それが自分の役目だと、分かっていたからだ。

やがて空間の歪みは閉じ、ミクズは完全に閉じ込められる。

「……あ」

狭間が収縮を始めた。

世界が端から、淡藤色の花びらとなり儚《はかな》く砕け、散って消えていく。

ここは夢の跡。馨はそう言っていた。

だからだろうか。私は、この狭間が終わる一瞬、舞う藤吹雪の向こう側に、かつて国を築いた仲間たちの影を見た。巨大な藤の木を見た。

見つめ合う、小さな国の、王と女王を見た。

それは遠い日の、宴の終わりの、残像だった。


気がつけば、先ほどの氷の首塚だった。

氷柱が溶け、地は一面、水浸しになっている。

ミクズの姿は無い。あの狐の大妖怪がどこへ行ってしまったのかなんて、それは私にも、きっと神通の眼を持つ馨にもわからない。

あの狭間へと閉じ込められ、遠い場所へと放られた。すでに現世《うつしよ》にはいないのだ。

「ああ！　俺の髭切！」

津場木茜が最初に声を上げ、地面に転がる髭切を拾いに行く。そのすぐ隣に、氷漬けの酒呑童子の首が転がっていたので、それにビクッとなっている姿がちょっと面白い。

「……酒呑童子の首、か」

一度それを見ておこうと、馨が足を進めた、その時だ。

馨の足元に一本の刀が投げ込まれ、歩みを止められた。

周囲に、隠そうともしていない、無数の気配がある。

「そういえば、陰陽局の退魔師が見ているって言ってたわね」

「ああ……囲まれてるな。首には触れるなってか」

私と馨は背中を預けあった。

陰陽局め。今の今まで、ミクズとの戦いを傍観していたくせに……っ。

元々、私が茨木童子の生まれ変わりとしてマークされていた上に、重結界が破られ、馨が酒呑童子の生まれ変わりとバレてしまった。

ピリピリと伝わってくる警戒の霊力に、こちらも身構える。

歴戦の退魔師ばかりだ。現れた者たちは皆、紙の面をつけ、顔を隠している。

「どうする馨。簡単に帰してくれそうにないけど」

「ったく、俺は真紀を迎えにきただけなのに！　話すらまともにさせてもらえないのかよ」

退魔師の一人が、私たちの動きを牽制《けんせい》しながら、素早く酒呑童子の首を確保した。

一方で、ジリジリと私たちを追い詰める者たちもいる。

いったい、私たちをどうしようというのか。

私たちは元大妖怪とはいえ、今はただの高校生なのに！

「おい、やめろよ木偶《でく》の坊《ぼう》ども。お前たちは結局、見てるだけだったじゃねーか」

そんな時、私たちの前に立ち、周囲の退魔師に刀を向けた、オレンジ髪の少年が一人。

津場木茜だ。彼は周囲を威嚇しながら、私たちに「行けよ」と言うのだ。

「ここは俺が話をつけといてやる。どうせ退魔師は、人には手を出せない」

「で、でも、あんただって陰陽局の人間でしょう？　なに少年漫画おきまりの死亡フラグみたいなセリフ言ってるの」

「ええいっ、うるせえ！　俺は東京の人間だ。京都総本部の奴らとは元より毛色が違う！　それに、ああもうっ、なんかわかんねーけど、お前たちは今ここにいちゃいけない気がするんだ！　ほら、早く行け！」

なんでこんなことしてるんだかと、彼は自分のとった行動に葛藤《かっとう》を抱いて地団駄を踏んでいたが、それでも自分の直感の様なものを、信じているみたいだった。

馨が私の手を引く。ここは津場木茜に任せようと、言っているのだ。

しかしここへ繋《つな》がっていた壁穴をも、陰陽局の退魔師が塞《ふさ》いでいた。

「こっちだ！」

馨が私の手を引いて右側に回り込む。どうやらそこに、この首塚から伸びる隠し通路があったみたいで、馨が神通の眼でとっさに見つけたのだった。

隠し通路の入り口は岩の割れ目のようになっており、氷に塞がれ、やはり重結界が施されていた。

津場木茜は私たちの意図に気がつくと、すぐにその入り口の手前に立ち、髭切を構えた。

私たちが去るまで誰もここを通さないと、立ち塞がるつもりの様だ。

なんてやつ。これが少年漫画お決まりの、昨日の敵は今日の友ってやつかしら。

「津場木茜、あんた万が一生きて帰れたら、浅草できびだんご奢《おご》ってあげるからね！」

「お前の犠牲は無駄にしねえからな」

「って、なんで俺死ぬかもみたいな前提なんだ――――っ！」

彼の絶叫を背に、例のどんぐり爆弾で隠し通路の重結界をぶち壊し、私たちは爆煙の中を全速力で進む。

津場木茜、やかましいし乱暴者だったけれど、いいやつだった……

「げほっ、げほっ」

「大丈夫か、真紀。足元に気をつけろ」

「これ、外に出られるの？」

「ああ。俺には出口が見えている」

岩穴には古いお札が、ずっと先まで張り巡らされている。あの氷の首塚に繋がっていた通路と同じだ。差し込む光など無かったが、なんとなく視界が冴《さ》えているのは、やはりこの札が淡く光っているせいだろう。

それにしても長い。途中、やけにきつい上りにさしかかったが、馨に手を引かれながら、それを長々と上りきる。すると、頭上に外界の光が見える場所があった。

あれが出口だ。古い金属の格子蓋《ふた》に塞がれ、とても小さな出口だったのを、二人して助け合いながら、這《は》い出る。

どうやらそこは、宇治平等院の敷地ではなく、平等院の裏手の山中だった。

「おい、天狗《てんぐ》がいるぞ」

鞍馬山《くらまやま》の天狗たちが、木々の間で目を回して倒れている。

ミクズは確か、鞍馬天狗たちに〝傀儡《かいらい》の術〟をかけ操ったと言っていた。

彼らにこの辺りを見張らせていた？

ミクズがいなくなって、その術が解けたという事だろうか。

「おーい、おーい、誰かーおたすけ～」

どこからか声が聞こえてきた。あやかしの声だとわかる。

その声を辿《たど》って山中を歩くと、すぐ近くの丘に無数の土穴のようなものがあり、小さなあやかしたちが閉じ込められていた。

　私に相談事をしてきた笠川獺《かさかわうそ》の仲間も、何匹かいる。

「ミクズが、鞍馬天狗たちを使ってあやかしを攫《さら》い、ここに閉じ込めたってところかしら。供物にするつもりだったって言ってたわね。酒呑童子復活の儀式のために」

「……少し、謎が解けてきたな。鞍馬天狗の失踪《しっそう》や、あやかしたちの神隠しは、結局ミクズのせいだったと。あいつの傀儡の術は、確かにえげつないくらい効果的だからな」

　私は小あやかしたちに、できるだけ奥に行くように言って、最後のどんぐり爆弾で手前の檻《おり》を壊した。すると土穴からわらわらと小あやかしたちが出てくる。

　小動物系のあやかしが多い。彼らは私たちにそれぞれお礼を言ったのち、何やら慌ただしくある場所へと連れて行こうとする。こっちこっちと、手招きするのだ。

「おい、真紀、体は大丈夫か」

「……平気よ。このくらい何てことないわ」

　怪我だらけの私を、馨が時折、気遣った。確かに少し息が荒い。だいぶ疲れている。

「ま、こんな山奥で血まみれ少女が発見されたら、全国ニュースものでしょうけど」

　なんて冗談を言ってみたが、馨は真面目な顔をしたままだった。

　小あやかしたちに案内され、より山奥の古い社に連れて行かれた。

強力な結界が張られていた跡があるものの、すでにその結界は解かれていて、私たちは特に臆《おく》することなく中へと入る。

すると、ボサボサの黒い翼と無精髭《ぶしょうひげ》を生やした冴えないおっさん天狗が一人、板張りの床に寝転がって、ダラダラと人間のグラビア雑誌を読んでいた。

「……サナト様」

かなりダメそうなおっさんだが、この方こそかつて酒呑童子の師匠であり、私のことも何かと導いてくれた、物知りかつ宇宙人と噂の、鞍馬山を治める大天狗《おおてんぐ》〝サナト様〟だ。

サナト様の向こう側の祭壇には、数々の品が並べられている。

貴船の高龗神《たかおかみのかみ》の鬣《たてがみ》や、どこぞのあやかしの羽。瞳《ひとみ》や、鱗《うろこ》や、爪や、角……ちょっと言葉にしづらいものまで。錫杖《しゃくじょう》やら、玉や鍵《かぎ》など、これまたどこぞの神や神使から奪ったっぽい神器もある。これらが大妖怪《ようかい》や神々から集めた、体の一部や宝物だろう。

「お、酒呑童子と茨姫だ。よう～」

サナト様は私たちの姿を見ても、特に驚くこともなく、ゆるい反応で片手を上げる。

「サナト様。俺が酒呑童子だと気がついたのは流石だが、今の俺はただの人間だ」

「私もそうよ」

馨と私が、ダメそうなおっさん天狗を見下ろしながら。

するとサナト様はあからさまにため息をつき、「はああ、めんどくせー状況だなあ」と。

「茨姫が人間に転生したという噂は聞いていたが、酒呑童子まで人間、か。あの女狐がいよいよ反魂の術を成功させたのかと思ったぜ……よっこらしょ」

サナト様は起き上がると、背伸びをして大きなあくびを一つした。

この人が何も説明する気がなさそうだったので、小物たちが口々に言う。

どうやらサナト様は、ミクズに囚《とら》われ、ずっとこの社に閉じ込められていたらしい。

鞍馬天狗たちはサナト様を救出するためにミクズに勝負をしかけたが、逆に傀儡の術をかけられ、操り人形にされていた、という流れのようだ。

「そもそもサナト様ほどの大天狗が、なぜミクズに？」

そう問いかけると、これまた情けない話なのだが、グラビア雑誌を買うためコンビニに降りたサナト様が、グラマーな美女に化けたミクズにコロッと騙《だま》され、気がつけば力を封じられ、ここに居たんだとか。天狗って基本、昔から女好きだからね……

「まあなんだ。あの女狐はどこからか平等院に酒呑童子の首があることを知り、その首を手に入れたあかつきには、鞍馬山の豊富な霊脈を利用し、酒呑童子復活の儀式を執り行うつもりだったようだ」

「……なるほど。鞍馬山の霊脈を利用するには、サナト様が邪魔だったってわけね」

「そういうことだな。しかし儀式の供物を揃えたところで、一番肝心な酒呑童子の首だけが手に入らず、平等院の重封印が解かれる機会をうかがっていたようだ」

サナト様はやっと偉い天狗らしく、裏の事情を私たちに説明する。

そして私と磐を交互に見てから、横腹を掻《か》いた。

「お前たちがここにいるってことは、ミクズの目論見《もくろみ》は失敗に終わったんだろうな。これで俺の悠々自適な自堕落生活も終わりか。あーやだやだ。鞍馬山に帰ったら、面倒臭いことばかりなんだろうなあ」

「相変わらずねえ、サナト様」

「現代社会でやる気だしてもいいことないもん」

「ダメなおっさんに拍車がかかってるな……」

私たちも一応、先ほどまでのミクズとの戦いをサナト様に知らせた。

久しぶりの再会だったのに、サナト様がこんな感じだから、これといった感動のご対面ということもなく。緊張感も深刻さもなく。

しかし社を一歩出て、お天道様を見上げてボリボリと頭を掻いたサナト様が、ボソッと呟《つぶや》いたのは、

「ま、お前たちがまた一緒にいるみたいで、よかったよ」

そんな、遠い日に抱いていた親心の滲《にじ》む、さりげない言葉だった。

さて。サナト様の「集合！」の号令によって、気絶していた鞍馬天狗たちが一斉に起き

上がり、この場へと集う。

皆、夢から覚めたような、ぼんやりとした顔をしていた。

サナト様は、この社にお供えされていた品々を、詫《わ》びと共に元の大妖怪に返すよう、各天狗に命じたみたいだ。

その後、サナト様は鞍馬山の上空より雲を呼び寄せ、私たちはそれに乗って京都の空を移動した。たくさんの小あやかしたちも運びながら、ぐんぐん進む。

なんだか雲の移動バスみたいで面白い。それに古い時代の、百鬼夜行のようだ。

途中、各々《おのおの》のあやかしが好きな場所で降りていく。

「茨木童子様、酒呑童子様、いっぱいいっぱい、ありがとうございました」

ちょうど今、笠川獺たちが丁寧に頭を下げ、かぶっていた笠をパラシュートみたいにして、雲から鴨川《かもがわ》へと飛び立った。とてもかわいいものを見た。

そんなこんなで、無事に鞍馬山の魔王殿《まおうでん》にたどり着く。

私と馨は鞍馬天狗たちに沢山感謝され、宴を提案されたが、一刻も早く貴船の高龗神に鬣を返したかったのもあり、サナト様にはまた遊びに来ると言って貴船へと降りた。

「やばいわ。もう夕方一歩手前よ」

「このままだと学校から捜索願いが出されるな」

なんて、人間の学生事情に焦りまくっていたが、山中で由理から電話があり、

『ああ、その点は大丈夫。叶《かのう》先生の式神である、朱雀《すざく》と玄武《げんぶ》が二人に化けてるから。班員たちもこっちに戻ってきているし、特に怪しがっている感じじゃないよ。あー、隣で叶先生が、そっちのややこしいこと全部処理してから戻ってこい、だって』

なんて、当たり前のように言う。

あれ、電話越しの由理の側に、叶先生もいる……？

凛音《りんね》を足止めしていた由理が普通に無事だったのはまあ、予想通りとはいえ安心したが、叶先生が事情を把握していて、かつ協力的だったのは驚いた。

本当に私たちの味方なのか、何なのか。謎だ……

貴船の龍穴《りゅうけつ》に再び降り立つと、高龗神はボロボロの私たちを見て号泣していたが、鬣を取り戻すと神々しさをいっそう増し、貴船の水はより澄んだ霊気を養った。

私たちは、この龍穴で水浴びをすることを許された。

そもそもさっきから、血まみれ傷だらけ、邪気まみれ。

「馨、覗《のぞ》き見しないでよね」

「するか！　馬鹿っ！」

あ、いつもの馨だ。思わずふふっと笑ってしまう。

苔《こけ》の浮島越しに、それぞれ水の精たちに手伝われ、体を洗い清める。

そうして白い浴衣《ゆかた》を纏《まと》ってしまうと、なんだかもう、抗《あらが》えない眠気に襲われる。

やっと馨と、ちゃんとお話ができると思っていたのに……

私と馨は苔島の上に横たわると、無意識のうちにお互い寄り添い、温《ぬく》もりを求める幼子のように、手を取り合った。

『よい。眠れ、運命の番《つがい》の子供たち。体の全てをこの貴船の霊気に預け、深く癒されよ』

そんな、高龗神の慈愛あふれる声を、遠くに聞きながら。


「おい、真紀……真紀……」

「……馨」

馨の呼び声で、私は目を覚ます。

周囲は暗いが、光を灯《とも》す不思議な羽虫が、音もなく飛び交っているのが見える。

ああ。夢を見る余裕もないくらい、深い、本当に深い眠りだった。

おかげで気分は、生まれ変わったかのように爽快《そうかい》だ。

「今、何時？」

「まだ日の出前だ。しかしそろそろ行こう。高龗神が送り届けてくれるらしい」

高龗神はすでに私たちを待っていた。水の精たちが洗って繕い直してくれていた制服に着替え、高龗神のたてがみに捕まると、ぐんぐんと飛び立つ登り龍の勢いに振り落とされぬよう踏ん張る。

気がつけば龍穴を抜け、私たちは貴船の上空を飛んでいた。

夜明け前の神聖な空気と、冷たい風を浴びながら……

「あれ、京都市街の方へ行くんじゃないの？　ホテルのある京都駅は反対側の方向よ」

「高龗神にお願いごとをしてな。今回、行く予定のなかった場所へ寄ってもらう」

「行く予定のなかった場所？」

見上げる馨の顔つきは精悍《せいかん》で、ただ進む方を見据えている。

凄《すご》い速度で山々が通り過ぎていく。

私はすぐに気がついた。そこはもう、京都の北部に位置する、大江山であったと。

高龗神が降ろしてくれたのは、大江山の中腹。山々を一望できる開けた場所だった。

「ここ……」

冷たい風が、静かに私の髪を揺らす。

季節は晩秋。この時期、大江山の夜明けに見られるものと言えば……

「………雲海」

やがて目前に広がって見えたのは、下界に広がる荘厳な雲海だった。

朝日に照らされ、朝霧は雄大で神々しいまでの朝焼けを纏《まと》う。

光の赤を纏う。

私の瞳も、きっと同じ色をしていた。

「相変わらず、ここの景色は凄いな。なあ、真紀。覚えているか」

馨は隣に立ち、ある鬼の、実直なまでの求婚の話を始めた。

「その男の鬼は、愛した姫に、この場所で妻にならないかと求婚した。鬼は、姫をこの雲海より尊い宝物だと思った。何に代えても守ると誓った……」

「……馨」

馨を見上げて、ハッとする。ロマンチックな話とは裏腹に、彼は悔しそうに涙を一筋流し、それを隠そうと手のひらで目元を押さえていた。

「だが、それは俺の自己満足のようなものだったのかもしれない。俺は、お前を守りたいと思って……俺がいなくなっても、幸せに生きていて欲しいと一方的に願って、最後は戦って死んだ。結局そのせいで、長い間、ずっとずっと、お前をたった一人に……っ、苦痛と孤独の中に置き去りにしたんだ。すまない、真紀。すまない、すまない……茨姫」

やっぱり、全て、知っているのね。

馨がこんな風に泣くのを見ると、いつも胸が締め付けられる。

「ごめんなさい、馨。ずっと、何も、言えなくて。嘘をついていて……っ」

辛《つら》くて、寂しくて、あなたを奪った何もかもが憎らしくて。

「悪妖にまで堕ちてしまった、弱い私で」

唇をわななと震わせて、ボロボロと涙をこぼしながら、私もまた謝った。

お互いに嫌味を言い合える関係。

何を訴えずとも、お互いに寄り添い方を知っている関係。

それがとても愛《いと》おしかった。

笑顔と、楽しいことと、素朴な日々の食事を、共に分かち合うのが好きだった。大事な人たちに囲まれた幸せな毎日を壊したくなかった。

だから、言えなかった。あんな姿を、あなたに知って欲しくなかった。

馨に罪の意識など、抱えて生きて欲しくなかったから。

「ああ、わかっているぞ、真紀。だから俺たちは、今世、幸せになるために生まれ変わったんだ。前世でやり残したのは、そういうことだろう。一緒に食べて、寝て、育んで、語らって。救いきれるものを救って、でも自分たちを犠牲にすることは絶対にない。普通の幸せを噛《か》みしめるために、俺たちはまた出会った」

馨の言葉は力強く、その眼差《まなざ》しは、決して前世の罪の意識に支配されてばかりのものではなく、瞳《ひとみ》には未来への覚悟と、期待と、希望が燃えている。

「つってもこれは、お前がいつも言っていること、やってることの、受け売りだがな。要するに俺たちは変わらない。でも変わってしまったものもある」

「えっ、なに？　なにが変わったの⁉」

私はやはり狼狽《うろた》える。変わることが怖くて嘘をつき続けていたのだから。

馨はそんな私を見てクスクス笑いながら、しかしやがて、私に向き直り、ずっとずっと昔、はるか千年前に、この場所で見せてくれたような、頼もしく優しく、だけどどこか切なげな笑顔で、私を見つめるのだ。

「変わってしまったものがあるとすれば……そうだな。俺が、もう一度お前に恋をする羽目になってしまったということか。でもそれは、悪いことでもないだろう」

「…………」

「きっとこれも、最初で最後の恋だ」

普段は照れ屋な馨が、こんなにもまっすぐな目をして、とても純粋な思いを私に伝えてくれている。そして、頼もしい笑顔のまま、その手を差し伸べる。

「真紀」

いつも、浅い夢をみていた。

愛しい人が私の名を呼び、手を差し伸べる、夢。

切なげな彼の顔を一度見つめ、これは夢か現実かと戸惑いながら、恐る恐るその手を取る。すると馨は私を強く引き寄せ、腰を抱いて宙に持ち上げた。

「わっ、馨！」

「あはは。やっぱり軽いな、真紀は」

「……ほんと？」

「あー、でもやっぱり、昔よりは重いかも？」

「でしょうね。毎日ご飯いっぱい食べてるからね。あんたが美味《おい》しいもの持って帰ってくれるんじゃない」

びーっと馨の頬をつまんで、引っ張ってみる。

痛い痛いと言いながら、馨はニッと笑って、目の端に溜《た》まっていた涙をこぼした。

それがどうしようもなく愛おしくて、私は馨の頭を包みこむようにして、抱きしめる。

馨もまた、縋《すが》るほど強く、私を抱き止めた。

「大好き。大好きよ、馨。ずっと好き。千年好き」

「ああ。俺もだ。愛してる……っ、真紀」

堪《こら》えきれない、涙混じりの声だった。

だけど純粋な愛情だけが、この雲海に溶けて流れて、どこか遠くへ揺蕩《たゆた》う。

さあ、宴の始まりだ。

かつてないほどに華々しく賑《にぎ》やかな、新たな宴を催そう。

《裏》由理、叶先生と共に親友の帰りを待ちわびる。

僕の名は、継見由理彦《つぐみゆりひこ》。

僕は、修学旅行で宿泊しているホテルの屋上に忍び込み、手すりに頬杖《ほおづえ》をついて、夜明けの空を一人静かに見ている。

「こんなに朝早くから部屋を抜け出し、屋上で黄昏《たそがれ》ているとは……優等生っていう化けの皮が剝《は》がれますよ、公任《きんとう》様」

「……だから、その名前で呼ぶのやめてくださいって」

いつの間にか、隣に叶先生が立っていた。

「星が、動いたな」

叶先生は僕と同じ空を見上げ、ボソッと呟《つぶや》くと、遠慮なくタバコを吸い始める。

そうして、ため息のように煙を吹いた。

「あの二人を待っているのか」

「ふふ。まあ、どうせもうすぐ帰ってきます。こんな日の朝は、きっと大江山の雲海が綺《き》麗《れい》だろうなと……思っていただけですよ」

その景色は、きっと今も昔も変わらない。

今も昔も変わらないものを、あの二人は大事に思っていることだろう。

「叶先生こそ、心配なんですか？　真紀ちゃんと馨君が」

「…………」

「なんでかなあ。前世では命を狙っていた二人を、あなたは今世、不思議なくらい見守り続けている。……まるで、はるか昔から、そうであったかのようだ」

横目で彼を見ると、叶先生は特に表情を変えることなく、ただぼんやりと煙草を咥《くわ》えている。相変わらず、僕以上に何を企《たくら》んでいるかわからない人だな。

「お前こそ、よくあの凛音と対峙《たいじ》して無事でいられたな」

「わあ、露骨に話題を変えましたねえ」

安倍晴明《あべのせいめい》であった頃から、僕の探りを軽く躱《かわ》すところのある人だった。

人間の世にできるだけ紛れようとしていた〝鵺《ぬえ》〟というあやかしの方が、安倍晴明より
よほど人らしい空気を纏《まと》っていたと自負している。

「僕はほら、いわゆる小技は得意ですし、真紀ちゃんに貰《もら》ったお守りもありましたから。

凛音君と少しお話をして、あとはさっさと逃げて帰ってきたんですよ」

「よく言う。あの吸血鬼、かなり精神的なダメージを受けていたみたいだが」

「あはは。見ていたなら助けてくれてもよかったのでは？　一応、暴漢に襲われてる、あなたの生徒の図ですよ」

こちらも笑ってごまかす。

同時に、凛音君に茨姫の事実を知らされた馨君のことを思い出した。

二人は今、どうお互いに向き合っているのだろう。

「満足ですか、叶先生。嘘は一つ、暴かれましたよ」

あなたが僕らの前に現れ、問題提起したことの一つが、暴かれた。

叶先生はそれでも顔色一つ変えず、やはり空を見上げている。

彼にしか見えない、星の巡りを。

「叶先生、少し確かめたいことがあるのですが、いいですか？　凛音君の話を聞いていて思ったことといいますか……茨姫の末路は一見悲劇のようで、果たして本当にそれだけなのだろうか、と」

僕は手すりに背をもたれ、一つ問答を求めた。

叶先生はそんな僕を横目でちらりと見てから、「言ってみろ」と。無感情な声だ。

「少なくとも、現代現世のあやかし界において、茨姫が明治まで生きた意味はあったのだろうなと」

「…………」

「だって彼女は、酒呑童子の野望とその願いを、ひたすら追い求めていた。ゆえに、酒呑童子亡き後、あやかしたちに狭間《はざま》結界の術を広めた。派閥を作って助け合い、人と語って渡り合うよう長い時間をかけて説いたのは、おそらく茨木童子だ。それが今の、労働組合の制度やあやかしたちの事情に繋《つな》がっている。……そうでしょう？」

「さすがに……流れを読むのが早いな」

「ずっと不思議だったんですよ。どうして千年も前に滅んだ狭間の術や仕組みが、今なおあやかしたちの間に残っていたのか。狭間の国の残党がいたとして、ここまで明確に残り続けているのなら、それはきっと、意図的にそれを残そうとした者がいたのだろうと思っていましたから。それが、酒呑童子を愛し、傍らでその野望を担っていた茨木童子であったのなら、納得です」

少なくとも、幹部級の力を残した者が数人いなければ、現代にあの術と、数多くの狭間が残されている状況は、難しいのではと思っていた。

叶先生はしばらく黙っていた。やがて短くなった煙草を携帯灰皿に押し付け、その金の髪を掻《か》き上げると、冷ややかな笑みを浮かべる。

「まるで他人事《ひとごと》のように、淡々と推察するな。お前の、親友の話だろう？」

「…………」

「ならばあえて俺も問おう。なぜ、お前はいまだ、人のふりをしている？」

「…………ふふ。やっぱり、あなただけは化かされてくれませんか」

僕は、僕の嘘を、鼻で笑った。

何者をも化かし尽くせるからこそ、僕は、鵺だったというのに。

「それなんですが、叶先生。もう少しだけ黙っておいてもらえます？」

人差し指を口元に当て、笑顔のまま瞬きもせず。

「もし馨君や真紀ちゃん、僕の家族にそのことを言ったら、僕、あなたのことを殺してしまうかもしれません」

きっととても、人らしくないんだろうな、今の僕は。

優等生であり、馨君と真紀ちゃんの親友であり、継見家の長男である継見由理彦が、決して吐くことのないような言葉だ。

叶先生が憎らしいのは、こんな脅しなど大したことないと言いたげな、余裕かつ乱れない霊力を纏《まと》っているところ。

「ご苦労、葛《くず》の葉《は》」

やがて空から舞い戻ってきた金の狐をよしよしと撫《な》で、僕のことなど完全無視。

式神らしき金の狐の方が、よほど可愛いらしい。

金狐は口に、荷を咥えていた。学生鞄やお土産の袋など……鞄にくっついてるフライドチキンの骨のキーホルダー。これ真紀ちゃんの鞄か。

「あ、馨君と真紀ちゃんだ」

空の彼方《かなた》から、清らかな気配を察知し、僕は再び顔をあげた。

遠く、水の帯のような龍神《りゅうじん》がこちらを目指し、京都の空を飛んでいる。

一方、すたこらとここから逃げ去る叶先生。

逃げの安倍晴明。馨君や真紀ちゃんに、かける言葉など無いらしい。

「おかえり……二人とも」

二人で一緒に帰ってきているのなら、万事問題なく、やはりあの二人は共にいる道を選んだのだろう。真実がわかったとして、変わらない絆《きずな》は確かにある。

だけど、僕はそうではない。嘘がばれたら、絶対に変わってしまうものがある。

今の居場所を、大事なものを失いたくないと思えば思うほど、嘘がこじれていく。

真紀ちゃんもそうだったのだろう。だけど、馨君ならばそれをしっかり受け止めるはずだと、僕はあまり心配していなかったけれど……

なら、僕は？

僕の嘘は、いったい誰が受け止めてくれると言うのだろう。

第九話　そして夫婦は、もう一度恋をする

「たっだいま～！」

浅草《あさくさ》に帰り着いて、まず真っ先に向かったのは、千夜《せんや》漢方薬局だった。

「あ、茨姫《いばらひめ》様！　おかえりなさい！」

「二日ぶり～。お土産あるー？」

ミカとスイが出迎えてくれる。

彼らに京都のお土産を渡すためと、預けていたおもちを迎えに来たのだった。

「ただいまー、おもちー」

「家に帰るぞ、もちの字」

「ぺひょ～？」

電車のおもちゃで遊んでいたおもちが、私と馨《かおる》の姿を見て少しの間フリーズしていたけれど、やがて私たちが誰だかわかると、

「ぺひょっ、ぺひょ、ぺっひょ～」

パタパタフリッパーを羽ばたかせ、泣きべそをかきながら駆け寄ってくる。

抱っこして鼻水を拭《ふ》いてあげると、おもちはぎゅーっと、その体を胸に押し付け甘えるのだ。二日間会えなかっただけでも、きっとどこかで寂しい思いを抱えていたのね。

よしよし、なんて可愛い子。

「あ！　これこれ～。前にテレビで見たちりめん山椒《さんしょう》。ご飯のお供にするのもいいけど、冷奴の薬味にしても最高なんだって～。いい酒のつまみになりそうだねえ」

「わあ、紅葉の干菓子と、ビー玉みたいな京飴《あめ》だ！　僕大好きです」

スイとミカは、それぞれお土産を楽しげに開封している。

浅草も京都と似たような和の空気があるけれど、思いのほか押しているお土産には違いがあると感じたので、そういうものをいくつかチョイスした。

「馨君のお土産は……定番の生八つ橋だねえ」

「なんだよ文句あんのかよ水蛇《ミズチ》。やらねえぞ」

「いやいや～生八つ橋好きだけど～……って、なに馨君。俺の襟をやたら凝視して。何かついてる？」

「べ、別に」

馨も馨でおかしいけれど、スイも何となく、私と馨の空気の違いを感じ取っているようだった。

いつもと同じように振る舞っているのに、流石は私たちを一番長く見てきた眷属《けんぞく》ね。

「おもちには、可愛い抹茶の丸ボーロがあるから、帰ったらあげるわね」

「ぺひょ～」

聞いているのかいないのか、おもちはさっきからずっと私にべったり。名前の通りもちもちべったり。お菓子大好きなのに、今ばかりは母親恋しいのね。

スイやミカには伝えなきゃいけないこともあったけれど、それはまた後日話をするということにして、私たちはスイの薬局を出て、ちょっと買い物をしてからのばら荘へと戻った。まずは一階に住む熊ちゃんと虎ちゃんにお土産を渡しに行く。

「は～い、どちら様ですじゃ～？」

「虎ちゃん大丈夫？　目の焦点合ってないけど」

ちょうど漫画原稿の締め切り前だったみたいで、ギラついた目をして殺気立っていたので、ここでもあまり長話はせずに、また改めて京都でのことを話そうと思った。お土産の抹茶のバウムクーヘンと生八つ橋、疲れた時に食べてね。

他にものばら荘でお世話になっている皆に、お土産を配ってまわりながら、最後はお隣に住む、豆狸《まめだぬき》の風太《ふうた》の元へ。

「はいはーい。あ、おかえり～茨木《いばらき》の姐《あね》さん、馨さん」

風太はあやかしである一方で、普通の男子大学生だ。

京都で起こったあやかしの騒動などまるで想像できないだろうが、彼のこの緩い空気が、今の私や馨には少し懐かしく感じられる。

「風太。お前って先祖の丹太郎《たんたろう》にそっくりだったんだな……」

「は？　なに馨さん、なんの話？」

「ふふ。あんたの先祖の豆狸が、牛御前《うしごぜん》をここまで連れてきてくれたんだなって。ちょっと昔のことを思い出してたのよ」

「はい⁇」

かつて、私たちの仲間だった豆狸の丹太郎。

彼は最後の戦いの最中、牛御前を引き連れこんな遠い浅草の地まで逃がしてくれた。

源《みなもとのよりみつ》頼光は後に、ここまで妹の牛御前を追いかけ殺そうとしたみたいだけど、今や牛御前はこの界隈《かいわい》を守護する牛嶋《うしじま》神社の神様だし、丹太郎は子孫を残し、そっくりな子が私の家のお隣さんだったりする。

これも一つの、縁なのかしらね。嬉《うれ》しい気持ちと、ご先祖への感謝とともに、風太には若者が好きそうな宇治抹茶のチョコクランチをお土産に手渡した。

さて、我が家だ。

二日留守にしただけで、ちょっと埃《ほこり》っぽい匂いがする。

「お腹すいたー、レバーを大量に食べまくりたい」

「お前、血が足りてないだろうからな。ニラレバ、ホットプレートで大量に作ろう」

帰りに商店街で買った生の豚レバーと鶏《とり》砂肝、そしてニラを、馨がビニール袋から取り出す。そう、我が家のニラレバは砂肝入り。

更に我が家で育った小豆《あずき》もやしを付け加えれば、立派なニラレバができそうだ。

ざっくざっくとニラを切って、豚レバーは醤油《しょうゆ》と酒、すりおろし生姜《しょうが》で下味をつけて、砂肝には塩胡椒《しおこしょう》を振るい、少し置いておく。

その間に、お米をといで炊く準備をする。

ホットプレートを押入れから出し、準備する傍らで、お腹がすいてぐずっているおもちに、宇治抹茶の丸ボーロとりんごジュースを少しだけ与えてあやしていた。

私もちょこっと休憩。温かい宇治煎茶《せんちゃ》を淹《い》れて、ひと息ついた。

「そろそろかしら。馨、じゃあよろしく」

「はいはい」

さて。ご飯が炊けるタイミングに合わせ、馨に材料を持っていく。

油を引いて温めたホットプレートで、まずは下味をつけておいた豚レバーや鶏砂肝をしっかり焼き、あとはニラ、もやしをザザーッと加えて、ヘラでザクザク炒《いた》める。ああ、いい匂いがしてきた……臓物の焼ける匂いだ。

「お前今、臓物の焼けるいい匂いだわーとか、ちょっと怖いこと考えてるだろ」

「え？　あ、合わせ調味料いれまーす」

「誤魔化したな。まあいい、ゆっくり入れろよな、ゆっくり」

オイスターソースとお醤油、お砂糖の合わせ調味料を加えると、また馨が手際よく炒める。こういうのはアルバイトでよくやっているから、馨の手さばきは馴《な》れたもの。

「あー、ニラがしなっとしてきたわ」

「最後に塩胡椒ふって、ごま油で調えたら出来上がりだな」

はい、大量のニラレバ、あっという間に完成です。

それぞれのお皿にたっぷり取り分け、これを炊きたてご飯のお茶碗《ちゃわん》片手に、勢いよくガツガツ食べる。

とにかくお腹が空《す》いていた。私たちは血と肉を求めているの。

豚レバーのねっとりしたコクと癖、鶏砂肝の独特なシャリッと食感に、ニラの苦辛さともやしのシャキシャキ感が加われば、箸《はし》を止められぬおかずになる。どんどん、どんどん食べられる。

「あ、そうだ京都のお漬物！　千枚漬け！」

「せっかく買って帰ったんだし、食っちまおう」

帰りがけに京都の駅で買った名物京漬物、カブの酢漬け〝千枚漬け〟も、食卓に出す。

千枚漬けはペラペラな薄切りが特徴的。そのまま摘《つま》んでも美味《おい》しいし、白いご飯にトロッと被《かぶ》せて、口に掻《か》き込んでも美味しい。

ニラレバを食べた後だとありがたい、すきっとお口爽《さわ》やかな甘酸っぱさ。昆布漬けの上品な香りは、先ほどまで立っていたあの古都を、なぜだか懐かしく思わせる……

「色々あったけれど、楽しかったわねえ、京都」

「色々ありすぎたけどな。結構死にかけたけどな」

「まあでも、無事に帰ってこられてよかったじゃない」

「やっぱ浅草は落ち着くな」

あんなに大変な目にあったし、改めた気持ちや関係もあるけれど、今となっては普段通りの私たち。我が家で向かい合って、素朴ながら美味しい食事にありついている。

やがてテレビをつけて、録画していたものを一緒に見て、いつもと変わらない時間を共に過ごす。交わす言葉はあっさりしたものばかりだし、変化など特にない。

私が茶碗を洗っていると、馨が面倒なホットプレートを洗ってくれると言う。その間に私がおもちと一緒にお風呂《ふろ》に入ってしまう。

その次に馨がお風呂に入っている間に、私はおもちを寝かしつける。

大事な毛布にくるまったら、おもちは私が側にいるのをしきりに確認するので、毛布越しにポンポンとお腹に触れ、その額に優しくキスをした。

「大丈夫。今夜はずっと一緒よ」

「……ぺひょ〜」

おもちは安心感の中、体を丸めて寝てしまう。

馨はお風呂上がりに、やはりお気に入りの缶コーラで一息ついて、こちらがおもちを寝かしつけたのを確認すると、小声で「なあ」と話しかけてきた。

「来月さ。クリスマス辺りに、どっか行かないか。おもちも連れて」

タオルで髪をわしわし拭きながら、ちょっと照れがちな顔をして、さりげなく。

馨からそんな話をしてくれるのが驚きで、しばらく口を丸くしていたが、徐々にじんわりと嬉しさがこみ上げてくる。馨は私のお願いを、ちゃんと覚えていてくれたのだ。

「連れて行ってくれるの？　クリスマスデート⁉」

「で、でもあれだぞ。学生の行ける範囲なんてたかが知れてるけどな。どう頑張っても日帰りだし、近場だ」

「いいわ、素敵よ！　二人でコツコツ貯め続けた豚の貯金箱、壊しましょう！」

「今はやめろよ！　今はやめろよな！」

ちょっと大きな声を出してしまったので、お互いに「しー」と。

おもちが寝ているんだからね。

「で、どこに行くの？」

「んー、それなんだがな……やっぱり海が見たいなと」

思わず口角が上がる。海、海……

「うん、うん！　海、いいわね！」

「なんだよ、前に海より山派とかなんとか言ってたくせにな」

「サマーバケーションの海水浴と、冬の海とでは、趣向が違うわよ」

「まあ、言いたいことはわかるけどな。それで、江《え》ノ島《しま》くらい行けるかなって」

「江ノ島……鎌倉《かまくら》の近く？」

「そうそう。生しらす丼とか美味《うま》いらしいぞ」

「生しらす……ああ、いいわねえ。行ってみたいわ江ノ島！」

思わず舌なめずり。想像するだけで美味しそう。

やっぱり遊びに行くからには、その土地の特産物を食べるのが素敵よね。昔、酒呑童子《しゅてんどうじ》との丹後《たんご》デートで、天橋立《あまのはしだて》を見てついでに蟹《かに》を食べまくっていたのを思い出す。

「じゃあ、そういうことだ。ふん、楽しみにしとけよな」

照れ隠しなのか何なのか、思い出したようにツンとした態度になる馨。

一方私は、本当に本当に、それが楽しみで仕方がないのだけれど。

「それまで質素倹約生活だな」

「ま、そこは任せときなさい」

クリスマスまでワクワクを募らせ、万全の準備をするのもまた楽しい。

計画は馨に任せ、私は節約を担う。

お互いに楽しみがあれば、それまで色々なことを頑張れる。

テスト勉強も、日々の生活も、部活動もね。

特に、裏明城学園《うらめいじょうがくえん》に建設中のカッパーランド開園が目前に迫っていたことで、しばらく民俗学研究部の部活動は、手鞠河童《てまりかっぱ》たちのお手伝いばかりになるのである。


「ラーラーラー。裏浅草カッパーランドへようこそ、でしゅ〜」

「実質上野《うえの》でしゅけど、入り口は浅草に多いでしゅゆえ〜」

「まだ未完成なとこもあるプレオープンでしゅ」

「テープカットもしちゃうでしゅ〜」

「鏡開きは茨木童子《どうじ》しゃまにお任せでしゅ〜」

「はいはいっと」

カッパーランド運営委員会の手鞠河童たちによる、なんだかよく分からない言い訳混じりの挨拶《あいさつ》の後、いっせーのーせで豪快に樽酒《たるざけ》の蓋《ふた》を割ってみせる。

そのタイミングでそこらじゅうの手鞠河童たちが踊り狂い、色とりどりの紙吹雪や花を撒《ま》き散らしている。

そう。本日はカッパーランドプレオープン当日。

真の開園に先駆け、手鞠河童たちと、ここを手伝った私たち民俗学研究部と、実は何かと世話になってしまった顧問の叶《かのう》先生、あとはスイやミカやおもち、ちゃんと運営していけるかハラハラしている浅草地下街の組長と黒服の面々が招待され、この場に集っているのである。

「では皆々しゃま、カッパーランドを楽しみ尽くす必須《ひっす》アイテム〝かっぱのお皿〟を頭に装着するでしゅ〜」

「嫌です」

誰もがそれを拒否したが、おもちだけが自分の頭にお皿をのっける。

「ぺひょ〜」

「あらおもち、そのお皿が頭にあると本物の河童みたいね。かわいー」

私がおもちの愛らしさに夢中になっている横を通り過ぎ、さっさと喫煙所へと向かう叶先生。あの人が遊園地を全力で楽しむなんて思ってないけど、河童の壁絵が描かれた喫煙所へ吸い込まれる叶先生の図もまた、なんかシュールであった……

「あいつ、タバコばっかり吸ってて大丈夫か？」

「健康に気を使ってる感じしないしねえ、叶先生。安倍晴明《あべのせいめい》も不摂生なところあったけど」

前世の宿敵の一人でありながら、なぜか体の心配をし始める馨と由理《ゆり》。

そんな中、「わあああああ」と子どもみたいにはしゃいでジェットコースターに全力ダッシュのスイとミカ。

「ミカはともかく、あの水蛇のおっさんはいい年こいて、何はしゃいでんだ?」

「スイはああいうの好きなのよ、昔から。絶叫系っていうか」

そんな風に、私の眷属《けんぞく》と元眷属の遊ぶ姿を見ていて、ふと凛音《りんね》のことを思い出した。

凛音。リン……

京都で私の前に現れ、そして馨に、私の真実を伝えた。

あの子は今、どこにいるのだろう。一人ぼっちで、血に飢えているのだろうか……

「おい、真紀《まき》、由理。せっかくだし俺たちも遊ぼう」

「私、観覧車に乗りたい。あ、でもおもちがメリーゴーラウンドをガン見してるわ」

「でもどれもこれも手鞠河童たちが占領しているね……」

「あいつらお客をもてなす気ないな」

一方で、招かれた側の浅草地下街の組長たちが「はーい並んで並んでー」と20分待ちの看板を掲げて誘導をしていた。組長、本当に大変だな……

こうなったら楽しんだもの勝ちだろう。

私はおもちを連れてコーヒーカップに乗ったり、馨がおもちをメリーゴーラウンドに乗せているところを、スマホで写真に撮ったり。

由理が何気に絶叫系に乗ったことがないというので、皆で覚悟を決めてジェットコースターに乗ってみたり。まあ、由理本人は涼しい顔をしていたけれど、私と馨の方が地上に降りた時ふらふらしていたわね。

途中、河童たちが一番張り切っていたパレードが始まって、特等席でそれを観た。

音楽室で心霊現象を起こしたかいあって、テーマソングに合わせて太鼓を叩《たた》いたりラッパを吹いたり、歌ったり踊ったりする、河童たちの息はピッタリ。途中でおもちも乱入し、楽しげにくるくる回っていた。

お料理やスイーツも、最初は謎きゅうりフードばかりだったのに、浅草地下街の監修のもと、もっとメジャーで受けの良さそうなものを増やしたみたい。

特に〝カッパーもんじゃドッグ〟っていう、どこぞのギョウザドッグにあやかったようなオリジナルグルメを押していたので、それをみんなで食べてみた。

中華まんに近い柔らかい外側の生地に、〝野菜天かすもんじゃ〟〝餅《もち》チーズ明太もんじゃ〟〝ソースやきそばもんじゃ〟の餡《あん》が包み込まれていて、これが予想外に美味しくて、夢中になって全種類を制覇した。

どの具にも刻みきゅうり、もしくは刻みズッキーニ入りなのがやはり謎だったけれど、そこは手鞠河童の愛嬌《あいきよう》ってことで。

夕方になると、ずっとはしゃぎっぱなしだったおもちが、腕の中で寝てしまった。

もっちりぐでっと。すぴすぴ鼻を鳴らして。

「電池切れだな」

「いっぱい遊んで、疲れちゃったのよ。まだ赤ちゃんだからねえ」

「僕がおもちちゃん見てるから、真紀ちゃんと馨君は二人で観覧車にでも乗ってきなよ」

由理が私の腕からひょいとおもちを抱き上げた。

この男、あきらかに気をつかっているな。確かに私は観覧車に乗りたいと言ったけれど。

「じゃあ、乗るか観覧車」

「えっ、馨⁉」

馨が珍しく私の手を引いていく。

由理が後ろで「いってらっしゃーい」と、おもちの羽を持ち上げてパタパタさせていた。

また少し遠くでミカが目を輝かせ、スイがハンカチを噛《か》んでいた。

「それにしても……他の遊具に比べてやたらデカい観覧車だな」

「手鞠河童たちが日本一大きな観覧車作るって、張り切ってたからね」

観覧車に乗り込み、向かい合って座ると、それはゆっくりと動き出す。

高い場所から見える裏明城学園は興味深く、カッパーランドの他に、中庭の菜園や、学園の敷地を取り囲む林もよく見える。

「あの林の向こう側は、どうなってるの？」

「どうもなってない。絶対に越えられない柵《さく》があって、それで終わりだ。その向こう側なんて虚無だ。あのミクズを追いやったのも、そんな場所だ」

「……そう」

「ただ実際の学園より、囲っている林の範囲が広いがな。発展の余地を残している」

「あんたって、そういうとこ抜かりないわね。この狭間は、これからどんな風に発展していくかしら……」

そんな、他愛のない会話の区切りが見えたところで、少しの間、私たちは押し黙る。

徐々に夕方の赤が、色濃くこの遊園地を照らし出す。

巨大な太陽の日没をここから拝むのは、なかなかの絶景だ。

「なあ、聞いてもいいか」

窓辺の出っ張りに頬杖《ほおづえ》をつき、夕焼けを見ていた馨が、ふとそんな風に問いかけた。

私は背筋を伸ばし、静かに微笑む。そろそろ、だと思ってたわ。

「なぜ、茨姫は、酒呑童子の首を捜し求めたんだ」

「そう……ねえ。それを取り戻さなければ、私はもう、酒呑童子とは巡り会えないと思っていたの。酒呑童子の首は、その魂ごと、どこかに封じられたと言われていたから。だから、何としてでも取り返したかった。……絶対に、来世で会いたかったから」

私は淡々と、しかし確かなことを答えた。

「そうか。……だからミクズも、俺がまだ転生していないと思っていたんだな」

馨はその件に関して、もうそれ以上聞いてくることもなかったが、「なら、もう一つ」と、次の問いかけをする。

「茨姫は、いつ酒呑童子を好きになったんだ？」

思いがけない質問に、私は「へ？」と、間の抜けたような返事をしてしまった。てっきり、誰に殺されたんだとか、どこでどう死んだんだとか、そういう話を根ほり葉ほり聞かれると思っていたのに。

私は特に考え込むこともなく、ただ恥ずかしくて頬を染め、髪を一房いじりながら、ぼそぼそっと答える。

「そ、そりゃあ……最初よ」

「最初？　なんの最初だ」

「最初は最初よ。初めて出会った時。ほら、酒呑童子がしだれ桜の上から、私に声をかけてくれた時があるでしょう？　鬼を相手に、恐怖もあったけれど……私あの時、あんたに淡い恋心を抱いてしまったのよね」

「………………」

「だって、部屋から出てはならないって言われてばかりだった茨姫を……私を、見つけてくれて、手を差し伸べて『そこから連れ出してやる』って言ってくれたのは、シュウ様だけだったもの」

馨がゆっくりとこちらを向いて、目をぱちくりとさせる。口なんて真一文字。

「なによー、こんなこっぱずかしい話させといて、無反応なわけ？」

「い、いや、だって。俺、てっきりずっと、お前は晴明が……」

「なに？」

「いや、だってお前、茨姫は酒呑童子がいても、すぐ御簾《みす》の中に隠れてしまっていたじゃないか」

今になって馨があたふたとして、顔を真っ赤にして視線を泳がせる。

なに、その反応。付き合いたてのカップルじゃないのよ。

「自分に自信の無い女の子が、気になる人の前に堂々と出ていける訳ないわ。私、赤髪で痩《や》せっぽちで、とても醜い姫だって言われてたんだから」

「し、しかし、酒呑童子に攫《さら》われた後だって、しばらく怯《おび》えていたぞ」

「そりゃあ、あの時は私、他人を〝信じる〟ということを恐れていたのよ。酒呑童子に命を助けられて、ますます恋心は募ったけれど、いつかどうせ嫌われる、飽きられる、捨てられる……って、あの時は何もかもを信じられなかった。でもね、酒呑童子にあの美しい雲海を見せてもらって、そんな不安はどこかへ行っちゃった。それくらい、あなたのことを信じられたし、一緒に生きていきたいと、思えたのよ」

私の男を見る目は正しかったわ、とコロコロ笑うと、馨はまたキョトンとして、しかしやがて、プッと噴き出した。

「……俺たち、ずっと一緒に居たのに、知らないことがたくさんあるもんだな」

「そうねえ、そりゃそうよ。夫婦って他人だもの。それに男女で価値観も違うわ。でも、だからこそ怖い怖いと思いながら触れ合って、やっと夫婦になれるんだけど」

「あはは。そりゃそうだ」

軽快に笑う馨は珍しい。

私が恋をした瞬間なんて、この男はてっきり前から知っているものと思っていたけれど。

やっぱり、どんなにお互いを信頼していても、言葉にしないと伝わらないこと、知り得ないことはあるのね。

だから私は、その大事な初恋を愛《いと》おしく思いながら、胸に手を当て、改めて伝えた。

「あんたのものは私のもの。私のものは私のもの。……だけど、本当はね、私の恋心はずっとあんたのものだったわ、馨」

馨はじわりと、目を大きく見開く。

彼の黒い瞳《ひとみ》に映る私は、とても幸せそうに微笑んでいるのに、なぜか目の端から一筋の涙を流していた。

「もう一度、私を見つけてくれて、ありがとう」

鬼嫁の目にも涙？
最強の鬼、酒呑童子と茨木童子？
いいえ、私たちはとても弱いわよ。だから、こんなにもお互いを求めた。
その弱さと恋心を忘れられないまま、真紀として、馨として、再び向き合っていく。
夕と夜の狭間。日没の境界で。
頬に触れ、その手に触れ、お互いの存在は夢ではないと確認しあって、そして――

私たち元あやかし夫婦は、もう一度、恋をする。

あとがき

こんにちは。友麻碧《ゆうまみどり》です。

ん？　あれ……第三巻にして、浅草《あさくさ》離れてる……？

作中の雰囲気も、ガラッと変化した巻だったかもしれません。

この巻だけはどう見ても京都鬼嫁日記……まあ、もともと京妖怪《ようかい》たちですからねっ！

『あやかし夫婦は、もう一度恋をする。』

友麻にとって、大事な巻になりそうです。

ここからが書きたくて始めた作品なのです。

語りたい事がたくさんありますが、語り出すと長くなりそうなので、それは無事に完結できた時にでも。

皆様にどう受け取っていただけたか、そこだけがドッキドキでございます。

さてさて。この巻では京都の名所が幾つか出てきます。

その中でも、かなり有名なパワースポット貴船《きぶね》&鞍馬《くらま》について。

ましたね。

真紀《まき》と馨《かおる》、由理《ゆり》が大雨にふられ、鞍馬寺の奥の院「魔王殿《まおうでん》」で雨宿りするシーンがあり
実はこれ、私の実体験です。

貴船と鞍馬寺は山道でつながっており、ガイドブックなどでも徒歩で行き来できると書いていきます。京都へよく行く方は、ご存知かもしれません。

しかし私と同行していた友人たちは、この山を舐《な》めておりました。

貴船にて美味《おい》しい川床料理を食べた後、ガイドブック通りに鞍馬寺までの山道に足を踏み入れたのですが、突然の雷雨にみまわれ、暗い魔王殿にてしばらく雨宿りする事態となったことがあるのです。

雷ピシャア。雨轟々《ごうごう》。めっちゃ怖かった。めっちゃ怖かった。

流石《さすが》は電波も届かない京都最強のパワースポット。

これぞ天狗《てんぐ》伝説のある山！　いっそ天狗に会いたい……こいよ天狗……っ！

なんて思ってましたが、特に天狗とか出てこず。

通り雨だったのですぐに収まり、足元に気をつけながら他の観光客と共に貴船へと戻ったのでございます。おそらくこのひやひや体験は一生忘れないでしょう。

翌年、再びこの山にトライしました。前回は鞍馬寺までいけなかったので、今度はまず鞍馬寺に行き、登りの緩やかなルートで心地よくハイキングをしつつ貴船へ。

天候にも恵まれ、今度は無事に行くことができました。魔王殿には「ただいま」と言ってお参りをし、貴船に降りてお蕎麦《そば》を食べました。運動の後のご飯は美味しい。

そんなこんなで、今となっては友麻の京都一のおすすめスポットが、貴船と鞍馬です。皆様ぜひ京都へ赴く際は、貴船と鞍馬へと訪れてみてください。夏はとっても涼しくて、リフレッシュには最適です。川床での食事も美味しく、水と緑に癒されますよ。

そして次に、宇治《うじ》について。

なんてったって宇治抹茶の老舗《しにせ》が沢山あって楽しい場所です。

抹茶のお菓子大好き。茶そばも大好き。暑い中歩いてクタクタになった時には、宇治で冷たいグリーンティーをゴクゴク飲むと生き返りますね。

そして作中にもありましたが、宇治の平等院《びょうどういん》は酒呑童子《しゅてんどうじ》の首が納められている場所とも言われています。この逸話を知ってからは、平安のロマンを感じながらここを訪れています。周辺に山々が多く、自然に囲まれている景観も素敵ですね。

酒呑童子の首の埋葬場所には、実はもう一つ説があります。

京都の〝首塚大明神《くびづかだいみょうじん》〟です。有名な京都のミステリースポットです。この作品では宇治を選びましたが、こちらも凄《すご》く雰囲気ありますよ……

次に、お知らせです。

私が富士見L文庫で書いておりますもう一つのシリーズ「かくりよの宿飯」が、なんとなんとTVアニメ化することとなりました。

びっくりでしゅ〜、めでたいでしゅ〜（手鞠河童《てまりかっぱ》どもが紙吹雪を撒《ま》き散らしながら）時期などは順次発表されるかと思います。こちらの作品とアニメも、ちらっと気にしていただけますと幸いです。

浅草鬼嫁日記には直接関係は無いのですが、かくりよ先輩のアニメに便乗……いや応援しながら！　共に盛り上げていければなと思っております!!

最後になりましたが、担当編集様。

アニメ関連でもお忙しくさせてしまい、また何かとご迷惑をかけっぱなしの友麻ですが、こちらのシリーズもたくさん気にかけていただき、感謝ばかりです。

表紙イラストを担当していただきました、あやとき様。

中心で寄り添う酒呑童子と茨姫を最初に見た時、二人の長い長い夫婦愛をこれほど象徴するシルエットもないだろうと思い、感激しました。全体的に青と赤が鮮やかに響き合っているのも、まるで馨と真紀のように思えて……。きっとこちらの表紙に、たくさん助けていただく第三巻だろうと思います。本当にありがとうございました。

そして、読者の皆様。

第三巻をお手にとっていただき、そしてここまで読んでくださり、誠にありがとうございました。

発売日当日（11月15日）に、小説投稿サイト「カクヨム」の浅草鬼嫁日記のページにて、番外編を投稿する予定となっております。真紀と馨の幼稚園での出会いの物語です。ぜひ、この三巻を読んだ後にでも、こちらも覗《のぞ》いていただければと思っております。

第四巻は、浅草に舞台を戻した、あやかし夫婦の親友の嘘と願い、そして夢にまつわる物語。（あ、勿論《もちろん》あやかし夫婦の江《え》ノ島《しま》デートもあります！）

続刊は来年の春頃の予定となっております。

皆様と再びお会いできますことを、心待ちにしております。

友麻碧

富士見L文庫

浅草鬼嫁日記《あさくさおによめにっき》　三
あやかし夫婦《ふうふ》は、もう一度《いちど》恋《こい》をする。

友麻《ゆうま》碧《みどり》

2017年11月15日　初版発行
2021年6月25日　12版発行

発行者　青柳昌行
発　行　株式会社 KADOKAWA
〒102-8177　東京都千代田区富士見2-13-3
電話　0570-002-301（ナビダイヤル）

印刷所　株式会社 KADOKAWA
製本所　株式会社 KADOKAWA
装丁者　西村弘美

定価はカバーに表示してあります。　◆◇◇

●お問い合わせ
https://www.kadokawa.co.jp/（「お問い合わせ」へお進みください）
※内容によっては、お答えできない場合があります。
※サポートは日本国内のみとさせていただきます。
※Japanese text only

ISBN 978-4-04-072474-4 C0193

かくりよの宿飯

著／**友麻 碧**　イラスト／Laruha

あやかしが経営する宿に「嫁入り」することになった女子大生の細腕奮闘記！

祖父の借金のかたに、かくりよにある妖怪たちの宿「天神屋」へと連れてこられた女子大生・葵。宿の大旦那である鬼への嫁入りを回避するため、彼女は得意の料理の腕前を武器に、働いて借金を返そうとするが……？

【シリーズ既刊】 1〜7巻

富士見L文庫